Le Club des Baby-Sitters

Le Club des Baby-Sitters

Nos plus grands frissons

Ann M. Martin

Traduit de l'anglais par Marie-Laure Goupil
et Camille Weil

Illustrations d'Émile Bravo

GALLIMARD JEUNESSE

La lettre de KRISTY

Présidente du Club des Baby-Sitters

Le Club des Baby-Sitters, c'est une histoire
de famille. On se sent tellement proches
les unes des autres... comme si on était sœurs.
Dans ce livre, nous allons vous raconter nos plus
grands frissons. Mais avant de commencer,
nous allons tout d'abord nous présenter.
Même si nous sommes tout le temps ensemble
et que nous nous ressemblons beaucoup,
nous avons chacune notre personnalité
et nos goûts, dans lesquels vous allez
peut-être d'ailleurs vous retrouver.
Alors pour mieux nous connaître, lisez
attentivement nos petits portraits!
Je vous souhaite de vous amuser autant
que nous...

Bonne lecture à toutes!

Kristy

Comme promis, voici le portrait
des sept membres du

Club
des Baby-Sitters...

NOM : Kristy Parker, présidente du club
ÂGE : 13 ans – en 4^e^
SA TENUE PRÉFÉRÉE : jean, baskets et casquette.
ELLE EST... fonceuse, énergique, déterminée.
ELLE DIT TOUJOURS : « J'ai une idée géniale... »
ELLE ADORE... le sport, surtout le base-ball.

NOM : Mary Anne Cook,
secrétaire du club
ÂGE : 13 ans – en 4^e
SA TENUE PRÉFÉRÉE :
toujours très classique,
mais elle fait des efforts !
ELLE EST... timide,
très attentive aux autres
et un peu trop sensible.
ELLE DIT TOUJOURS :
« Je crois que je vais pleurer. »
ELLE ADORE... son chat,
Tigrou, et son petit ami, Logan.

NOM : Lucy MacDouglas,
trésorière du club
ÂGE : 13 ans – en 4^e
SA TENUE PRÉFÉRÉE : tout,
du moment que c'est à la mode…
ELLE EST... new-yorkaise
jusqu'au bout des ongles,
parfois même un peu snob !
ELLE DIT TOUJOURS :
« J'♥ New York. »
ELLE ADORE... la mode,
la mode, la mode !

NOM : Carla Schafer, suppléante
ÂGE : 13 ans – en 4e
SA TENUE PRÉFÉRÉE :
un maillot de bain pour bronzer
sur les plages de Californie.
ELLE EST... végétarienne,
cool et vraiment très jolie.
ELLE DIT TOUJOURS :
« Chacun fait ce qu'il lui plaît. »
ELLE ADORE... le soleil,
le sable et la mer.

NOM : Claudia Koshi,
vice-présidente du club
ÂGE : 13 ans – en 4e
SA TENUE PRÉFÉRÉE :
artiste, elle crée ses propres
vêtements et bijoux.
ELLE EST... créative,
inventive, pleine de bonnes idées.
ELLE DIT TOUJOURS :
« Où sont cachés mes bonbons ? »
ELLE ADORE... le dessin,
la peinture, la sculpture
(et elle déteste l'école).

NOM : Jessica Ramsey,
membre junior du club
ÂGE : 11 ans – en 6e
SA TENUE PRÉFÉRÉE :
collants, justaucorps
et chaussons de danse.
ELLE EST... sérieuse,
persévérante et fidèle en amitié.
ELLE DIT TOUJOURS :
« J'irai jusqu'au bout de mon rêve. »
ELLE ADORE... la danse
classique et son petit frère,
P'tit Bout.

NOM : Mallory Pike,
membre junior du club
ÂGE : 11 ans – en 6e
SA TENUE PRÉFÉRÉE : aucune
pour l'instant, elle rêve juste
de se débarrasser de ses lunettes
et de son appareil dentaire.
ELLE EST... dynamique et très
organisée. Normal quand on a sept
frères et sœurs !
ELLE DIT TOUJOURS : « Vous
allez ranger votre chambre ! »
ELLE ADORE... lire, écrire. Elle
voudrait même devenir écrivain.

SOMMAIRE

LE CLUB DES BABY-SITTERS

CARLA et le passage secret

1

– Salut !

– Salut !

– Ouah ! Qu'est-ce que tu es bronzée ! C'est trop injuste !

– Carla, tes che*v*eux sont encore plus blonds qu'a*v*ant !

C'était la première réunion du Club des Baby-Sitters depuis les vacances, depuis que Kristy, Claudia, Lucy, Mary Anne et moi (Carla Schafer) nous étions quittées. C'était notre plus longue séparation depuis la fondation du club. Deux semaines entières. Nous étions dispersées dans tout le pays, de Stonebrook dans le Connecticut, où nous habitons, jusqu'en Californie.

Claudia Koshi et sa famille sont parties dans le Vermont. Mary Anne Cook et Lucy MacDouglas ont accompagné la famille Pike à la mer comme baby-sitters. Seule la pauvre Kristy Parker est restée ici.

Je suis allée en Californie avec mon petit frère David. Nos parents ont divorcé l'hiver dernier et maman, David et moi avons quitté le soleil de Californie pour le froid et la neige de Stonebrook. Bon, je mentirais si je disais qu'il fait toujours froid à Stoonebrook. En ce moment, par exemple, en plein mois d'août, il fait très chaud.

Maman a décidé de s'installer ici parce qu'elle y a grandi et que ses parents y vivent. Le divorce s'est mal passé. David et moi n'avions pas vu papa depuis des siècles, aussi maman s'est-elle arrangée pour que nous puissions passer les deux premières semaines d'août avec lui.

Nous avons voyagé seuls, mais dans l'avion tout le monde a été adorable avec nous. Une hôtesse nous a donné des écouteurs et nous avons regardé un film drôle. David a tellement ri qu'il en avait mal au ventre, mais cela ne l'a pas empêché de dévorer ensuite son plateau-repas... et les desserts que nos voisins lui ont donnés ! Si maman l'avait vu, c'est elle qui aurait été malade. À la maison, on mange très sain et équilibré. Cinq parts de gâteau au chocolat, ce n'est pas vraiment ce que j'appelle équilibré ! Ensuite, David s'est amusé à récupérer tous les sachets de sel, de poivre, de lait en poudre, de café instantané, de sucre, et les serviettes parfumées qu'il pouvait trouver.

Bref, les vacances ont très bien commencé. Et c'était encore mieux après. Les deux semaines passées en Californie ont été fabuleuses. D'autant que papa, qui ne nous avait pas vus depuis des mois et des mois, a tout fait pour nous faire plaisir. Nous sommes allés au parc d'attractions, à la plage, au restaurant, au cinéma, et nous avons couru les magasins pour acheter des tas de belles choses. C'était bizarre de voir papa nous gâter autant, mais j'imagine qu'il voulait rattraper le temps perdu.

Cela dit, la Californie, c'est fini, et me voilà de retour. Tous les membres du Club des Baby-Sitters sont revenus de vacances. Et il nous reste encore deux grandes semaines avant d'entrer en quatrième.

Comme d'habitude nous nous réunissons dans la chambre de Claudia. Claudia est la vice-présidente du club et la seule parmi nous à avoir une ligne de téléphone privée. On trouve même son nom dans l'annuaire de Stonebrook, à Koshi C.

– Allez, au travail ! a lancé Kristy avec entrain.

C'est elle qui avait eu l'idée de créer le Club des Baby-Sitters. Nous sommes cinq membres et nous nous réunissons trois fois par semaine chez Claudia. Les gens nous appellent quand ils ont besoin de quelqu'un. Ils nous téléphonent pendant nos réunions, et comme nous sommes là toutes les cinq, ils sont pratiquement sûrs de trouver une baby-sitter. Nous prenons très au sérieux la gestion de notre club. Nous tenons un agenda avec le numéro de téléphone et l'adresse de nos clients, un emploi du temps et un relevé de nos gains (nous gardons chacune l'argent que nous gagnons, mais Kristy aime bien savoir à combien s'élèvent les revenus gagnés grâce au club). Nous avons aussi une sorte de journal de bord, dans lequel nous racontons comment se sont déroulés nos baby-sittings. Nous le lisons ensuite chacune à notre tour, et nous savons ainsi ce qui s'est passé chez les différentes personnes. C'est très utile. Mais c'est parfois difficile de raconter nos gardes, parce qu'elles ne sont pas toutes intéressantes. Bien sûr, il y a eu la fois où Kristy a fait du « dog-sitting » au lieu de faire du baby-sitting. Et celle où Mary Anne a gardé un enfant qui est tombé gravement malade et a découvert combien le numéro de Police secours pouvait être utile en cas d'urgence.

Kristy a ouvert l'agenda à la page de l'emploi du temps pour être prête au premier appel. Puis elle s'est renversée dans son fauteuil de présidente et a croisé les bras.

– Et si nous nous racontions nos gardes des deux dernières semaines ?

Nous avions en effet toutes fait du baby-sitting, même Claudia et moi qui étions théoriquement en vacances.

– Avant de commencer, que diriez-vous d'une petite douceur ? a demandé Claudia les yeux pétillants.

Sans attendre de réponse, elle est allée prendre un livre sur son étagère et en a sorti un paquet d'ours en chocolat. C'était un livre creux ! Claudia entrepose des gâteaux et des bonbons dans toute sa chambre, mais c'est la première fois que je voyais cette cachette.

– C'est nouveau ? ai-je demandé.

– Je l'ai acheté aux puces. C'est super, non ? J'ai acheté ça aussi, a-t-elle ajouté en tendant sa main.

Elle portait à l'annulaire une bague argentée surmontée d'un dragon vert, qui allait parfaitement avec son style de vêtements un peu exotique.

Kristy a poussé un soupir impatient.

Claudia s'est dépêchée de distribuer les bonbons, que Lucy et moi avons refusés (Lucy est diabétique, elle ne mange pas de sucreries). Il y avait un paquet de biscuits secs pour nous.

– Je propose de commencer par Mary Anne et Lucy, ai-je déclaré. Je suis sûre que ce sont elles qui ont le plus de choses intéressantes à raconter.

Mary Anne et Lucy sont respectivement secrétaire et trésorière du club. J'exerce la fonction de suppléante. Lorsqu'un membre ne peut pas assister à une réunion, je le remplace dans ses fonctions.

Mary Anne et Lucy se sont regardées en esquissant une petite grimace.

– À toi de commencer, ont-elles dit en même temps, avant d'éclater aussitôt de rire.

J'ai senti une pointe de jalousie de les voir aussi complices. Mary Anne est ma meilleure amie ici, à Stonebrook. C'est elle qui m'a présentée aux filles et m'a fait entrer dans le club. Mary Anne et Kristy sont très proches, parce qu'elles se connaissent depuis qu'elles sont toutes petites, mais je pensais être la deuxième meilleure amie de Mary Anne. Maintenant qu'elle avait passé deux semaines avec Lucy, j'avais l'impression d'être un peu exclue.

C'est Lucy qui a finalement pris la parole en premier.

– Nous nous sommes bien amusées. J'aime beaucoup les Pike. Nous avons fait tout ce que l'on fait habituellement au bord de la mer : nous sommes allées à la plage, avons nagé, pris des bains de soleil et joué au golf… Claire traite toujours tout le monde de « petite bêbête gluante ». Rien n'a changé de ce côté-là. Vanessa ne parle plus qu'en vers puisqu'elle a décidé de devenir poète…

– C'est vrai ? ai-je fait en gloussant.

– Tout ce qu'il y a de plus vrai. Quant à Byron, il sait nager, mais il a peur de l'eau. En fait, il semble qu'il ait peur de pas mal de choses.

– Ce qu'il faut retenir, est intervenue Mary Anne, c'est le problème entre Nicky et les triplés. (Nicky a huit ans. Les triplés – Byron, Adam et Jordan – ont dix ans.) Nicky veut jouer avec ses frères, mais eux ne veulent pas de lui. Ils le traitent de bébé. Je lui ai suggéré de jouer avec les filles, mais il dit qu'il n'aime pas les filles. Bref...

– Ce n'est pas simple, ai-je résumé en hochant la tête.

C'était important pour moi de savoir tout ça parce que je garde souvent les Pike.

– À toi de raconter tes vacances, Carla, a repris Lucy. Je ne suis jamais allée en Californie.

Je leur ai alors parlé de David, du voyage en avion et de notre séjour chez papa.

– Je n'ai pas fait beaucoup de baby-sitting. J'ai gardé deux fois nos petites voisines. Des enfants adorables, que je gardais déjà quand j'habitais en Californie. Elles ont cinq et huit ans. Et vous n'allez pas me croire, elles s'appellent Jasmin et Capucine.

– Non ? ont fait en chœur les autres.

– Véridique. Leurs parents sont très rigolos. Ils adorent la nature, les fleurs et la poésie. En tout cas, les petites se souvenaient de moi et nous étions très contentes de nous revoir. Elles ont pleuré quand je suis partie. Elles pensaient que j'étais revenue en Californie pour toujours.

– C'est triste, a murmuré Mary Anne, la plus sensible d'entre nous.

– Oui, mais je suis sûre que je les reverrai la prochaine fois que je retournerai chez mon père.

– Et toi, Claudia ? a demandé Lucy. Qui as-tu gardé ?

– Le plus souvent, un petit garçon appelé Skip, a-t-elle répondu. Ce n'était pas très compliqué. Je l'emmenais faire des promenades et des baignades avec deux autres enfants.

– Figurez-vous que j'ai fait des tas de trucs intéressants pendant que vous étiez parties, a lancé Kristy.

– C'est vrai, j'avais oublié ! me suis-je exclamée. Tu as gardé les Perkins. Raconte-nous tout.

Nous avions toutes hâte d'en savoir plus sur les Perkins, qui sont de nouveaux clients et qui, en plus, ont emménagé dans l'ancienne maison de Kristy. Kristy habitait dans le même quartier que nous, à côté de chez Mary Anne, mais elle a déménagé à l'autre bout de la ville. C'est d'ailleurs une des raisons pour lesquelles elle n'était pas partie en vacances.

Comme moi, Kristy a des parents divorcés. Mais cela remonte à longtemps. Sa mère s'est remariée cet été. Tous les membres du Club des Baby-Sitters ont été invités. Après le mariage, Kristy, sa mère, ses frères aînés, Samuel et Charlie, et son petit frère, David Michael, ont emménagé dans la grande et belle maison de Jim Lelland, son beau-père. Nous sommes très contentes pour eux, mais je dois avouer que Kristy nous manque. De plus, nous devons maintenant payer Samuel pour qu'il la conduise à nos réunions. La maman de Kristy a voulu profiter des vacances pour que chacun prenne ses marques dans la maison et pour que tout le monde apprenne à vivre en famille avec les deux enfants de Jim, Karen et Andrew. Résultat... ils ne sont pas partis cet été.

Les Perkins sont donc nouveaux dans le quartier et Kristy est la première à avoir gardé leurs deux enfants.

– Cela faisait bizarre, nous a confié Kristy, de voir ma chambre et mon salon avec des meubles différents. Mais à part ça, les filles sont formidables, et Mme Perkins est très gentille. Je n'ai pas encore rencontré M. Perkins. La plus âgée des filles, Myriam, est vraiment douée. Elle suit toutes sortes de cours – danse, claquettes, natation. Et elle n'a que cinq ans et demi. La plus jeune s'appelle Gabbie. Elle a deux ans et demi. Elle invente des expressions comme : « Bisoucâline-moi. » Ce qui veut dire : « Prends-moi dans tes bras et fais-moi un bisou. » J'avais beau lui dire de m'appeler Kristy, elle m'appelait toujours par mon prénom et mon nom de famille : « Kristy Parker, bisoucâline-moi... Tu veux voir ma chambre, Kristy Parker ? »

C'est alors que le téléphone a sonné. Les appels se sont enchaînés. Visiblement, les gens savaient que nous étions rentrées de vacances et que nous avions repris nos activités. Même Mme Perkins a appelé. À la fin de la réunion, nous avions toutes un baby-sitting.

Après avoir salué les filles, j'ai sauté sur mon vélo, le cœur joyeux. Que cela faisait du bien de retrouver les copines ! D'autant que nous avions encore deux semaines d'été devant nous.

2

C'est fou comme deux personnes d'une même famille peuvent être différentes. Prenez David et moi. Nous nous ressemblons beaucoup, sauf que je suis une fille et lui un garçon, que j'ai treize ans et qu'il va sur ses dix ans. Prenez ensuite maman et moi. Elle est aussi distraite et désordonnée que je suis organisée et soigneuse. C'est d'ailleurs souvent le bazar à la maison, sauf dans ma chambre.

C'est pourquoi je n'ai pas été autrement surprise, quand je suis rentrée chez moi après la réunion du Club des Baby-Sitters, de trouver un gros sécateur en plein milieu du salon, un sachet de pop-corn à moitié entamé dans le vide-poche de l'entrée et des gants de jardinage dans la cuisine, sans compter les affaires de David qui traînaient un peu partout.

Depuis que maman travaille, c'est encore pire. David et moi sommes contents qu'elle ait trouvé un travail qui lui plaise, mais du coup, c'est nous qui sommes chargés de préparer le dîner dans la semaine. Au début, nous avions décidé de le faire chacun à notre tour, mais pour David préparer le dîner revient à poser sur la table des tranches de pain de mie et du jambon. C'est finalement moi qui m'occupe des repas. Il ne fait que m'aider.

Maman est tellement prise par son travail qu'elle n'a pas le temps de faire grand-chose. Je ne parle pas du ménage, mais des loisirs. Elle ne sort presque plus. C'est dommage, parce qu'à un moment elle fréquentait M. Cook, le père de Mary Anne. La mère de Mary Anne est morte il y a très longtemps. Mary Anne et moi étions folles de joie ! Nous allions devenir demi-sœurs. Mais je ne pense pas que ce soit encore d'actualité.

– David ! ai-je appelé. Viens m'aider à mettre la table. Maman va rentrer d'une minute à l'autre.

Pas de réponse.

– David !

Toujours pas de réponse.

Peut-être était-il dans la grange.

Je suis sortie par la porte de derrière, puis ai traversé le jardin en courant pour entrer dans la grange.

– David !

Il n'y avait personne. Mais un bruit sourd s'est fait entendre.

J'ai tendu l'oreille, intriguée. C'était une sorte de martèlement lointain, comme le tonnerre.

J'ai frissonné. J'aime notre vieille maison et la grange, mais parfois elles me donnent la chair de poule. Elles ont été construites en 1795, et comme toutes les vieilles maisons elles ont un petit côté mystérieux. Beaucoup de gens ont dû vivre ici, et certains y sont même morts.

– David ? ai-je appelé à nouveau, mais cette fois de façon à peine perceptible.

J'allais tourner les talons quand David a jailli du grenier de la grange.

– Bouh !

– Aaaahhh ! Tu m'as fait une de ces peurs !

– C'est toi qui m'as fait peur. Tu es entrée ici en hurlant comme une folle. Tu m'as fait lâcher la corde et je suis tombé dans la paille.

– C'était toi ce bruit ?

– Qui veux-tu que ce soit, un fantôme ?

– Bien sûr que non, ai-je répondu, mais j'aurais préféré qu'il ne me mette pas cette idée dans la tête. Viens. Nous devons nous occuper du dîner.

David et moi avons préparé une salade avec du fromage blanc, du pamplemousse, des pêches et de la crème de noix de coco. Puis nous avons réchauffé un ragoût de légumes que maman avait préparé pendant le week-end. Kristy se moque toujours de nous, mais maman, David et moi, nous aimons vraiment la cuisine saine.

– Qu'est-ce qu'il fait chaud, ai-je maugréé en attachant mes longs cheveux en queue de cheval.

– Oui, a fait David, il fait lourd. Si on mangeait dehors ? Je pourrais installer la table de jardin.

– Bonne idée.

Je lui ai passé les assiettes, les serviettes, les couverts et les verres.

J'étais dans notre vieille cuisine, en train de préparer une tisane glacée, quand soudain la maison m'a paru terriblement... grande. J'ai cru entendre un craquement, je me suis retournée. Rien.

J'ai secoué la tête pour chasser cette sensation de malaise qui me gagnait. C'est idiot de dire que la maison est « grande », car elle ne l'est pas. Il y a beaucoup de pièces, mais elles sont relativement petites. Les portes sont basses et les marches aussi, en plus d'être inégales. On dirait une maison de poupée.

Je me demande s'il y a un passage secret, comme dans certaines vieilles demeures. Claudia, qui adore les romans policiers, m'a prêté un livre d'Agatha Christie, *La Maison du péril*. Depuis que je l'ai lu, je ne peux m'empêcher d'imaginer un passé sombre et mystérieux à notre maison.

– Carla ?

J'ai sursauté.

– Oh, maman ! Tu m'as fait peur.

– Désolée, ma chérie, je ne l'ai pas fait exprès.

Elle s'est approchée et m'a plaqué un baiser sur le front.

– Tu as passé une bonne journée ?

– Ça va. Beaucoup de boulot. Je suis vannée.

– J'espère que tu as faim. Le dîner est prêt. David est en train d'installer la table de jardin. Il fait tellement chaud que nous avons pensé qu'il serait plus agréable de manger dehors.

– D'accord...

Maman avait l'air encore plus distrait que d'habitude. Elle a ôté ses lunettes et les a posées dans un beurrier vide. Je me demande si elle est aussi tête en l'air au bureau.

Nous nous sommes attablés et avons dîné avec appétit. Un petit vent frais s'était levé et, même s'il fallait faire attention à glisser sa serviette sous son assiette pour qu'elle ne s'envole pas, cela faisait du bien.

– Il va bientôt faire nuit, a fait remarquer David la bouche pleine, comme à son habitude.

– L'été tire à sa fin. Les journées sont plus courtes, a expliqué maman. Il n'est que neuf heures moins…

– Hé !

Une grosse goutte de pluie venait de s'écraser sur ma main. Puis j'en ai senti une autre sur le front. Puis une autre encore…

– Il pleut ! me suis-je écriée.

– Regardez le ciel, a fait David en nous montrant les gros nuages noirs qui s'amoncelaient au-dessus de nos têtes.

À peine venait-il de dire ça que le tonnerre s'est mis à gronder.

– Tout le monde à la maison ! a lancé maman en se levant, son assiette et ses couverts à la main.

Nous avons débarrassé la table en quatrième vitesse et nous sommes réfugiés à l'intérieur. Il pleuvait de plus en plus fort et des éclairs zébraient le ciel.

– Eh ben ! a soufflé David en refermant la porte de la cuisine derrière lui.

Dans la soirée, je me suis mise au lit avec un livre que j'avais emprunté à la bibliothèque. J'avais hâte de le lire. J'avais dû m'inscrire sur la liste d'attente tant il était demandé. Bien calée sur mes oreillers, j'ai lu le titre avec délectation : *Spectres et fantômes. Nouvelles d'épouvante.*

Puis, en tout petit, il y avait écrit en lettres dorées : *Ne pas lire à la nuit tombée.* Machinalement, j'ai jeté un œil par la fenêtre. Il faisait nuit noire. Dehors, la tempête faisait toujours rage. Le vent mugissait, la pluie battait les carreaux et le tonnerre grondait. J'ai frissonné. Tous ces bruits étaient comme autant d'avertissements d'un danger imminent. Heureusement que j'avais allumé toutes les lumières de ma chambre !

J'étais plongée dans la nouvelle *La Main de la sorcière* quand les lampes se sont mises à clignoter. Mon cœur s'est emballé. Était-ce l'œuvre d'un esprit malin ? D'une puissance occulte ?

Je me suis figée. Les bourrasques de vent sifflaient d'un air sinistre et faisaient trembler ma fenêtre.

J'osais à peine respirer. Puis, il y a eu une série de coups sur le mur.

J'ai hurlé.

Maman est aussitôt venue dans ma chambre.

– Carla ! Qu'y a-t-il ?

– Maman, les lampes clignotent et quelque chose frappe à ma fenêtre et sur le mur.

– C'est la tempête, ma chérie. Je suis d'ailleurs surprise que l'électricité n'ait pas encore été coupée. Avec le vent qu'il y a, toutes les fenêtres de cette vieille maison vibrent. De quel mur vient le bruit ?

J'ai désigné la cloison située entre ma chambre et la sienne. Elle s'est assise sur mon lit.

– Toutes les vieilles maisons font des bruits bizarres.

Elle a refermé le livre sur les fantômes et l'a déposé sur ma table de nuit.

– Essaie de dormir, ma chérie. Il est tard.

Après m'avoir embrassée, elle a éteint les lampes, puis elle a refermé la porte derrière elle.

Je me suis aussitôt relevée pour rallumer les lumières, rouvrir la porte et la laisser entrebâillée.

Dormir ? Maman voulait plaisanter ou quoi ?

J'ai mis des heures avant de trouver le sommeil. J'avais l'impression d'entendre quelqu'un gémir. Et quand je me suis réveillée le lendemain matin, la peur ne m'avait pas quittée.

3

La tempête s'était calmée, mais pas la pluie. La journée a été triste et pluvieuse. Je suis allée faire un baby-sitting chez les Barrett. Les trois enfants, Buddy, Liz et Maud, étaient encore tout endormis et grognons à mon arrivée. Une fois bien réveillés, ils se sont mis à crier à tue-tête et ne voulaient rien écouter. L'enfer ! Heureusement, je ne devais les garder que le matin.

En partant, j'ai glissé sur la pelouse humide, et Buddy m'a lancé :

– Bon voyage ! À quand le prochain atterrissage ?

Puis il s'est mis à rire bruyamment. Liz, sa sœur de quatre ans, a ajouté en se tordant de rire :

– Salut, Carlita-badaboum !

Je dois avouer que j'étais bien contente de rentrer chez moi. David et moi avons déjeuné, puis je suis montée dans ma chambre. Un autre orage se préparait et j'avais décidé de poursuivre la lecture des histoires de fantômes. Mais la vue du roman d'Agatha Christie sur mon bureau m'avait donné une idée. C'était le jour rêvé pour savoir – vraiment savoir – s'il y avait un passage secret dans la maison. J'avais déjà cherché à plusieurs reprises, mais ni assez sérieusement, ni assez longtemps.

Il me fallait de l'aide. Je suis allée dans la chambre de maman et j'ai appelé Mary Anne.

– J'invite tout le club à venir chez moi pour une chasse au trésor. Enfin, pour une chasse au passage secret. Qu'est-ce que tu en penses ?

– C'est super ! J'arrive.

– Est-ce que tu sais si les autres sont libres ?

– Oui, elles le sont. Nous avions toutes un baby-sitting ce matin, mais rien cet après-midi.

– Parfait ! Peux-tu prévenir Kristy ? J'appelle Lucy et Claudia.

– Sans problème.

Une heure plus tard, tous les membres du Club des Baby-Sitters étaient réunis dans ma chambre.

– Bon, procédons avec méthode, ai-je déclaré avec solennité.

Kristy m'a regardée avec les yeux ronds.

– Oui, pour être sûres de ne pas passer à côté. Il faut faire comme les détectives.

Je leur ai lu le passage du roman d'Agatha Christie dans lequel Hercule Poirot cherche un passage secret.

– Dans chaque pièce, on tapera sur les murs.

– Pourquoi ? a demandé Kristy.

– Pour voir si ça sonne creux. Si c'est le cas, cela veut dire qu'il y a un espace vide derrière.

– Il nous faut des lampes de poche, est intervenue Claudia, qui a lu beaucoup plus de romans policiers que moi. Il faut examiner chaque mur de près pour détecter une ouverture secrète.

Les yeux de Claudia brillaient.

– Carla, de quand date cette maison ? a-t-elle voulu savoir.

– 1795.

– Ouah ! Je suis sûre qu'on va trouver quelque chose.

L'orage qui menaçait a finalement éclaté dans un terrible coup de tonnerre. Une brusque bourrasque de vent a fait claquer les volets et trembler les vitres.

Lucy a sursauté, puis elle a ri d'un air gêné.

– Oh, ce n'est qu'un orage.

– Peut-être pas… a déclaré Mary Anne d'un air à la fois mystérieux et amusé. Et si nous étions dans une maison hantée ?

– Génial, ai-je fait. Partons à l'aventure pour un après-midi d'épouvante ! Séparons-nous.

– Comment ça ? s'est écriée Mary Anne. Je ne vais nulle part toute seule !

Je comprenais ce qu'elle voulait dire. La maison était sombre et silencieuse. Dehors, la pluie tombait à torrents et le vent avait redoublé de force. Une série d'éclairs a zébré le ciel assombri. J'ai frissonné.

– Formons des équipes de deux ou trois.

Les filles ont acquiescé avec soulagement.

– Kristy, Lucy et Claudia pourraient se charger du rez-de-chaussée, ai-je repris. Mary Anne et moi explorerons l'étage.

– Et le sous-sol et le grenier ? a demandé Claudia.

Il y a eu un grand silence. Même les jours de grand soleil, je n'aimais pas m'y aventurer, alors un jour comme aujourd'hui…

– On pourrait y aller toutes ensemble plus tard, a proposé Lucy.

– Ou… ou pas du tout, ai-je ajouté dans un souffle.

– Ben, pourquoi ? a insisté Claudia. S'il y a un passage secret, il y a de grandes chances qu'il débouche au sous-sol.

– Je sais, ai-je convenu, mais après l'histoire que j'ai lue hier soir, je n'ai pas très envie d'y aller.

– Qu'est-ce que ça racontait ? a demandé Mary Anne.

– C'est l'histoire d'un homme qui emménage dans une vieille maison, un peu comme celle-ci. Toutes les nuits, il entend des gémissements qui semblent venir de la cave. Il apprend ensuite que bien des années avant, une femme devenue folle a enterré sa…

– Stop ! m'a coupée Mary Anne. Je ne veux pas entendre la suite.

– Moi si, a riposté Kristy. Tu n'as qu'à sortir de la pièce, le temps qu'elle finisse son histoire.

– Je ne sortirai pas d'ici. En tout cas pas toute seule !

Lucy a hoché la tête.

– Je t'accompagne.

Nous les avons rappelées ensuite.

– Je propose que les deux poules mouillées fassent équipe, a déclaré Kristy avec un large sourire moqueur. Claudia, Carla et moi enquêterons ensemble.

– Poules mouillées ? a répété Lucy, visiblement vexée.

– On vous laisse le rez-de-chaussée, a poursuivi Kristy

comme si de rien n'était. David est en bas, et la télé est allumée. Vous aurez moins peur.

– Bonne idée, s'est empressée d'acquiescer Mary Anne en entraînant Lucy dans l'escalier. Allons-y avant qu'elles ne changent d'avis.

– Cherchons pièce par pièce, ai-je déclaré. Je sonde les murs. Toi, Claudia, tu t'occupes des serrures cachées et des trucs de ce genre. Kristy, tu braques la lampe de poche partout pour trouver l'encadrement d'une porte ou un autre indice.

Kristy a froncé les sourcils. Elle a l'habitude de commander. Mais c'était ma maison et mon idée, je trouvais normal de prendre les choses en main. Nous nous sommes mises au travail en commençant par la chambre de David.

– Si mes frères me surprenaient à inspecter leur chambre, a dit Kristy, ils me tueraient !

– Ça ne plairait pas à David non plus, ai-je fait. Mais on ne fouille pas dans ses affaires, on ne fait qu'examiner les murs.

– N'oublions pas le sol, a jouté Claudia. Il y a peut-être une trappe.

– Au premier étage ? a grimacé Kristy.

– On ne sait jamais, a rétorqué Claudia.

J'ai sondé chaque centimètre de mur, mais il rendait à peu près partout le même son.

Claudia me suivait en parcourant la surface des murs avec ses mains. Et Kristy était à quatre pattes par terre, à braquer le faisceau de sa lampe de poche dans tous les coins et recoins. Elle a trouvé deux BD de Spider-Man sous le lit de David, mais pas de trappe. Nous avons passé de longues minutes en silence, concentrées sur notre tâche. On n'entendait que nos tapotements, nos pas, la pluie et le vent au-dehors.

Il a fallu se résoudre à l'évidence. Il n'y avait pas de passage secret dans la chambre de David.

– Allons explorer ma chambre, ai-je proposé.

Nous avons à nouveau inspecté toutes les surfaces de la pièce.

– Rien non plus, a conclu Kristy.

– Attends, je n'ai pas fini, ai-je dit. Il me reste un mur à sonder.

Toc, toc, toc, toc ! Tac !

Nous nous sommes regardées.

– Vous avez entendu ? ai-je murmuré.

Pas de doute, ça sonnait creux.

C'était la cloison qui séparait ma chambre de celle de maman. Il y avait une jolie moulure le long du mur – une des choses que je préfère dans la pièce. Claudia l'a examinée en passant ses doigts dessus et en appuyant pour actionner un éventuel mécanisme.

Kristy et moi l'avons regardée faire en retenant notre souffle. Mais rien ne s'est produit.

– Fausse alerte, a déclaré Claudia.

Je sentais qu'elles étaient aussi déçues que moi.

–Montrons aux deux froussardes d'en bas comme nous sommes courageuses, a enchaîné Kristy avec un sourire malicieux. Allons au grenier.

– Le grenier ? ai-je bredouillé.

Au même moment, un coup de tonnerre a ébranlé la maison.

– C'est un signe, ai-je repris. Un signe qui veut dire que nous sommes folles d'aller au grenier.

– Oh, tu ne vas pas me dire que toi aussi, tu es une poule mouillée ? Qu'est-ce que tu en penses, Claudia ? On y va ?

Je ne pouvais m'empêcher de songer à cette histoire de revenants que j'avais lue, où un homme prend une femme en auto-stop un soir. Il décide de la reconduire chez elle, mais quand il arrive à la porte de sa maison, elle disparaît... Et le couple qui habite là lui explique que cette femme était leur fille morte dix ans plus tôt.

Kristy m'a prise par le bras et m'a entraînée de force. Claudia ouvrait la marche.

Je les ai suivies sans conviction. La porte menant au grenier s'est ouverte dans un grincement sinistre. Une forte odeur de renfermé et de poussière nous a assaillies. Nous avons grimpé l'étroit escalier sur la pointe des pieds, et plus on s'approchait du toit, plus le crépitement de la pluie était assourdissant. L'interrupteur se trouvait en haut des marches. À mi-chemin, la porte a claqué derrière nous.

– Redescendons, ai-je supplié mes amies.

Nous avons dévalé l'escalier en sens inverse dans l'obscurité la plus totale.

J'ai cherché la poignée à tâtons, prise soudain de panique. La porte s'est ouverte lentement, mais au même moment, une sorte de gémissement s'est fait entendre.

Puis un grognement.

– Tu n'as pas de chien, que je sache... a murmuré Kristy en se figeant.

Nous sommes restées là, interdites, sans même oser pousser la porte. Claudia était cramponnée à mon bras. Même Kristy semblait terrifiée.

Il y a eu de nouveau une longue plainte gutturale...

Nous avons hurlé de toutes nos forces.

– On vous a bien eues ! se sont écriées Lucy et Mary Anne en surgissant de derrière la porte.

– Alors, qui est-ce qui est une poule mouillée ? s'est moquée Lucy.

– Mais vous êtes folles, on aurait pu avoir une crise cardiaque ! a grommelé Kristy.

Mary Anne et Lucy étaient mortes de rire. Kristy, Claudia et moi n'avons pas trouvé ça drôle du tout.

– Avez-vous trouvé quelque chose ? leur ai-je demandé après avoir repris mes esprits.

Elles ont secoué la tête.

– Mais nous n'avons pas encore cherché dans le bureau, a précisé Mary Anne.

Nous nous sommes séparées une nouvelle fois. Dès que Lucy et Mary Anne ont disparu dans l'escalier, je me suis tournée vers les autres :

– Nous devrions aussi leur faire une petite surprise.

– Bonne idée, a fait Claudia. Mais comment nous y prendre ?

– Le bureau se trouve juste en dessous de la chambre de maman et le conduit de la cheminée fait toute la hauteur de la maison.

Nous nous sommes accroupies toutes les trois devant l'âtre et je me suis mise à pousser de longues plaintes.

– Oooh, ououh...

Kristy et Claudia se mordaient les lèvres pour ne pas rire.

– Au secouuuurs, a ajouté Kristy en faisant trembler sa voix.

– Oùùù suiiis-je ? a fait Claudia.

Le vent qui s'engouffrait dans le conduit de la cheminée ne faisait que rendre nos plaintes plus lugubres.

– Chut, ai-je dit. Écoutez.

On entendait Lucy et Mary Anne hurler dans le bureau. J'ai regardé Kristy et Claudia. Nous avons pouffé de rire. Puis nous avons continué de plus belle.

– Houuu... Ooooh... Ooooh...

C'est alors que quelque chose s'est posé sur mon épaule. J'ai tourné la tête. C'était une main verte couverte de pustules !

– Claudia, Kristy... ai-je balbutié.

Nous avons relevé la tête. Un monstre hirsute nous fixait de son œil unique qui lui mangeait le front.

– Grooooarrr !

C'était David dans son costume d'Halloween.

– Aaaaah ! avons-nous crié, Kristy, Claudia et moi, en écho aux cris que poussaient déjà Mary Anne et Lucy au rez-de-chaussée.

David, lui, se tordait de rire.

C'est ainsi que s'est terminée notre recherche d'un passage secret.

Nous n'avons rien trouvé.

4

Je crois comprendre ce que Mary Anne ressent depuis le déménagement des Parker. Ce n'est pas toujours facile d'accepter les changements, même s'ils n'ont rien de désagréable en soi. On peut ne pas aimer quelque chose simplement parce que c'est différent.

Mary Anne avait accepté de faire un baby-sitting chez les Perkins. Et ce mercredi matin-là, elle s'est présentée chez eux à dix heures et demie pile.

Elle trouvait drôle de sonner à la porte alors qu'elle avait l'habitude d'entrer directement. Elle a entendu un chien aboyer, puis un bruit de pas dans l'entrée, mais cela n'avait rien à voir avec le brouhaha qui suivait habituellement le bruit de la sonnette chez les Parker.

La porte s'est ouverte sur deux petites têtes blondes qui l'ont dévisagée avec curiosité. Derrière les enfants, une femme essayait de retenir un énorme chien noir. Il y a eu un petit moment de confusion.

– Shewy ! Assis ! a ordonné la dame.

– C'est notre chien Shewy, a expliqué l'aînée des petites filles. Il a huit mois.

– Regarde, j'ai mis les chaussons de danse de Myriam, a déclaré la plus jeune en levant un pied pour montrer à Mary Anne son chausson rose.

Shewy a réussi à échapper à Mme Perkins. Il s'est précipité vers la porte, et s'est jeté sur Mary Anne pour la saluer, renversant au passage la plus petite fille, qui riait aux éclats.

– Oups, ça glisse, les chaussons de danse, a-t-elle gloussé en se relevant.

Mme Perkins a fini par rattraper Shewy et l'a conduit dans le jardin. Myriam a invité Mary Anne à entrer.

– Bonjour, tu dois être Mary Anne, a dit Mme Perkins en revenant à la maison. Je te présente Myriam, l'aînée, et Gabbie, sa petite sœur. Les filles, dites bonjour à Mary Anne Cook.

Myriam a esquissé un sourire timide.

– Bonjour, Mary Anne Cook, a fait Gabbie qui, comme l'avait dit Kristy, appelait les gens par leurs prénom et nom de famille.

– Je dois aller chez le médecin, a repris Mme Perkins. Je dois aussi faire des courses. Je serai de retour dans deux heures environ. Je n'ai pas d'instructions particulières à te donner. Les filles te montreront leur salle de jeux. Tu peux sortir si tu veux. (La pluie avait miraculeusement cessé de tomber.) Encore une chose, laisse Shewy dans le jardin.

Si vous allez vous promener, ne l'emmenez pas avec vous. Il est intenable.

– C'est lui qui nous emmène promener ! a expliqué Myriam, après le départ de Mme Perkins.

Mary Anne et les petites filles ont commencé par se dévisager. Un premier baby-sitting peut être parfois un peu difficile, surtout si l'on est timide comme Mary Anne.

C'est Myriam qui a rompu le silence.

– Tu veux voir nos chambres ?

– Avec plaisir, a répondu Mary Anne.

– Regarde ma poupée, a dit Gabbie.

– Ce n'est pas vraiment sa poupée, a fait remarquer Myriam en montant l'escalier. C'est la mienne, mais je la lui ai prêtée.

Mary Anne a souri.

– Voilà ma chambre !

Mary Anne a eu un pincement au cœur en entrant dans l'ancienne chambre de Kristy. Des photos d'animaux et un poster avec une ballerine avaient remplacé les posters de sportifs de Kristy. À la place de son bureau, il y avait une maison de poupée. Ce n'était pas du tout pareil.

– Hé, si on descendait, a proposé Mary Anne d'une voix enrouée. J'aimerais voir votre salle de jeux.

Gabbie a aussitôt fait demi-tour pour dégringoler les marches. Myriam et Mary Anne lui ont emboîté le pas. Lorsqu'elles sont arrivées dans la salle de jeux, Gabbie s'y trouvait déjà. Elle berçait une vieille poupée Barbie dans ses bras.

– Mary Anne Cook, je te présente Cindy Jane.

– En vrai, elle s'appelle Caroline Eunice, a chuchoté Myriam avant de s'écrier : Oh ! Voilà CR !

Un chat tigré venait d'entrer dans la pièce.

– CR signifie Chasseur de rats, a expliqué Myriam, mais il n'attrape jamais rien. Il est bien trop fainéant. N'est-ce pas, CR ?

– N'est-ce pas, CR ? a répété distraitement Gabbie, alors que le chat s'installait tranquillement pour une sieste.

– Arrête de répéter tout ce que je dis, a grommelé Myriam à sa sœur.

Gabbie a jeté Cindy Jane/Caroline Eunice par terre.

– Si on dessinait ?

– D'accord ! a fait Myriam. Tu veux aussi dessiner, Mary Anne ?

– Viens dessiner avec nous, Mary Anne Cook, a insisté Gabbie.

Myriam et Gabbie se sont installées devant une table blanc et rose recouverte de photos de poupées Barbie.

– Nous dessinons toujours à notre table Barbie, a expliqué Myriam.

Mary Anne s'est calée dans une petite chaise rose, mais elle a dû s'asseoir en biais car ses jambes ne tenaient pas sous la table. Myriam a arraché trois feuilles d'un bloc et les a distribuées. Puis, elle a posé une boîte de crayons au centre de la table.

– Maintenant au travail, les filles.

Les deux petites filles chantaient en coloriant. Myriam fredonnait une chanson de Mika et Gabbie celle du dessin animé *Raiponce*. Mary Anne s'est demandé comment elles avaient pu retenir toutes ces paroles. Quelques minutes plus tard, Gabbie a tendu son dessin à Mary Anne. C'était un énorme gribouillage.

– Regarde, Mary Anne Cook.

– Comme c'est joli !

Elle était sur le point d'ajouter : « Qu'est-ce que c'est ? », lorsqu'elle s'est souvenue d'une recommandation du club. Ne jamais demander ce que c'est, mais : « Explique-moi ton dessin. » De cette façon, l'enfant ne sait pas que nous ne comprenons pas, il ne se sent pas blessé et il nous explique son dessin. Cela nous évite de dire une bêtise, du genre : « Il est énorme, cet éléphant ! » alors que l'enfant a dessiné sa grand-mère.

– Explique-moi ton dessin, a fait Mary Anne en se penchant vers Gabbie.

– D'accord. C'est ma maman, et ça, c'est le bébé qui pousse dans son ventre.

– Le bébé dans son ventre ? s'est étonnée Mary Anne.

– Oui, nous allons avoir un bébé, a dit Myriam. Mais c'est pas pour tout de suite. J'espère avoir un petit frère. Il y a assez de filles ici... CR est une fille aussi. Les seuls garçons sont papa et Shewy.

– Un bébé, mais c'est formidable ! s'est exclamée Mary Anne.

Mary Anne aurait voulu poser un tas de questions, mais elle n'osait pas. Elle avait aussi envie de nous téléphoner pour nous apprendre la nouvelle, mais elle n'osait pas davantage. Elle savait qu'elle devait attendre. Les enfants peuvent facilement se sentir dévalorisés à l'arrivée d'un bébé. Elle ne voulait pas que Myriam et Gabbie pensent qu'elles n'étaient pas aussi importantes que lui.

– Si on allait se promener ? leur a-t-elle proposé. Il fait si beau dehors.

– D'accord, ont répondu en chœur les petites filles.

– Au fait, avez-vous fait la connaissance des autres enfants du quartier ?

– Nous connaissons Kristy Parker, a répondu Myriam.

– Kristy Parker, a répété Gabbie.

– Je pensais à des enfants de votre âge. Avez-vous rencontré Simon Newton ?

– Non, a fait Myriam.

– Nina et Eleanor Marshall ?

– Non plus.

– Vous aimeriez peut-être les connaître. Ce serait amusant d'avoir des amis dans le quartier, vous ne croyez pas ?

– Oh oui ! a lancé Myriam avec enthousiasme.

– Oh oui ! a répété Gabbie.

– Et puis, devinez quoi, Simon Newton a une petite sœur, un bébé, comme vous bientôt. Elle s'appelle Lucy Jane. Vous voulez la voir ?

– Ce serait chouette, a dit Myriam.

– Ce serait chouette, a répété Gabbie.

C'est ainsi que Mary Anne est allée se promener avec les filles dans le quartier. Myriam et Gabbie ont fait la connaissance de Nina et d'Eleanor, de Charlotte Johanssen, de M. et Mme Goldman, de Mimi, la grand-mère de Claudia, de Mme Newton et de Lucy Jane.

– Mme Newton a un nouveau bébé, comme nous ! a raconté Myriam à sa maman à son retour.

– Je l'ai appris tout à fait par hasard, a dit Mary Anne. J'espère que cela ne vous ennuie pas.

Elle lui a montré le dessin de Gabbie.

– Pas du tout, l'a rassurée Mme Perkins en souriant. Je ne l'ai pas annoncé à tout le monde, mais ce n'est pas un secret.

Elle a payé Mary Anne et l'a raccompagnée à la porte.

– Est-ce que tu reviendras ? a demandé Myriam qui les suivait. J'espère bien, parce que je ne t'ai pas encore montré tout ce que j'avais dans ma chambre. Ni dans la chambre de ma sœur.

Gabbie affichait un sourire absolument adorable.

– Bien sûr que je reviendrai. Et maintenant, j'ai une petite surprise pour toi, a-t-elle ajouté à l'intention de Myriam. Va dans ta chambre, mets-toi devant la fenêtre qui donne sur le côté de la maison et attends une petite minute.

Mary Anne a salué les Perkins et a couru chez elle. Elle a monté les marches deux à deux et s'est précipitée à sa fenêtre.

– Coucou ! a-t-elle lancé à Myriam, qui était postée à sa fenêtre.

– Mais c'est super ! On peut même se parler !

– C'est notre secret à toutes les deux, d'accord ?

– D'accord !

Mary Anne lui a fait un petit signe avant de se retirer dans sa chambre. Avoir les Perkins pour voisins, ce n'était pas du tout la même chose que d'avoir Kristy. Mais elle n'était plus aussi triste qu'avant.

5

–David, je vais chez les Pike ! ai-je prévenu mon frère. Je serai de retour dans deux ou trois heures. Téléphone-moi si tu sors.

– Je ne bouge pas d'ici !

Il faisait horriblement chaud, même pour des Californiens comme nous. La température avoisinait les trente degrés. Notre vieille maison ne possède pas de véritable système de climatisation, mais il y a un climatiseur au rez-de-chaussée, dans le bureau. David y était resté enfermé toute la matinée. Je pense que s'il avait pu il serait resté collé à l'appareil.

Je suis chargée de surveiller David quand maman travaille, mais je peux quand même sortir. David a presque dix ans et on peut lui faire confiance. S'il m'appelle pour me dire où il va et combien de temps il compte y rester, c'est bon.

Il n'a juste pas le droit d'inviter des amis quand je ne suis pas à la maison.

Lorsque je suis arrivée chez les Pike, Mallory, l'aînée des enfants, m'attendait sur le perron.

– Comme il faut surveiller tous mes frères et sœurs, j'ai demandé à maman si je pouvais être leur deuxième baby-sitter. Elle est d'accord. C'est une bonne idée, hein ?

– Excellente même.

Mallory a onze ans et a toujours été d'une grande aide pour surveiller ses jeunes frères et sœurs. Jusqu'à présent, Mme Pike avait toujours engagé deux baby-sitters quand il fallait garder les huit enfants à la fois. Maintenant elle avait apparemment estimé que Mallory était assez âgée pour me seconder. Cela ne me dérangeait pas. Toutes les baby-sitters du club l'aiment bien et nous avons même pensé qu'elle pourrait faire partie un jour de notre club. Elle est plus jeune que nous, mais elle est vraiment douée.

– Bonjour, Carla, a fait Mme Pike. Mallory va t'aider aujourd'hui. Je suis certaine qu'elle t'en a déjà parlé.

– Oui, ai-je dit en souriant.

Mallory était aux anges, mais je voyais bien qu'elle faisait tout pour paraître calme et détendue, digne de confiance, quoi.

– Les triplés sont dans leur chambre, pratiquement couchés sur le climatiseur, a ajouté Mme Pike.

– David fait la même chose chez nous.

– Vanessa, Margot et Claire sont dans le jardin et jouent avec le tuyau d'arrosage. Nicky est... En fait, j'ai bien peur qu'il ne soit pas de très bonne humeur aujourd'hui. Il est en train de bouder dans la salle de jeux.

– Oh, c'est dommage.

Lucy et Mary Anne nous avaient dit lors de notre dernière réunion que Nicky se sentait exclu des jeux de ses frères, les triplés.

– Il passe des moments difficiles, a expliqué Mme Pike en baissant la voix, mais il doit apprendre à les surmonter.

– Explique à Carla la règle des deux pâtés de maisons, est intervenue Mallory.

Une règle ? Chez les Pike ! J'étais intriguée, car en général il n'y en avait pratiquement pas.

– Tu sais ce que nous pensons des règles ici, a repris Mme Pike devant mon air étonné, mais Nicky s'est plaint que nous le traitions comme un bébé, alors nous lui avons permis de sortir seul pendant la journée, dans la limite de deux pâtés de maisons. C'est devenu une règle pour lui.

– Je comprends.

– Donc, s'il disparaît, ne panique pas.

Mme Pike faisait allusion à la fois où j'avais fait un baby-sitting chez les Barrett. Buddy Barrett avait réellement disparu. Nous avions dû appeler la police. C'est la raison pour laquelle je n'aimais pas beaucoup que de jeunes enfants se promènent seuls dans la rue.

Quand Mme Pike est partie, Mallory s'est tournée vers moi.

– Alors. Par quoi commençons-nous ?

– Chez toi, je commence en général par vérifier si tout le monde est bien là. Tu pourrais aller voir tes sœurs, pendant que je m'occupe de tes frères. Ensuite je te rejoindrai dehors. Je vais essayer de convaincre Nicky de venir jouer dans le jardin.

– N'y compte pas trop.

– On verra bien.

Les triplés étaient dans la chambre la porte fermée pour garder l'air frais dans la pièce. J'ai toqué.

– Qui c'est ?

– C'est Carla. Je peux entrer ?

– D'accord.

Les stores étaient baissés et le climatiseur poussé au maximum.

– Qu'est-ce que vous faites dans le noir ?

– Nous jouons avec nos créatures de l'espace fluorescentes, a déclaré Byron.

– Elles vont être attaquées par les Tortues Ninja, a ajouté Jordan.

– Je voulais seulement vous dire que j'étais…

– Chouf choufchoufchoufblam ! m'a interrompue Adam en jetant une Tortue Ninja sur une créature de l'espace.

– … ici.

J'ai compris que ce n'était pas la peine d'insister. Je suis repartie en prenant soin de refermer la porte derrière moi. Je suis descendue dans la salle de jeux pour chercher Nicky. Il était installé dans un vieux fauteuil, un livre ouvert sur les genoux, mais il ne lisait pas.

– Salut, Nicky.

– Salut.

– Qu'est-ce que tu lis ?

– Rien.

– Tu veux que je te lise une histoire ?

– Non.

– Pourquoi ne vas-tu pas dans le jardin ? Les filles ont branché le tuyau d'arrosage. Tu aurais moins chaud.

– Les filles sont dehors ?

– Oui.

– Je ne joue pas avec les filles. Je suis un garçon. Je suis censé jouer avec les garçons.

– Pas forcément.

– Je veux jouer avec les triplés !

– Allons leur demander si tu peux jouer avec eux.

Nicky m'a dévisagée avec un sourire hésitant.

– Vraiment ?

– Bien sûr.

Nous étions dans l'escalier quand les triplés sont sortis en trombe de leur chambre. Ils étaient en maillot de bain et emportaient une serviette.

– Carla ! Carla ! Nous allons chez Joey ! Il a une piscine, a lancé Adam. Nous venons de lui téléphoner. Sa maman est d'accord.

– Elle a dit que nous pouvions amener un ami, a ajouté Byron.

– C'est vrai ? a soufflé Nicky tout content. Oh, merci ! Je vais…

Mais avant qu'il ait pu finir sa phrase, Jordan a précisé :

– Nous avons appelé ton frère, Carla. David a le droit de nous accompagner, hein ? Nous lui avons promis de te prévenir pour que tu saches où il est. C'est d'accord, hein, Carla ?

– Bien sûr. C'est gentil de l'avoir invité.

Nicky a regardé les triplés sortir en courant de la maison. Il avait l'air effondré. Les larmes lui montaient aux yeux. Il s'est mordu les lèvres et a déclaré d'un ton brusque :

– Je vais jouer dehors. Tout seul.

– N'oublie pas la règle des deux pâtés de maisons, lui ai-je rappelé alors qu'il s'éloignait dans la rue.

– Je sais, je sais, je sais.

Cela ne faisait pas cinq minutes que Nicky était parti que j'étais morte d'inquiétude. Mallory et les filles étaient dans le jardin. Je leur ai dit que je m'absentais un instant et je suis partie sur les traces de Nicky. Je l'ai appelé à plusieurs reprises, mais je n'ai eu aucune réponse. Soit il ne m'entendait pas, soit il ne voulait pas me répondre.

J'ai décidé d'appeler Mary Anne à l'aide. Je lui ai rapidement expliqué la situation au téléphone et elle est arrivée quelques minutes après.

Elle a rejoint Mallory et les petites qui couraient pieds nus sur la pelouse toute mouillée ; et je suis partie à la recherche de Nicky. Deux pâtés de maisons, c'est beaucoup plus grand qu'on ne pourrait le penser. J'ai longé le jardin des Prezzioso, contourné la propriété des Barrett, avant de passer devant ma propre maison. J'ai même regardé dans les buissons et dans les arbres pour voir s'il ne s'y cachait pas.

Je me suis répété les paroles de Mme Pike : pas de panique. Mais je ne pouvais pas m'empêcher d'être un peu affolée. Où pouvait-il bien être ?

– Nicky ! Nick-yyy !

– Oui ?

Il avait surgi de nulle part, sale et en sueur.

– Nicky ! me suis-je exclamée moitié en colère, moitié soulagée. Où étais-tu ?

– Dans un endroit frais, a-t-il répondu avec un air suffisant. Les triplés ne voulaient pas que j'aille nager avec eux, eh bien, je me suis tout de même rafraîchi. Je me suis passé d'eux et j'ai observé la règle des deux pâtés de maisons.

– Viens. Rentrons. Tu peux te doucher sous le tuyau d'arrosage… Et ne me fais plus peur comme ça à l'avenir !

– Je suis désolé, a dit Nicky avant d'esquisser un sourire contrit.

Je lui ai retourné son sourire, contente que la crise soit passée, mais me posant encore de nombreuses questions.

6

Quand je suis rentrée à la maison cet après-midi-là, David était toujours chez Joey avec les triplés. Je n'arrêtais pas de penser à la disparition de Nicky. Des choses pareilles me font une peur terrible. Je n'avais pas oublié ce qui s'était passé avec Buddy Barrett. Les kidnappings sont des choses qui arrivent. Et j'ai toujours peur que cela se passe quand je garde des enfants. D'autant que cela n'arrive pas qu'aux autres. Des histoires d'enfants disparus, il y en a plein les journaux et à la télé.

Il fallait absolument que je me change les idées. J'ai pris le livre que j'avais emprunté à la bibliothèque et je me suis installée dans la grange. Bien sûr, ce n'est pas l'endroit le plus frais qu'on peut trouver par une chaude journée d'été, mais c'est le plus calme. D'habitude, je grimpe dans le fenil, mais comme la chaleur monte, je suis restée en bas. Je me suis calée sur de la paille sèche dans le coin le plus frais.

À peine avais-je commencé *Le Secret de la lande hantée* qu'un craquement s'est fait entendre sous mes pieds.

Et voilà que je tombais… dans le vide, comme Alice dans le trou du lapin.

– Au secours !

Boum.

– Ouille !

Je n'étais certainement pas tombée de plus d'un mètre cinquante, mais j'avais l'impression d'avoir chuté de trois cents mètres. J'étais plongée dans l'obscurité, mais, au-dessus de moi, je pouvais voir un carré de lumière et les poutres de la grange. Je me suis relevée en titubant. J'étais dans une sorte de cave ou de tunnel. Pas étonnant que l'endroit que j'avais choisi pour lire m'ait paru frais, un courant d'air circulait en dessous. Une minute ! Une grange n'a pas de cave, que je sache. J'étais peut-être dans… Non. Impossible. La panique m'a gagnée. Il fallait que je sorte de là.

J'ai tâtonné autour de moi avec précaution. J'étais certaine que mes doigts allaient rencontrer des araignées, de grosses araignées poilues (peut-être même de grosses araignées poilues et venimeuses) ou des choses gluantes. Eh bien non. Mes doigts n'ont rencontré qu'une étroite latte de bois, puis une autre, une autre et ainsi de suite. Une échelle !

Je suis remontée dans la grange et j'ai examiné le sommet du trou. J'étais tombée à travers la trappe. Elle devait être très abîmée.

Récapitulons. Dans notre grange, il y a une trappe avec une échelle menant…

Je poussai un cri. Mais oui, bien sûr ! J'avais trouvé un passage secret ! Qu'est-ce que cela pouvait être d'autre ? J'ai foncé à la maison pour prendre une lampe de poche dans un tiroir de la cuisine avant de revenir dans la grange. Étonnamment, je n'avais pas peur du tout, contrairement à la fois où nous avions voulu explorer le grenier. Il faisait sombre alors. Par une journée aussi ensoleillée, j'avais l'impression que rien ne pouvait m'arriver. Et puis, j'avais enfin trouvé ce que je cherchais depuis si longtemps.

J'ai examiné l'ouverture et l'échelle par laquelle j'étais remontée. Puis, je suis redescendue en tenant la lampe de poche dans ma main gauche. Le sol était en terre battue et le passage tournait vers la gauche, vers notre maison. C'était un tunnel creusé dans la terre, soutenu ici et là par quelques poutres. Il n'y avait pas de lumière, à part celle de ma lampe de poche.

J'ai fait quelques pas. Tout paraissait irréel. Plus loin, le passage semblait remonter un peu. Je tremblais. Quelle aventure ! Comme dans un roman d'Agatha Christie. J'imaginais déjà la tête que ferait Claudia quand je le lui raconterais.

Assez rapidement, un mur en terre battue m'a barré le chemin. M'étais-je engagée dans un cul-de-sac ? Non, le passage virait brusquement à droite.

Un peu plus loin, il y avait un escalier de bois. Mon cœur s'est mis à battre la chamade. J'ai grimpé les marches avec prudence. Où étais-je ? Quelque part sous la maison ? En haut de l'escalier, le passage qui se rétrécissait de plus en plus et dont les parois étaient maintenant recouvertes de bois (j'étais sûre d'être dans la maison) a de nouveau fait un coude avant de se terminer en cul-de-sac. J'ai parcouru les parois du bout des doigts en espérant actionner un mécanisme d'ouverture. Il m'a semblé sentir quelque chose… mais je n'ai pas eu le temps de réaliser ce que c'était, le mur qui était à ma droite s'est mis à pivoter dans un grincement assourdissant.

J'étais dans ma chambre ! Le mur qui avait basculé était celui qui avait sonné creux l'autre jour. Le passage débouchait en fait entre la chambre de maman et la mienne.

J'ai calé la porte secrète de ma chambre (au cas où) et je suis redescendue dans le passage. Cette fois-ci, j'ai dirigé ma lampe de poche vers le sol.

Mes pas soulevaient de petits nuages de poussière. J'avançais lentement en balayant le faisceau lumineux devant mes pieds.

Un peu plus loin dans le tunnel, j'ai trouvé un bouton en métal par terre. Il devait être ancien. Je n'en avais jamais vu de semblable. Il était tout cabossé, mais je pouvais distinguer un motif gravé, une sorte de blason. Quelques mètres plus loin, il y avait une grande boucle ternie. Elle était trop grande pour servir de boucle de ceinture, et puis elle n'en avait pas vraiment la forme. Une boucle de soulier ? Les gens n'en portent plus de cette taille depuis quand ? Le XVIIIe siècle ? J'ai continué, de plus en plus intriguée. J'ai fini par trouver une clé. Elle avait l'air d'être ancienne – très longue et étroite avec un large anneau pour pouvoir l'accrocher.

Depuis combien d'années cette clé se trouvait-elle dans le passage ? Depuis combien d'années tous ces objets s'y trouvaient-ils ? Et surtout, que faisaient-ils là ? Appartenaient-ils à une personne morte dans ce passage pour y avoir été enfermée ? Le malheureux prisonnier avait peut-être essayé de s'échapper en utilisant cette clé. Il n'y était pas parvenu et, abandonné là, il était mort de façon atroce. J'en étais sûre. Je le savais : notre maison était hantée. Elle était hantée par le fantôme du passage secret.

Personne n'allait me croire et pourtant c'était vrai. Je me souvenais des bruits que j'avais entendus la nuit où il y avait eu de l'orage. Maintenant, j'en connaissais l'origine.

7

Le beau temps n'a pas duré. Il a fait de nouveau mauvais vendredi. Ce soir-là, un orage que mon grand-père aurait qualifié d'apocalyptique a éclaté. Je ne le savais pas alors, mais pendant que David et moi cherchions un fantôme dans notre vieille ferme, Kristy vivait une aventure tout aussi haletante dans sa nouvelle maison.

Ce soir-là, elle était chargée de s'occuper de David Michael, de Karen et d'Andrew, qui étaient venus passer le week-end chez eux. Charlie et Samuel, ses deux frères aînés, étaient invités à une fête, et sa mère et son beau-père étaient allés au théâtre à Stamford.

Après leur départ, le ciel s'est couvert. Une heure plus tard, la pluie s'est mise à tomber, le vent soufflait et le tonnerre grondait.

Kristy essayait de faire jouer les enfants aux dominos, mais ce n'était pas facile. À chaque coup de tonnerre, David Michael poussait un cri, Andrew sautait sur les genoux de Kristy, Foxy, le chien, faisait des bonds (et atterrissait sur les dominos), et Karen prenait un air indigné, traitant tout le monde de nouille. Au bout de trois coups de tonnerre, Kristy a proposé :

– Et si on lisait un livre au lieu de jouer aux dominos ?

– Oh, oui ! s'est exclamé Andrew. Lis-nous *Le Vent dans les saules*.

– *Fantastique Maître Renard*, a suggéré David Michael.

– *Papa-Longues-Jambes*, a demandé à son tour Karen.

Kristy a soupiré. Comment allait-elle réussir maintenant à les mettre d'accord ?

– Et si… et si je vous racontais une histoire plutôt ? est alors intervenue Karen.

Kristy a hésité. Les histoires de Karen ont le don de faire peur à tout le monde, même si ce n'est pas forcément le but recherché.

– Une histoire qui finit bien, alors, a fait Kristy.

Karen a réfléchi un instant avant de secouer la tête.

– J'en connais pas.

– C'est nul, les histoires qui finissent bien, a déclaré David Michael en crânant. Raconte-nous une histoire qui fait peur.

Mais le tonnerre a de nouveau grondé et il a poussé un cri d'effroi.

– Tu en es sûr ? l'a taquiné Kristy.

– Euh... oui.

– Moi aussi, a renchéri Andrew, qui ne voulait pas paraître moins courageux. Moi aussi, je veux une histoire qui fait peur !

Kristy pensait que ce n'était pas du tout une bonne idée.

– Et si on racontait plutôt des blagues ? Toc, toc.

David Michael, Karen et Andrew se sont regardés en grimaçant.

– J'ai dit, toc, toc, a insisté Kristy.

– Qui est là ? a fini par soupirer David Michael.

– Patate, a répondu Kristy.

– Patate qui ?

– Toc, toc.

– Mais qu'est-ce que tu fais ?

– Fais-moi confiance. Cette blague-ci est un peu différente.

– Bon, d'accord. Qui est là ?

– Patate.

– Patate qui ?

– Toc, toc.

– Qui est là ?

– Patate.

– Patate qui ?

– Toc, toc.

– Qui est là ?

– Salade.

– Salade qui ?

– Salade toi-même, tu aurais préféré que je dise Patate ?

Kristy a éclaté de rire. Mais elle était bien la seule.

Les trois enfants se sont dévisagés sans rien dire.

– Je vais vous raconter comment le vieux Ben Lelland est devenu fou, a dit Karen pour clore la parenthèse blague de Kristy.

Andrew et David Michael étaient tout ouïe, ignorant complètement Kristy, qui, dépitée, s'est mise à ranger les dominos. Puis elle est descendue à la cuisine où elle a mis un paquet de petits-beurre, quatre verres et une brique de lait sur un plateau pour emporter le tout dans la salle de jeux.

Karen était en train de raconter son histoire.

– Cela faisait six heures que Ben Lelland était assis dans son fauteuil à bascule devant la cheminée de sa chambre à coucher. Il restait là sans bouger. Dehors un violent orage avait éclaté.

– Comme ce soir ? a voulu savoir Andrew en ouvrant de grands yeux.

– Oui, a répondu Karen, avant de reprendre d'une voix très solennelle : Il était presque minuit.

David Michael a étouffé un petit cri.

Karen a hoché la tête avec gravité.

– Et vous savez ce que cela signifie ?

Kristy s'est installée par terre près des enfants. David Michael était adossé contre un fauteuil, Andrew assis dans les bras d'un énorme panda en peluche, et Karen leur faisait face, assise en tailleur. Elle s'était affublée d'un chapeau de sorcière et d'un masque noir scintillant. Elle ponctuait ses phrases en agitant une baguette magique.

– Cela signifie que...

Un violent coup de tonnerre l'a interrompue, faisant sursauter tout le monde, même Kristy.

– Cela signifie, a aussitôt repris Karen, très concentrée,

que le fantôme sans tête allait apparaître à Ben Lelland… et lui faire perdre la raison.

Kristy a esquissé une grimace. L'histoire était vraiment horrible.

– Ben Lelland avait fait tout ce qu'il pouvait pour tenir le fantôme à distance. Il avait fermé la porte et les fenêtres, et pour rien au monde il n'aurait quitté la pièce. Même pas pour se rendre aux toilettes. Il avait même mis des gousses d'ail partout dans la chambre.

– Je pensais que ça ne marchait que contre les vampires, a fait remarquer Kristy.

– Il voulait mettre toutes les chances de son côté, a fait David Michael, comme si c'était l'évidence même.

– Donc, il est presque minuit et Ben est enfermé dans cette pièce, a repris Karen. Tout est calme…

– Sauf qu'il y a de l'orage, a rappelé Andrew.

– Et que le feu crépite, a ajouté David Michael.

– Cette scène s'est passée ici même, dans cette maison, au deuxième étage, a poursuivi Karen, imperturbable.

Ben Lelland est l'arrière-grand-père d'Andrew et de Karen.

– La chambre dans laquelle nous n'entrons jamais, a murmuré Andrew en plissant les yeux.

C'est alors que Boo-Boo, le gros chat des Lelland, a fait son entrée dans la pièce en se dandinant.

Karen l'a montré du doigt.

– Boo-Boo, lui, sait ce qui se passe dans cette chambre. Il sait qu'elle est hantée.

– Tout le deuxième étage est hanté, a ajouté David Michael. D'ailleurs, Boo-Boo ne monte pas au deuxième étage, jamais.

Boo-Boo s'est frotté contre Karen en agitant nerveusement la queue.

– Du calme, Boo-Boo, a dit Kristy.

– Il ne peut pas se calmer, a rétorqué Karen. Sais-tu où nous nous trouvons ? Juste au-dessous de la chambre de Ben Lelland.

– Aaah ! a laissé échapper David Michael.

– Karen, a soupiré Kristy, la dernière fois que tu as raconté des histoires de fantôme, tu as dit que Boo-Boo n'allait pas au deuxième étage parce qu'il est situé au-dessous du grenier et tu as dit que c'était le grenier qui était hanté.

– Oui, c'est vrai, a concédé Karen après un moment d'hésitation. Mais la chambre de Ben aussi est hantée. En tout cas, il est presque minuit. À onze secondes près.

Elle a marqué un temps d'arrêt.

– Onze... dix... neuf... huit... sept... six... cinq... quatre... trois... deux... un.

Les deux petits garçons étaient suspendus aux lèvres de Karen.

– Et après, qu'est-ce qui s'est passé ? a demandé Andrew avec fébrilité.

Il était au bord des larmes. Kristy l'a pris sur ses genoux.

– Ben pensait avoir bloqué toutes les issues. Mais il se trompait. Le fantôme est entré par la cheminée.

Tous les regards se sont alors braqués vers la cheminée de la salle de jeux.

– Le fantôme s'est mis à parler. « Je suis venu te chercher, Ben Lelland. »

Au même moment, Boo-Boo a fait un bond, et a filé vers la porte pour s'engouffrer dans le couloir, toutes griffes dehors.

Foxy, alarmé par cette agitation, est aussitôt parti à la poursuite de Boo-Boo.

– C'est Ben Lelland ! s'est mise à hurler Karen. C'est son fantôme ! Il a été hanté et maintenant c'est lui qui nous hante !

– Du calme, Karen, a fait Kristy, qui essayait de ne pas montrer son trouble. Il n'y a pas de fantôme.

– Si ! Il y en a un. C'est pour ça que Boo-Boo et Foxy ont peur ! Les animaux savent quand il y a des fantômes !

Andrew a fondu en larmes.

– J'ai peur !

– Les fantômes n'existent pas, voyons.

Kristy s'est levée et a déclaré :

– Il est l'heure d'aller dormir.

– Je veux dormir avec toi cette nuit ! a gémi Andrew.

– Moi aussi ! s'est empressée de dire Karen.

– Moi aussi ! a fait David Michael en criant presque.

Kristy nous avouerait par la suite qu'elle était bien contente qu'ils veuillent dormir avec elle. Et puisqu'elle avait un lit gigantesque dans sa nouvelle chambre, elle savait qu'ils pourraient tous y dormir. Boo-Boo et Foxy les ont même rejoints.

Ce sont des chuchotements devant sa porte qui ont réveillé Kristy le lendemain matin. Elle a cligné des yeux et s'est redressée tant bien que mal. Karen était couchée sur le dos, la bouche ouverte, un bras passé autour d'Andrew, qui suçait son pouce. De l'autre côté, David Michael ronflait. Foxy et Boo-Boo étaient vautrés au pied du lit.

– Mais qu'est-ce qu'ils font tous là ?

C'était Samuel qui parlait à Charlie en désignant le lit de Kristy par l'entrebâillement de la porte. Ils étaient morts de rire.

– Hé, Kristy, ne me dis pas que vous avez eu peur de l'orage, hier soir ? l'a taquinée Samuel en voyant qu'elle était réveillée.

– Non. Pas exactement.

Elle s'est extirpée du lit en prenant soin de ne pas écraser David Michael.

– Je suis sûr que si, a insisté Samuel. Quelle bande de poules mouillées !

– Nous n'avons pas eu peur de l'orage, a répliqué Kristy d'un ton plus ferme. Nous avons seulement…

– Seulement quoi ? a gloussé Charlie.

– C'est une longue histoire…

8

D'accord, Kristy avait passé une mauvaise nuit. Peut-être à cause de mes histoires de fantômes, peut-être pas. Mais elle n'était pas la seule à avoir eu des ennuis pendant cet orage. David et moi en avons eu aussi pas mal… Et nous n'avons pas été plus courageux que Kristy.

J'ai fait une chose étrange après avoir trouvé le passage secret : je n'en ai parlé à personne. J'étais pourtant super excitée. Je m'étais retrouvée tout d'un coup dans la peau d'un détective. Et il y avait de grandes chances que le passage soit hanté ! Ce n'est qu'après être remontée dans la grange et avoir fermé la trappe que j'ai réalisé ce que ça voulait dire. Mais au lieu de foncer téléphoner à mes amies et leur raconter ma découverte, j'ai tout gardé pour moi. Je n'en ai même pas parlé à David, ni à maman.

Le soir du second orage, pendant que Kristy gardait Andrew, Karen et David Michael, j'étais seule à la maison avec David.

Maman était partie à sept heures. Elle avait rendez-vous avec M. Grant, ce qui était loin de me ravir. Je préférais quand elle sortait avec le père de Mary Anne. Nous avions espéré devenir demi-sœurs. Mais maman s'était mise à sortir avec d'autres hommes. Il y a eu le fils d'amis de mes grands-parents, deux de ses collègues de bureau et deux autres qu'elle avait rencontrés à une fête. Je n'en aimais aucun et n'aurais pas voulu en avoir un seul pour beau-père. À part M. Cook, bien sûr ! David non plus n'en aimait aucun.

Ce soir-là, maman est sortie avec le fils d'amis de mes grands-parents. Ils devaient aller dîner au restaurant, puis prendre le dessert dans un café chic. Cela ne me plaisait pas du tout – ça avait l'air beaucoup trop sérieux.

Je n'étais donc pas de très bonne humeur lorsque la sonnette a retenti. D'habitude, je vérifie que maman est bien coiffée et bien maquillée, que tout est en ordre. Mais là, je suis restée bouder dans le salon. Si j'avais vu quelque chose qui n'allait pas, je n'aurais pas pu m'empêcher de le lui dire. Je ne l'aurais pas laissée partir avec une seule boucle d'oreille, des faux cils posés de travers ou je ne sais quoi d'autre. Là, elle pouvait bien aller à son rendez-vous en chaussons, je m'en fichais éperdument.

– À tout à l'heure, les enfants ! nous a lancé maman sur le pas de la porte.

– À tout à l'heure, ai-je bougonné.

J'étais assise dans un fauteuil et je lui tournais le dos.

– S'il pleut, pensez à fermer les fenêtres.

– D'accord.

– Carla ? Tout va bien, ma chérie ?

– Oui.

Maman a semblé hésiter. Je ne la voyais pas, mais je sentais qu'elle hésitait.

David a déboulé dans l'escalier ; il sautait trois marches à la fois.

– Au revoir, maman !

– Au revoir, mon chéri. Je viens de dire à Carla de fermer les fenêtres s'il pleut. Oh, il y a à manger dans le frigo.

– Au revoir, maman, ai-je fait d'un ton contrarié.

Elle n'a pas insisté. Et après son départ, j'ai eu un pincement au cœur.

David n'a rien remarqué.

– Si on mangeait ? a-t-il dit en se dirigeant vers la cuisine.

– D'accord.

C'était peut-être l'occasion de chasser de mon esprit maman et le fantôme.

David et moi avons dîné en regardant un feuilleton à la télévision.

– Je déteste ce feuilleton, ai-je déclaré.

– Moi aussi, a avoué David.

– Pourquoi on le regarde alors ?

– Je ne sais pas. Parce que c'est…

Il a été interrompu par un coup de tonnerre. La pluie s'est mise à tomber aussitôt.

– Les fenêtres ! me suis-je écriée.

Nous avons laissé notre repas pour aller les fermer.

Nous nous étions à peine remis à manger que l'électricité a sauté. Et comme il faisait presque nuit dehors, on n'y voyait plus rien à l'intérieur.

– Zut ! a pesté David.

– Je me demande si le courant est coupé partout ou seulement dans le quartier. Ou peut-être juste chez nous.

J'ai frissonné rien que d'y penser.

Nous sommes allés sur le perron et nous avons regardé dans la rue. Aucune lumière : il n'y avait plus d'électricité dans tout le quartier.

« Peut-être que maman va être obligée de rentrer. Peut-être que sa soirée sera gâchée. » Cette pensée me réconfortait.

David a fini par trouver une lampe de poche et nous avons rangé la cuisine autant que possible. Ensuite, nous avons erré dans la maison.

– Quel ennui, a soupiré David. Qu'est-ce qu'on pourrait bien faire ?

J'avais toujours le livre emprunté à la bibliothèque : *Spectres et fantômes. Nouvelles d'épouvante.* Il me restait deux histoires à lire et j'avais bien envie d'en relire certaines. Je pensais au fantôme de notre passage secret et je me suis mise à avoir peur, mais pas cette peur horrible que j'avais ressentie plusieurs fois en début de semaine, une peur délicieuse.

– Hé, David ! Tu veux que je te raconte des histoires vraiment géniales ?

Il avait l'air sceptique (du moins, à la lueur de la lampe de poche).

– Quel genre d'histoires ?

– Des histoires de fantômes.

– Pfff...

– Je sais que tu ne crois pas aux fantômes, mais avoue qu'avec la coupure de courant, l'ambiance s'y prête ! Il fait nuit et la tempête fait rage. Ça ne te donne pas la chair de poule ? Et puis, on n'a rien d'autre à faire.

– C'est vrai.

– Montons dans ma chambre.

Spectres et fantômes nous attendait sur ma table de chevet. Nous nous sommes assis sur mon lit, j'ai pris la lampe de poche des mains de David et j'ai ouvert le livre. Je lui ai d'abord lu *Les Événements surnaturels*. Ensuite *Histoire de la mystérieuse auto-stoppeuse*, puis *Le Secret de la lande hantée*. J'allais poursuivre, quand David m'a dit :

– Si on s'arrêtait, Carla ?

– Tu en as assez ?

Impossible de dire si mes histoires l'avaient ennuyé, effrayé ou endormi.

– Oui, passons à autre chose. Mais quoi ? a-t-il demandé d'une voix qui laissait entendre qu'il s'ennuyait.

– On peut jouer à un jeu de société.

On a sorti un Uno, mais la lampe de poche n'éclairait pas assez.

David a bâillé à s'en décrocher la mâchoire.

– Quel dommage ! On rate toutes les chouettes émissions de télé du vendredi soir.

– J'ai une idée qui vaut toutes les émissions de télé du monde.

– Ah oui ? Quoi ?

– Je vais te montrer.

Je me suis levée et me suis dirigée vers le mur qui sépare ma chambre de celle de maman.

– Viens voir et braque la lampe vers moi.

J'ai glissé mes doigts sur la moulure et j'ai actionné le mécanisme d'ouverture. Il ne m'avait pas fallu longtemps pour trouver comment cela marchait.

David est resté bouche bée quand le pan du mur a pivoté.

– Mais qu'est-ce… ?

– J'ai découvert un passage secret, tout ce qu'il y a de plus vrai.

– Non ?

– Mais si. Tu veux voir où ça va ?

J'avais ramassé le bouton, la boucle et la clé et je les avais cachés dans un tiroir de mon bureau. Sans les preuves évidentes de son « existence », le fantôme semblait moins effrayant.

– Viens, ai-je dit en attrapant la main de David et en l'entraînant dans l'ouverture.

– Mais depuis quand sais-tu qu'il y a un passage secret dans la maison ?

– Quelques jours, mais je n'ai rien raconté parce que je voulais avoir un secret, je suppose. C'est génial, hein ?

Stupéfait, David m'a suivie dans le passage jusqu'à l'escalier branlant. Il devait marcher derrière moi. Le passage n'était pas assez large pour deux. Nous allions descendre les marches lorsque David m'a arrêtée :

– Attends, Carla. Regarde !

– Quoi ?

– Passe-moi la lampe de poche.

Il a dirigé le faisceau lumineux vers le mur qui se trouvait près de l'escalier. Quelque chose brillait dans le noir. David s'est penché et l'a ramassé.

– Qu'est-ce que c'est ?

Mon cœur battait si fort que je pensais que mon frère pouvait l'entendre. David a frotté sa trouvaille couverte de poussière pour l'examiner attentivement.

– C'est une pièce. Il y a inscrit « cinq cents » dessus, mais elle ne ressemble à aucune pièce connue. D'un côté, il y a un portrait d'Indien, de l'autre, un bison. C'est peut-être une pièce étrangère... Non, elle vient des États-Unis.

– Les pièces de monnaie à tête d'Indien sont très anciennes, lui ai-je expliqué. On se servait de ces pièces bien avant celles qu'on utilise maintenant. Regardons s'il y a une date.

David et moi avons retourné la pièce dans tous les sens, mais elle était tellement usée qu'on ne pouvait pas lire la date.

– Elle doit être vraiment très ancienne. Il faut des centaines d'années pour oue le métal s'abîme ainsi.

– C'est vrai, a dit David. Je me demande comment elle est arrivée ici.

– Comme tout le reste, ai-je murmuré si bas que David ne m'a pas entendue.

– Bon, continuons notre chemin.

David marchait maintenant devant. Nous n'étions plus très loin de la grange quand quelque chose a craqué sous mes pieds. J'ai poussé un cri, certaine d'avoir marché sur un os humain.

– Qu'est-ce que c'est ? a fait David.

– Je ne veux pas le savoir...

Il a balayé le sol avec la lampe de poche. À quelques centimètres de mon pied gauche, il y avait un petit cône brun. Nous nous sommes agenouillés.

– Je crois que c'est un morceau de cornet de glace, ai-je avancé, bien que David et moi n'ayons pas dégusté plus de deux cônes glacés dans toute notre vie.

– Tu crois ? Je pensais que les cornets de crème glacée étaient plutôt dans les jaunes, et plus légers. Tu te souviens, lorsque papa nous a emmenés chez le glacier ? Ce qui reste de cette chose, a-t-il poursuivi en touchant le cône du bout de son pied, est foncé et dur.

– Tu sais, je pense vraiment que c'est un vieux cornet de crème glacée.

Je me sentais à la fois effrayée et surexcitée. Je me demandais depuis combien de temps ce cône et cette pièce se trouvaient dans le tunnel, et pourquoi je n'avais rien vu l'autre jour. Les fantômes peuvent-ils transporter des objets ? J'étais pourtant certaine d'avoir bien examiné les lieux la dernière fois.

– Hum, David, je crois que ce passage secret est hanté par un fantôme en colère, probablement celui de quelqu'un qui a été enfermé ici il y a très longtemps.

– Oh, arrête tes bêtises. Tu dis ça pour me faire peur.

– Pas du tout.

– Si le passage est hanté... prouve-le.

– Je ne pense pas pouvoir le prouver, mais j'ai entendu plein de bruits bizarres ces derniers temps. Maman dit que toutes les vieilles maisons font du bruit. C'est le bois qui travaille.

– Elle a raison.

– Sauf que le bois ne gémit pas. Si ?

David m'a fixée d'un air étonné.

– Tu as entendu des gémissements ?

– Oui.

J'ai essayé d'imiter les bruits que j'avais entendus.

– C'était peut-être l'orage, a suggéré David.

Mais il n'avait pas l'air convaincu, surtout lorsque j'ai ajouté d'un air agacé :

– Je sais faire la différence entre quelque chose qui mugit à l'extérieur et quelque chose qui gémit à l'intérieur.

– Bon…

– De plus, le cornet à glace et la pièce ne se trouvaient pas dans le passage le jour où je l'ai découvert. J'ai soigneusement exploré le tunnel, et j'ai trouvé un bouton, une boucle et une clé. Mais c'est tout.

– Qu'est-ce que tu dis ? a bredouillé David, qui semblait soudain nerveux dans le halo de lumière vacillante.

– Je suis en train de te dire que jusqu'à présent je n'ai parlé à personne du passage secret. Donc, personne n'y a pénétré sauf moi, d'accord ?

– D'accord, d'accord. J'ai compris. Je ne suis pas idiot.

– Alors, d'où viennent ce cône et la pièce de monnaie ?

David n'a su me répondre.

– Puisque je te dis qu'il y a un fantôme, ai-je repris. Et je vais te dire autre chose. Je pense que j'ai eu tort d'emporter ces objets. Je pense que le fantôme est furieux et qu'il veut les récupérer. Et nous ferions mieux de ne pas prendre ceux-ci. Va remettre la pièce où tu l'as trouvée.

– Quoi ? Pas question. Ou alors, tu viens avec moi.

David avait maintenant l'air complètement terrifié.

– Non, vas-y. Nous sommes beaucoup plus près de l'autre sortie. Je continue par là, moi.

David m'a alors fixée d'un air menaçant.

– Je te rappelle que c'est moi qui ai la torche. Si je pars, je l'emporte avec moi. Tu seras toute seule dans le noir.

Je n'avais pas le choix.

– Bon, d'accord. De toute façon, il pleut à verse dehors. Autant rentrer par ma chambre.

– Sur quoi débouche l'autre sortie ?

– La grange.

C'est alors que nous avons entendu un craquement suivi d'un gémissement. Nous nous sommes mis à hurler. Et sans plus attendre, nous avons fait demi-tour et avons couru jusqu'à ma chambre. Dans la précipitation, David a perdu la pièce.

9

David et moi avions oublié qu'il n'y avait pas d'électricité. Nous nous sommes précipités dans ma chambre et effondrés sur mon lit, hors d'haleine.

– C'était le fantôme ! Et son âme en peine erre depuis une centaine d'années au moins.

Et comme pour confirmer ce que je venais de dire, un petit grattement s'est fait entendre derrière la cloison pivotante que j'avais pris soin de refermer.

Je me suis cramponnée au bras de David, complètement terrifiée.

– Il essaie d'entrer, a articulé David d'une voix blanche.

– Je vais téléphoner à maman ! ai-je décidé en me demandant si j'allais trouver le courage et la force d'aller jusqu'au téléphone.

– Ne me laisse pas seul ! Attends-moi, m'a suppliée David.

Cette fois, c'est lui qui s'agrippait désespérément à moi.

Nous sommes allés dans la chambre de maman et j'ai décroché le combiné.

– J'espère qu'il fonctionne, a fait David.

J'ai suspendu mon geste.

Nous sommes restés silencieux un bref instant. J'ai finalement porté le combiné à mon oreille. Ouf, il y avait une tonalité. J'ai composé le numéro de maman en espérant qu'elle entendrait la sonnerie au fond de son sac.

– Carla ? Est-ce que tout va bien ?

– Maman ! Il n'y a pas d'électricité, il fait sombre, et il y a un passage secret qui va de ma chambre à la grange. Je sais que j'aurais dû t'en parler, mais je ne l'ai pas fait. David et moi l'avons exploré, et il y a un fantôme.

– Il essaie d'entrer dans la maison, on l'entend ! a ajouté David derrière moi.

– Quoi ? Que racontez-vous ?

– J'ai trouvé un passage secret dans notre maison. Un véritable passage secret.

Puis j'ai marqué une pause, pour qu'elle ait le temps d'enregistrer l'information.

– Maman, il n'y a pas d'électricité. David et moi nous sommes dans l'obscurité, nous n'avons qu'une lampe de poche.

– Je comprends, ma chérie. Mais ce n'est pas la première fois que nous avons une coupure de courant. Bon, maintenant, qu'est-ce que c'est que cette histoire de passage secret ?

– Tu sais bien que j'en cherchais un ?

– Oui.

– Eh bien, je l'ai trouvé l'autre jour. Je te promets que ce ne sont pas des histoires. Mais je n'ai rien dit à personne, pas même à Mary Anne.

– Et où se trouve ce passage ?

– Il va de la grange, où il y a une trappe dans le sol, à ma chambre. Tu vois le mur entre ta chambre et la mienne ? Il s'ouvre en pivotant lorsqu'on appuie sur un coin de la moulure.

– Tu en es certaine, Carla ?

– Oui. Je te jure. On s'ennuyait avec David, alors j'ai décidé de lui montrer le passage secret. Nous étions presque arrivés de l'autre côté lorsque nous avons entendu des gémissements. On aurait vraiment dit…

Maman ne m'a pas laissée finir ma phrase.

– Theodore et moi arrivons tout de suite. Pas de panique. Ne retournez surtout pas dans le passage.

– Alors ? a demandé David quand j'ai raccroché. Qu'est-ce qu'elle a dit ?

– M. Grant s'appelle Theodore. Theodore, tu t'imagines ?

Si incroyable que cela puisse paraître, c'est ce que j'ai retenu de ma conversation téléphonique avec maman.

– Je parie qu'il joue au golf, a fait David en riant. Et qu'il porte des chaussettes roses et des polos avec un crocodile.

– Je parie que pour lui passer un après-midi réussi revient à sortir sa carte bleue toutes les deux minutes. Et je parie qu'il a les cheveux courts, qu'il porte des lunettes à monture d'acier et qu'il a les yeux gris, mais qu'il porte en plus des verres de contact pour leur donner un reflet bleu.

David a éclaté de rire. Il n'arrivait plus à s'arrêter. Je me suis mise à rire aussi, quand soudain j'ai pensé au fantôme, qui devait nous entendre. Je me suis redressée d'un coup.

– Qu'est-ce qu'il y a ?

– Si ça se trouve, le fantôme est en train de se glisser dans ma chambre… Il faut aller bloquer le mur !

– Dans le noir ?

– Tu veux que le fantôme entre ici ?

– Non.

L'idée d'avoir un fantôme dans la maison devait l'effrayer encore plus que le noir : il s'est précipité dans ma chambre avant même que je puisse réagir.

– Poussons un meuble devant le mur, ai-je suggéré en le rejoignant.

Nous avons tiré ma commode devant la porte du passage, puis nous avons posé un fauteuil dessus.

Nous étions en train de prendre des livres sur les étagères et de les empiler sur le fauteuil quand toutes les lumières se sont rallumées comme par magie. Au même moment, maman et son ami sont arrivés. Ils nous ont trouvés, David et moi, debout sur mon lit en train d'entasser des livres sur les meubles. Nous ne les avions pas entendus entrer.

– Qu'est-ce que vous fabriquez ?

J'ai sursauté.

– Depuis quand êtes-vous là ?

Nous avons répondu toutes les deux en même temps :

– Nous empêchons le fantôme d'entrer.

– À l'instant.

– Tout le monde se calme, a fait l'ami de maman.

David et moi avons sauté à terre.

– Les enfants, voici M. Grant, Theodore Grant.

David et moi, nous nous sommes regardés et nous avons éclaté de rire, à la grande surprise de maman, qui devait se demander tout d'un coup si tout cela n'était pas une mauvaise blague.

– Theodore, voici Carla et David.

Assez gênés, nous nous sommes dit bonsoir tous les trois. Je dois admettre que l'ami de maman ne ressemblait pas tout à fait au portrait que nous avions imaginé, mais nous n'en étions pas loin. Il portait des lunettes en écaille de forme carrée. Il était blond aux cheveux courts, mais il avait les yeux bruns. Il portait un costume et une cravate, ses chaussettes n'étaient pas roses mais sa chemise oui. Sans crocodile.

– Carla, a fait maman d'un air exaspéré. Peux-tu m'expliquer ce que vous fabriquez, David et toi ?

– Nous bloquons le passage secret pour que personne ne puisse entrer dans ma chambre.

– Qui veux-tu qui passe par là ?

– Ben... Un...

– Un fantôme ? Je croyais qu'ils pouvaient passer à travers les murs.

– Hum... (Pourquoi n'y avais-je pas pensé ?) C'est vrai... Mais le passage est son repaire.

Pas bête ! Dit comme ça, ça me faisait moins peur.

– Je vous propose d'en avoir le cœur net, a déclaré Theodore.

Nous avons dégagé les meubles et les livres. Puis j'ai pressé la moulure et le mur a pivoté.

Maman était stupéfaite. Je pense que jusque-là elle n'avait pas vraiment cru mon histoire de passage secret.

– Si vous me prêtez votre lampe de poche, je vais aller jeter un coup d'œil, a repris M. Grant.

– Oh, Theodore, es-tu sûr que ce soit prudent ? s'est inquiétée maman.

David et moi, nous avons à nouveau eu un fou rire.

Ma mère s'est penchée vers l'ouverture du tunnel et a regardé son ami disparaître dans la pénombre.

– Comment as-tu découvert ce passage, Carla ?

Je lui ai alors raconté toute l'histoire, en lui expliquant où menait le souterrain.

– C'est incroyable, a convenu maman. Je sais que c'est une vieille maison, mais…

Lorsque Theodore est revenu, il était couvert de poussière, mais intact.

– Il n'y a rien ni personne dans ce passage. Si tu entends des bruits, Carla, je suis sûr que c'est…

– L'orage, le bois qui travaille.

– Exactement. Tenez, j'ai trouvé ceci.

Il a ouvert la main et m'a tendu la pièce de monnaie à tête d'Indien.

Je l'ai prise, mais j'avoue que je n'étais pas rassurée. Et si le fantôme essayait de la récupérer ?

– Je propose, a-t-il repris en s'adressant à maman, que tu fasses le nécessaire pour bloquer les entrées du passage, ou du moins l'entrée de la grange. Personne ne connaît son existence, mais c'est tout de même un accès à la maison, ce n'est pas prudent de le laisser ouvert.

– Tu as raison, je m'en occupe dès demain.

– Bien, cela empêchera les gens d'entrer, ai-je dit, mais le fantôme ?

– Carla ! s'est énervée maman.

– Puisque je te dis qu'il y en a un. Le fantôme du passage secret.

Et je lui ai expliqué comment je savais que le souterrain était hanté.

Maman et Theodore n'avaient pas l'air de me prendre au sérieux et ont vite montré des signes d'impatience. Ils ne m'ont même pas laissé le temps de leur parler du cornet de crème glacée. Maman a clos la conversation et est allée raccompagner son ami à sa voiture.

David s'est mis au lit à contrecœur.

Quant à moi, il n'était pas question que je dorme dans ma chambre. J'ai entrebâillé la porte du passage secret, j'ai jeté la pièce dedans et j'ai refermé derrière moi. Puis j'ai pris une couverture, un oreiller, mon livre, et je suis descendue dans le salon.

Maman est montée dans sa chambre. Elle ne devait pas être très rassurée. Après tout, le passage se trouve entre nos deux chambres.

Je venais de me coucher sur le divan quand j'ai vu le sac à main de maman posé par terre dans la salle à manger. Quelle étourdie ! « Il faut que je le lui apporte dans sa chambre », ai-je pensé en me relevant. En le soulevant, j'ai vu qu'il y avait un gros livre dedans : *Histoire de Stonebrooke*. Il devait appartenir à Bonne Maman. Elle ne nous laisse jamais partir les mains vides quand nous allons la voir. Parfois elle nous donne de la nourriture, mais le plus souvent des petits trésors, et toutes sortes de souvenirs. Bonne Maman dit qu'elle préfère donner les objets auxquels elle est attachée aux gens qu'elle aime avant sa mort. (Enfin, elle a encore le temps d'y penser car elle n'a que soixante, soixante-trois ans ou quelque chose comme ça !)

Le livre que je tenais à la main était si ancien que certaines feuilles s'effritaient. Le titre en lettres d'or était tout passé. La reliure était abîmée et la couverture déchirée aux coins. *Histoire de Stonebrooke*, ai-je lu en l'ouvrant, par Enos Cotterling. Publié en MDCCCLXXII. Des chiffres romains. On en avait parlé en classe. Ah oui, je m'en souvenais maintenant.

Si je ne me trompais pas, le livre avait été publié en 1872. Il y avait donc plus de cent ans ! Stonebrooke… était-ce notre ville, Stonebrook ? Quand avait-on perdu le « e » ?

Sans plus penser à rapporter le sac de maman, je me suis dirigée vers le divan.

La table des matières n'avait rien d'attrayant : taxes, imports et exports, commerce, croissance de la ville, droit de propriété. Mais le dernier chapitre semblait plus prometteur. Il était intitulé, tout simplement, *Légendes*.

J'ai tourné délicatement les pages jaunies pour arriver à ce dernier chapitre. Malgré mes précautions, deux pages se sont détachées. Je les ai remises en place avec soin. Je me sentais fautive même si je savais que je n'avais rien fait de mal.

Le chapitre débutait de la manière suivante : « Comme la plupart des villes de Nouvelle-Angleterre, Stonebrooke est riche en mythes et en légendes indiennes. L'une d'entre elles, qui ne doit pas être prise à la légère, est le mystère non résolu de Jared Mullray. »

Dans les années 1810, une famille de Stonebrooke, les Mullray, avait eu des problèmes d'argent. Ils étaient fortement endettés auprès d'un banquier appelé Mathias Bradford auquel ils ne pouvaient pas rembourser leurs dettes. La seule chose qu'ils possédaient était leur maison, « une maison de bois située au-delà de la propriété des Smythe », et leur petite ferme, Wood Acres. Afin de payer leurs dettes, les Mullray ont été obligés de vendre ces deux propriétés, y compris le mobilier et de nombreux objets personnels.

Le vieux Mullray voulait s'installer à Peacham, une petite ville du Vermont, et il avait persuadé sa femme, sa fille, son beau-fils et leurs trois enfants de le suivre. Il disait qu'une nouvelle vie commencerait pour eux. Mais il n'est pas arrivé à convaincre son fils Jared, âgé d'une trentaine d'années, de les accompagner. Jared, écrivait l'auteur, « n'avait jamais eu toute sa raison ». Mais une chose est sûre, il aimait Wood Acres, trop peut-être.

Un lundi matin de bonne heure, les Mullray ont entassé toutes leurs affaires sur un chariot, ont sellé un de leurs chevaux et se sont préparés à quitter les lieux. Mathias Bradford, qui avait l'intention de liquider la ferme, est arrivé avec des messieurs de la banque au moment où les Mullray chargeaient le chariot.

– Jared ! a appelé le vieux Mullray.

– Je ne pars pas ! a lancé son fils assez fort pour que tout le monde entende sa réponse.

Un des banquiers raconterait par la suite que sa voix ne semblait pas venir de la maison ni de la grange, mais qu'elle paraissait surgir de nulle part.

Le tonnerre s'est mis à gronder et je me suis pelotonnée sous la couverture.

Le vieux Mullray a regardé sa femme qui a haussé tristement les épaules. Tant pis, ils partiraient sans Jared. Il a fait claquer les rênes, le chariot s'est ébranlé et les Mullray ont quitté Wood Acres pour ne jamais y revenir.

Mathias Bradford et les quatre hommes qui l'accompagnaient (l'un d'entre eux était le maire de la ville) avaient regardé partir les Mullray, sans Jared. Et ils avaient entendu sa voix désincarnée dire qu'il ne partait pas. Ils ont eu beau fouillé tous les moindres recoins de la maison et de la grange, ils n'ont pas retrouvé Jared. Il avait tout simplement disparu. Et personne ne l'a plus revu.

Certains ont dit qu'il était parti en Alaska, mais M. Bradford n'a jamais prêté foi à ces rumeurs. Il avait entendu la voix de Jared et était convaincu qu'il n'était pas parti. Seulement, où était-il ? Bientôt une autre rumeur a circulé à propos de Jared. On disait que Jared n'avait pas supporté de devoir quitter Wood Acres, et qu'il était toujours là quelque part. Ils pensaient qu'il se terrait dans une cachette et n'en sortait que la nuit pour chercher de quoi manger.

Des années ont passé. Au moment où Enos Cotterling a consigné cette histoire dans son livre, tout le monde à Stonebrooke tenait Jared pour mort. Les gens disaient qu'il était mort dans sa cachette, mais que son esprit demeurait. Wood Acres, qui avait été intégré à un autre domaine, beaucoup plus important, et qui ne portait plus le même nom, était hanté par Jared, toujours à la recherche de nourriture, certes, mais aussi de bibelots et objets qu'il pourrait vendre afin de rembourser M. Bradford.

J'ai reposé le livre sur mes genoux, songeuse. Wood Acres, un fantôme, une cach... une cachette ! Je me suis figée, puis je me suis mise à trembler et à claquer des dents. Mais oui, bien sûr ! Enos Cotterling n'avait pas précisé où se trouvait Wood Acres, mais ce devait être ma maison et ma grange ! La maison était très ancienne, elle avait autrefois fait partie d'une ferme, et il y avait effectivement une bonne cachette... Une cachette d'où l'on pouvait hurler, et où l'on pouvait circuler sans être vu.

Il y avait vraiment un fantôme dans notre passage secret, et ce fantôme était Jared Mullray, le simple d'esprit !

10

Il était huit heures quand Claudia est arrivée chez les Newton. Cela promettait d'être le baby-sitting le plus facile de toute l'histoire du club. Lucy Jane dormait déjà dans son berceau. Simon avait mangé, et ses parents ne devaient s'absenter que deux heures. Tout ce que Claudia devait faire, c'était mettre Simon au lit, et attendre le retour des Newton.

Simon est venu ouvrir la porte. Claudia a tout de suite remarqué qu'il était surexcité.

– Bonjour ! Bonjour ! Bonjour !

– Bonjour, Simon.

Il sautillait sur place, on aurait dit un Yo-Yo habillé en jean

– J'ai appris une nouvelle chanson ! Écoute : *Je suis amoureux d'une grosse grenouille bleue. Une grosse grenouille bleue m'aime. Ce n'est pas une si mauvaise affaire. Elle porte des lunettes et est haute comme trois pommes ! Et quand elle...*

M. Newton est intervenu, visiblement embêté.

– Je suis désolé, Claudia, c'est moi qui lui ai appris cette chanson. Il la chante à tue-tête depuis ce matin ! Et il y a beaucoup d'autres couplets.

Claudia a pouffé de rire.

– Elle est rigolote.

– Seulement les soixante-dix premières fois, a rétorqué M. Newton en riant.

Sa femme descendait l'escalier comme Claudia entrait.

– Bonjour, ma belle. Le bébé dort et Simon a mangé. Ce n'est pas la peine de lui donner un bain ce soir...

– Chouette ! s'est écrié le petit garçon.

– Tu n'as qu'à lui mettre son pyjama. Il a eu une longue journée, et il faut qu'il aille... se coucher.

– Oh non, pas tout de suite !

Elle s'est alors tournée vers Simon et a ajouté :

– Je n'ai pas dit tout de suite. Mais dans pas longtemps.

– Non, je ne veux pas me coucher !

– Ne vous inquiétez pas, madame Newton, a dit Claudia. Je m'en occupe.

Puis elle s'est penchée vers Simon et a ajouté :

– Ne t'inquiète pas, Simon. Nous allons nous amuser un peu avant d'aller au lit.

– Chouette !

Simon sautait partout et dans tous les sens. Claudia l'a laissé continuer quelques minutes avant de lui dire :

–Simon, il est temps de mettre ton pyjama.

– Déjà ?

– Oui. Il est presque l'heure d'aller se coucher. Montons.

– Laisse-moi d'abord te montrer quelque chose.

– D'accord. Mais une chose seulement.

– C'est en bas dans la salle de jeux.

Simon a pris Claudia par la main et l'a conduite dans la salle de jeux. Il s'est planté au milieu de la pièce et l'a longuement parcourue des yeux.

– Alors, qu'est-ce que c'est ?

– C'est, hum... a hésité Simon en se mordillant l'index. C'est ça ! a-t-il fini par dire en montrant du doigt un gros camion. Regarde.

– Ton vieux camion ?

Simon a réfléchi un instant.

– Oh, non, c'est pas ça. Je veux dire... cette vache.

– Simon, a soupiré Claudia qui commençait à s'impatienter.

– Non, je veux dire mon... mon nounours.

– Cela fait trois choses, Simon, lui a fait gentiment remarquer Claudia. Il est temps de monter maintenant.

– Est-ce que je peux mettre mon pyjama avec des ours ?

– Bien sûr, a-t-elle répondu, soulagée qu'il ait l'air d'accepter de se mettre au lit.

– Il est au sale.

– Dans ce cas, il va falloir en choisir un autre.

– Mais tu viens de dire que je pouvais.

– Je ne savais pas qu'il était au sale.

– On n'a qu'à le laver !

– Cela prendrait beaucoup trop de temps. Et puis il faudrait le faire sécher.

– Combien de temps ?

– Trop longtemps.

– Combien de minutes ?

– Mille deux cent quarante-neuf !

– Ouah !

Ils sont passés sur la pointe des pieds devant la chambre de Lucy Jane pour entrer dans celle de Simon.

– Regarde sur ton lit. Ta maman a préparé ton pyjama avec les animaux de la ferme.

Il a fait la grimace.

– Je ne veux pas le mettre. C'est pour les bébés.

C'est vrai qu'il faisait un peu bébé, s'est dit Claudia.

– Choisissons-en un autre.

Elle a ouvert l'armoire et lui a présenté deux autres pyjamas.

– Lequel veux-tu ?

Elle avait fait attention à ne pas dire : « Tu veux mettre celui-ci ou celui-là ? » Il aurait pu répondre : « Aucun des deux. »

Simon a désigné l'un des pyjamas.

– Super. Lève les bras, que je t'aide à retirer ton T-shirt.

– Je le fais tout seul. Va-t'en.

– M'en aller ?

Simon était pourtant trop jeune pour se sentir gêné.

– Et si je me retournais ? a proposé Claudia.

Il a plissé les yeux, l'air de réfléchir.

– D'accord. Mais tu regardes pas.

Claudia s'est assise sur le lit de Simon, face au mur.

– Simon ? a-t-elle demandé au bout de quelques minutes.

Pas de réponse.

– Je peux me retourner, maintenant ?

Pas de réponse.

Claudia s'est tournée lentement. Il était parti.

– Simon ! a-t-elle lancé en étouffant sa voix pour ne pas réveiller Lucy Jane.

Elle a foncé dans le couloir, puis dans la salle de bains. Pas de Simon. Elle est descendue à la cuisine. Toujours pas de Simon. Elle l'a finalement trouvé dans la salle de jeux.

– Coucou ! a-t-il fait gaiement, mais il avait l'air un peu penaud.

Il était à califourchon sur une grosse voiture et était encore tout habillé.

– Simon Newton. Tu étais censé enfiler ton pyjama, l'a grondé Claudia. Je commence à en avoir assez. Monte vite dans ta chambre, s'il te plaît. Et cette fois-ci, je ne me retournerai pas.

Simon a fait une grimace mais il a obéi. Cette fois, Claudia ne l'a pas quitté des yeux jusqu'à ce qu'il soit sous ses couvertures.

– Oups, j'ai oublié de me brosser les dents. Et j'ai mangé des biscuits après le dîner. Il y a du sucre dans les biscuits et le sucre, ça fait des calories dans les dents.

Claudia n'a pu s'empêcher de pouffer de rire.

– Des caries, pas des calories ! Allez, debout ! Allons dans la salle de bains.

Simon s'est aussitôt relevé et il a couru dans la salle de bains. Debout devant le lavabo, il a mis une tonne de pâte dentifrice sur sa brosse, ce qui a fait un maximum de mousse. Puis il s'est rincé la bouche au moins six fois. Claudia l'attendait patiemment. Lorsqu'il a eu fini, il s'est précipité dans sa chambre et a sauté sur son lit.

– Veux-tu que je te raconte une histoire ? lui a demandé Claudia.

– Attends. J'ai oublié d'aller aux toilettes.

Il s'est relevé et a couru dans le couloir pour revenir quelques minutes plus tard.

– Bon, maintenant, a repris Claudia, veux-tu que je te raconte une histoire ?

– Oh, j'ai oublié mon verre d'eau.

– Je vais le chercher, a dit Claudia alors qu'il se relevait déjà. Tu restes ici. Ne bouge pas.

Quand elle est revenue avec un verre d'eau, elle s'attendait à ce que Simon ait à nouveau disparu, mais il était resté sagement dans son lit.

Elle lui a tendu le verre.

– Voilà ton verre d'eau.

Mais il refusait de le prendre.

– Eu ou-ou-é ? a marmonné Simon en bougeant à peine les lèvres.

– Que dis-tu ?

– Eu ou-ou-é ?

– Est-ce que tu peux articuler, s'il te plaît ?

– Ouais, bien sûr. Mais tu as dit que je ne devais pas bouger.

Claudia a laissé échapper un gros soupir.

– Je voulais juste dire que tu ne devais pas quitter la chambre. Tiens. Bois ton eau.

Simon a bien voulu prendre le verre et boire.

Claudia a pris un livre sur l'étagère de Simon.

– Si on lisait *Harold* ?

– D'accord.

Dès que Claudia a eu fini de lire l'histoire, Simon a demandé :

– Et maintenant, si on lisait *Laissez passer les canetons* ?

– Je suis désolée, Simon, cette histoire est trop longue.

– S'il te plaît, s'il te plaît…

Claudia a cédé. Mais il lui a fallu presque une demi-heure pour lire l'histoire parce que Simon n'arrêtait pas de l'interrompre pour poser des questions.

– Pourquoi M. Colvert a-t-il laissé Mme Colvert et les canetons seuls ? a-t-il voulu savoir alors que Claudia refermait le livre.

– Il les attendait dans leur nouvelle maison.

– Oh. Et pourquoi Michael a-t-il appelé les policiers ?

– Parce que la famille Colvert avait besoin d'aide. Maintenant, au lit.

Simon s'est blotti sous les couvertures, mais il a réclamé un autre verre d'eau… et encore un autre. Claudia s'est dit qu'elle n'en verrait pas le bout, mais Simon a fini par fermer les yeux et s'endormir.

Claudia est sortie de la chambre sur la pointe des pieds, puis elle est descendue s'installer devant la télé.

Cinq minutes plus tard, une petite voix dans son dos lui a demandé :

– Mais pourquoi M. Colvert a-t-il attendu sur l'île ? Et tu crois que je peux avoir encore un verre d'eau ?

11

– Tu sais ce que je crois ? a fait rêveusement Mary Anne.

– Non, ai-je répondu.

Nous étions toutes les deux allongées sur le dos dans le grenier de la grange. La journée était particulièrement chaude et ensoleillée. Je pouvais voir les grains de poussière voltiger dans un rayon de soleil qui entrait par un trou du mur. C'était la troisième fois que nous nous trouvions toutes les deux dans la grange. Mary Anne avait l'air d'un chat terrorisé parce qu'elle trouvait la grange sinistre. Mais, comme si elle lisait dans mes pensées, elle a ajouté :

– Je crois que je suis trop peureuse. (C'est le moins qu'on puisse dire !) Mais je sais que la peur nous fait voir les choses sous un plus mauvais jour qu'elles ne sont en réalité. Par exemple, j'avais peur des garçons avant d'aller à la mer avec les Pike et Lucy. J'avais peur de me faire des amies avant de te rencontrer.

– Tu as peur de la grange.

– Oui.

Mary Anne feuilletait le magazine qui se trouvait entre nous deux.

– Est-ce que tu te sens plus courageuse maintenant ?

– Certainement, a-t-elle dit d'un ton distrait. Mince alors, tu as vu Zack Efron ? Est-ce qu'il n'est pas adorable ?

– Ouais… Tu te sens courageuse comment ?

– Assez courageuse. J'aimerais tellement que Zack vive ici à Stonebrook.

– Et si je te donnais l'occasion de me prouver comme tu es courageuse ?

– Quoi ?

Mary Anne avait finalement cessé de dévorer des yeux son idole.

– Veux-tu me prouver comme tu es devenue courageuse ?

– Comment ça ?

– J'ai un secret à te montrer.

– Un secret ?

– Oui. Mais il va falloir que tu sois très, très courageuse. Viens dans la maison avec moi, nous allons chercher des lampes de poche.

– Des lampes de poche ? a répété Mary Anne sans conviction. Je suppose qu'on va se retrouver dans le noir ?

– Exact. Mais tu n'as pas peur du noir, si ?

– Non. J'ai peur de ce que je ne vois pas dans le noir.

– Oh, Mary Anne. Je croyais que tu m'avais dit que tu étais devenue courageuse.

– Oui, bon...

Je ne peux pas dire que je me sentais particulièrement courageuse moi-même.

Ce que je voulais, c'était montrer à Mary Anne le passage secret. Je n'avais pas eu le courage d'y retourner depuis la nuit où j'avais lu l'histoire de Jared Mullray. Je voulais que quelqu'un vienne avec moi et soit capable de garder ce formidable secret.

Je me suis levée et j'ai pris le magazine.

– Allons-y, ai-je dit en m'efforçant d'avoir l'air enthousiaste. Tu vas voir, c'est génial !

Nous sommes descendues du grenier. À la maison, nous avons trouvé deux lampes de poche. Puis nous sommes allées dans ma chambre. J'avais décidé d'entrer dans le passage par la maison plutôt que par la grange. Et surtout, je trouvais que voir le mur pivoter était beaucoup plus impressionnant qu'une vieille trappe poussiéreuse. D'un autre côté, c'était beaucoup moins effrayant de partir de la maison. Si nous laissions le mur ouvert, le passage serait un peu éclairé. Mais bon, il fallait bien faire un choix, et le mien était fait.

– Allez, c'est parti !

J'ai exercé une pression sur la moulure et le mur a pivoté. J'ai guetté la réaction de Mary Anne. Cela en valait la peine. Elle a écarquillé les yeux, bouche bée. Et elle est restée comme ça une bonne minute.

– Je l'ai trouvé. Le passage secret.

– C'est incroyable... a-t-elle dit dans un murmure à peine audible. Comment... comment l'as-tu trouvé ?

Je lui ai tout raconté, sans toutefois mentionner la découverte de la boucle et de la pièce, ou l'histoire de Jared Mullray.

Je ne suis pas idiote. Si j'avais raconté ces événements à Mary Anne, elle ne se serait probablement plus jamais approchée de la maison à moins de deux kilomètres.

– Tu as envie de le visiter ?

Elle semblait hésiter, alors je l'ai prise par le bras et l'ai poussée dans l'ouverture.

Nous avons allumé nos lampes de poche et nous sommes avancées dans le noir.

– Passe en premier, ai-je fait.

– Tu es folle ?

– Pas du tout. Je sais que si je passe devant tu ne me suivras pas. Je te retrouverai réfugiée sous mon lit ou un truc de ce genre. En avant. Je te suis.

Mary Anne a inspiré profondément et s'est dirigée plus avant.

Je ne lui ai rien dit, mais j'étais morte de peur. La pièce de monnaie que j'avais rejetée dans le passage n'était plus là. Je ne me rappelais pas si je l'avais lancée fort ou non, mais elle n'avait pas pu aller très loin. Où était-elle ?

Jared devait l'avoir reprise pour payer Mathias Bradford.

J'avais beau me dire que c'était ridicule, je ne pouvais m'empêcher d'être terrifiée. Comme nous descendions prudemment les marches, j'ai balayé le sol avec ma lampe de poche. Toujours pas de pièce.

Mary Anne et moi étions maintenant tout près de l'endroit où David et moi avions entendu les gémissements l'autre soir, quand Mary Anne s'est arrêtée net.

– Chut ! Tu as entendu ?

– Entendu quoi ?

– Chut !

Nous nous sommes arrêtées pour écouter. Je n'entendais rien, mais j'ai vu quelque chose à mes pieds. Des coques de noix. Elles étaient pleines de poussière, mais je savais avec certitude qu'elles n'étaient pas dans le passage la dernière fois.

J'ai laissé échapper un petit gémissement.

– Qu'est-ce qui ne va pas ? s'est inquiétée Mary Anne.

– Ces coques de noix ne se trouvaient pas dans le passage la dernière fois que je suis venue. Je suis sûre qu'elles n'y étaient pas. Oh, c'est Jared !

– Jared ?

– Le... le fantôme.

– Quel fantôme ? a balbutié Mary Anne d'une voix tremblotante.

– Le fantôme du passage secret.

J'en avais trop dit ou pas assez. Et puis, Mary Anne est ma meilleure amie. Je lui ai raconté l'histoire des Mullray.

Je sais que Mary Anne est peureuse, mais je ne m'attendais vraiment pas à ce qu'elle me laisse seule dans le noir. C'est pourtant ce qu'elle a fait. Elle m'a poussée et s'est ruée vers ma chambre sans se retourner.

– Comment ferme-t-on ce truc ? l'ai-je entendue hurler.

J'étais encore dans l'escalier quand le peu de lumière qui entrait dans l'ouverture du passage s'est mis à baisser. Mary Anne était en train de refermer le passage secret !

– Attends-moi ! Ne ferme pas !

– Oh, excuse-moi. Je n'avais pas réfléchi.

J'ai bondi dans ma chambre, le cœur battant à tout rompre, et j'ai repoussé le pan du mur derrière moi.

– T'as failli m'enfermer dans le passage ! ai-je reproché à mon amie en me laissant tomber sur mon lit.

Mary Anne s'est couchée à côté de moi.

– Je suis désolée. Mais j'ai eu vraiment très peur. Quelle idée aussi de m'emmener dans un endroit où il y a un fantôme !

Elle s'est tue brusquement. Puis elle s'est redressée et a secoué la tête.

– Attends une minute. Un fantôme ? Tu es sûre que tu n'as pas un peu trop lu d'histoires de revenants ?

– Puisque je te dis qu'il y a un fantôme ! Je vais te raconter toute l'histoire.

– Quelle histoire encore ?

– Je ne te l'ai pas dit, mais le jour où j'ai découvert le passage secret, j'ai aussi trouvé un bouton, une boucle et une clé par terre. Ces objets avaient l'air anciens. Tiens, les voilà.

Je les ai sortis de mon bureau et je les ai posés sur le lit.

Mary Anne a regardé attentivement les objets, mais elle n'a pas voulu les toucher.

– Je parie qu'ils ont plus de cent ans. Peut-être même plus de deux cents ans, ai-je dit.

– Waouh !

Je suis allée chercher le livre sur l'histoire de Stonebrooke et l'ai ouvert au dernier chapitre.

– Tout est là. L'auteur raconte pourquoi les gens pensent que Jared, le simple d'esprit, s'est caché dans le passage secret et qu'il y est mort. Et maintenant, ce pauvre vieux fantôme en colère hante le passage, et peut-être même notre maison, en quête de nourriture et d'objets de valeur.

– Oh, Carla, tu n'as pas de preuves.

Mais elle n'avait pas l'air très sûre d'elle.

– Pas vraiment, ai-je convenu. Mais je suis presque certaine que notre maison et la grange se trouvent sur l'emplacement de Wood Acres. Et le passage secret est une cachette idéale. Écoute. La deuxième fois que je suis allée dans le souterrain, j'étais avec David, et il a trouvé une pièce de monnaie à tête d'Indien. Tu sais ce que c'est ?

Mary Anne a hoché la tête.

– Je sais qu'elle ne se trouvait pas là auparavant. Et pendant que nous avancions dans le tunnel, nous avons entendu distinctement des gémissements et des pleurs.

– Tu les as vraiment entendus ?

– Oui. Et tout à l'heure, quand nous y étions, j'ai cherché partout la pièce et elle n'était plus là.

– Tu ne l'avais pas ramassée ?

– Si, enfin, David l'avait ramassée, mais je l'avais rejetée dans le passage.

J'ai dû lui raconter ce qui s'était passé avec l'ami de maman.

– Vous avez mis un verrou comme il l'a suggéré ?

– Seulement du côté de ma chambre. Et je ne le tire que la nuit. Nous n'avons pas trouvé le moyen de verrouiller la trappe, alors nous avons juste mis des bottes de paille dessus. De toute façon, les coques de noix ne se trouvaient pas dans le passage l'autre jour. Et aucun être humain n'a pénétré dans ce passage sauf toi, Theodore, David et moi !

Mary Anne a froncé les sourcils.

Un énorme bruit a ébranlé la maison. Nous nous sommes figées.

– Qu'est-ce qui se passe ?

Il n'y avait pas de doute, cela venait du passage secret.

Mary Anne s'est mise à hurler ; j'ai essayé de lui couvrir la bouche. Je ne voulais pas que Jared nous entende.

Il y a eu un autre gros bruit, puis plus rien.

Quand tout est redevenu calme, j'ai déclaré :

– J'y retourne !

– Pas moi, a fait Mary Anne. Je t'attends ici.

Elle devait se sentir un peu coupable, parce qu'elle a aussitôt ajouté :

– Je surveille l'entrée.

J'ai pris ma lampe de poche et je me suis avancée à pas prudents. Arrivée au bas de l'escalier, j'ai poussé un cri. Il y avait un livre par terre. C'était *Les Contes de ma mère l'Oye*. Il devait au moins dater d'une centaine d'années. Il n'y était pas quand nous étions descendues tout à l'heure. Je n'ai pas demandé mon reste, j'ai tourné les talons et j'ai foncé dans ma chambre.

12

Je peux dire que je suis contente de ne pas avoir dû garder les Pike ce jour-là. Lucy m'a téléphoné pour que j'aille à la recherche de Nicky, mais je suis sûre qu'elle ne savait déjà plus où donner de la tête avec les filles, même avant que Nicky ne disparaisse.

Tout a commencé avec l'arrivée du courrier. D'habitude, le courrier est distribué juste avant le déjeuner. Mais cette fois, le facteur était en retard. Il a fallu attendre trois heures de l'après-midi.

– J'arriverai la première à la boîte aux lettres ! a lancé Vanessa en se ruant dans l'allée, suivie de près par Claire et Margot.

Nicky était en train de lire un livre assis sur le perron, tout seul, comme d'habitude.

Lucy en a profité pour regarder la liste que Mme Pike avait laissée. (Lorsqu'on nous le demande, nous pouvons donner un coup de main pour la lessive et le rangement, ce qui est un peu mieux payé que du simple baby-sitting.)

Elle est allée dans la cuisine pour vider le lave-vaisselle et y ranger ce qu'il y avait dans l'évier. La maison était calme. Lucy était contente : tout s'annonçait bien.

Elle a rapidement vérifié où était Nicky. Il était toujours sur le perron en train de lire. Les filles étaient rentrées avec le courrier.

– Vanessa ? Claire ? Margot ?

– Nous sommes en haut ! a répondu Vanessa.

Lucy a continué à faire le ménage.

Un quart d'heure plus tard, tout était toujours aussi calme. D'habitude, les filles font du bruit, mais là Lucy ne les entendait même pas rire.

Elle a décidé d'aller voir ce qu'elles faisaient. Mais alors qu'elle montait les marches, un petit corps surmonté d'une couronne de mousse lui a foncé dessus. Heureusement que Lucy a eu le réflexe de l'attraper, sinon la petite boule aurait dégringolé dans l'escalier la tête la première.

– Claire ! C'est toi ?

– Oui, a sangloté la petite fille. C'est moiii !

Margot et Vanessa se tenaient en haut de l'escalier, mais au lieu d'éclater de rire, comme s'y attendait Lucy, elles fixaient leur petite sœur d'un air perplexe. Ce n'était donc pas une blague qui avait mal tourné, s'est dit Lucy.

– Margot ? Vanessa ? Vous pouvez m'expliquer ce qui se passe ?

Lucy a pris Claire dans ses bras et elle est allée rejoindre les filles.

– Nous ne l'avons pas fait exprès ! s'est défendue Margot.

– C'est vrai, a acquiescé Vanessa. Ne te fâche pas.

Vanessa était si bouleversée qu'elle avait oublié de parler en vers, comme elle faisait d'habitude.

Lucy a réprimé son envie de rire.

– Qu'est-ce qui s'est passé ?

Les filles ont gardé le silence.

– Claire ? a insisté Lucy en essuyant la mousse qui recouvrait le visage de la petite.

– Shampooing, a-t-elle réussi à balbutier.

– Shampooing ? a fait Lucy soulagée. Vous avez essayé de faire un shampooing à votre sœur ? Eh bien, il n'y a rien de mal à cela. C'est gentil, mais j'aurais préféré que vous me demandiez la permission d'abord. Viens, Claire. Nous allons te rincer.

Cependant, les filles restaient silencieuses. Jamais Lucy n'avait vu une mousse pareille. Elle était épaisse, presque aussi épaisse que de la mousse à raser, et... légèrement bleue. Lucy n'y a pas prêté plus attention que ça. Elle a fait couler un bain, déshabillé Claire et l'a plongée dans l'eau. Ensuite, elle a entrepris de la rincer en lui versant des gobelets d'eau sur la tête.

– Aïe ! Aïe ! Aïe !

– Qu'est-ce qu'il y a ?

– Ça pique.

– Ferme les yeux, d'accord ?

– D'accord, mais ça pique encore très fort, tu sais.

Après une dizaine de gobelets d'eau, il y avait toujours autant de mousse. Et plus elle frottait, plus la mousse gonflait, plus épaisse que jamais.

– Margot ? Vanessa ?

– Oui ? ont répondu prudemment les filles, qui étaient assises, serrées toutes les deux sur les toilettes, les mains sur les genoux.

Elles avaient assisté au rinçage sans dire un mot.

– Quel shampooing avez-vous utilisé ? Le shampooing pour bébé ?

Lucy avait souvent lavé les cheveux de Claire lorsqu'elle avait accompagné les Pike au bord de la mer avec Mary Anne. Elle avait toujours utilisé le shampooing pour bébé.

Il ne lui était jamais arrivé ce genre de chose.

– Hum, non, a avoué Vanessa. Nous avons utilisé… nous avons utilisé quelque chose de nouveau.

– Quoi donc ?

– Je ne me rappelle pas le nom.

– Tu peux me montrer la bouteille, s'il te plaît ?

Margot et Vanessa se sont consultées du regard, puis Margot est allée farfouiller dans la corbeille à papier avant de tendre une petite bouteille en plastique à Lucy. Elle était vide.

– J'espère que ce n'était pas à votre mère. Vous savez que vous ne devez pas utiliser ses produits.

Les petites ont grimacé.

Lucy a lu ce qui était marqué sur l'étiquette :

Échantillon. Vente interdite.
SHAMPOOING CONCENTRÉ
à utiliser avec modération.
Versez quelques gouttes sur la paume
de votre main.
Frottez vigoureusement
pour faire mousser.

Frictionnez vos cheveux.
Rincez deux fois.
Un seul shampooing suffit.

Lucy a levé les yeux sur les filles.

– Où avez-vous trouvé ce shampooing ?

– Dans la boîte aux lettres, a répondu Vanessa, qui évitait de croiser le regard de Lucy. Maman et papa nous donnent toujours les échantillons.

– La semaine dernière, nous avons eu deux barres de chewing-gum, a plaidé Margot.

– Et vous ne m'en avez même pas donné, s'est indignée Claire.

– Cet échantillon est arrivé avec le courrier d'aujourd'hui ? a voulu savoir Lucy.

Margot et Vanessa ont acquiescé.

– Quelle quantité avez-vous mise ?

– Toute la bouteille, a marmonné Vanessa. Comme nous regrettions d'avoir pris tous les chewing-gums pour nous, nous avons donné tout le shampooing à Claire.

– Oh, Vanessa ! (Lucy était fâchée et ne pouvait le cacher.) Tu es quand même assez grande pour savoir que tu dois d'abord lire le mode d'emploi. Tu n'as pas regardé l'étiquette ?

Vanessa a baissé la tête.

– J'ai oublié.

– Je veux que vous restiez ici et que vous continuiez à lui rincer les cheveux. Je vais voir où est Nicky. Je reviens tout de suite. Soyez gentilles avec votre sœur.

Lucy est allée voir sur le perron, mais Nicky n'y était plus. Elle l'a cherché dans la maison, puis dans le jardin. Il n'était nulle part. Quarante-cinq minutes plus tard, les cheveux de Claire étaient toujours pleins de mousse et Nicky n'était toujours pas revenu.

En désespoir de cause, Lucy m'a appelée à la rescousse. J'étais seule chez moi et je n'arrêtais pas d'entendre des gémissements venant du passage secret. J'étais ravie de donner un coup de main à Lucy et d'avoir une bonne excuse pour quitter la maison.

– Oh, merci d'être venue ! s'est exclamée Lucy en me voyant. Mme Pike va rentrer dans un quart d'heure et j'ai deux catastrophes sur les bras. Est-ce que tu peux aller à la recherche de Nicky ? Il vaut mieux que je reste ici pour surveiller ce qu'il se passe dans la salle de bains.

J'ai fait le tour du quartier en appelant Nicky de toutes mes forces. Il ne répondait pas. J'ai inspecté les buissons et j'ai regardé dans les arbres. C'était le champion de la cachette.

Comme j'arrivais tout près de chez moi, Nicky est apparu brusquement. Ce n'était pas la première fois.

Il était couvert de poussière et une odeur vaguement familière émanait de lui, mais je ne n'arrivais pas à savoir quoi.

– Salut. Tu me cherchais ? a-t-il demandé tout en continuant de mastiquer un énorme chewing-gum.

– Mais où étais-tu passé ? Lucy s'est inquiétée.

Nicky s'est baissé pour gratter une croûte qu'il avait au genou. Il a fait une bulle avec son chewing-gum et a soufflé jusqu'à ce qu'elle lui éclate au visage. Mais il ne m'a pas répondu.

– Je me demande ce que tu as bien pu fabriquer. Tu es sale de la tête aux pieds.

– Ouais, a-t-il convenu, mais en s'en fichant éperdument.

– Suis-moi. Ta maman va rentrer d'une minute à l'autre.

– D'accord.

Il m'a prise par la main et m'a emboîté le pas. Sa main était sale, collante et moite, mais je l'ai serrée bien fort. Il n'était pas question qu'il m'échappe !

Ce n'est qu'après l'avoir confié à Lucy que je suis partie. Je préférais que Mme Pike ne me trouve pas là, cela aurait paru bizarre.

Lucy était soulagée de revoir Nicky, mais c'était Vanessa qui faisait la tête. Lucy lui avait demandé de raconter à sa mère tout ce qui s'était passé.

– J'espère que tu vas dire que Nicky est parti sans te prévenir. Il n'y a aucune raison que je sois la seule à me faire gronder.

Avant que Lucy n'ait pu lui répondre, Nicky est intervenu :

– T'es jalouse en fait. Toi aussi, tu voudrais avoir un chien qui sauve les gens dans les avalanches.

– Un chien ! De quoi parles-tu ? Je ne veux pas de chien. Et d'ailleurs, tu n'en as pas !

– Si !

– Non !

– Les enfants, arrêtez ! a ordonné Lucy.

Si j'avais entendu ce qu'ils disaient, cela m'aurait peut-être aidée. Toujours est-il qu'une idée commençait à germer dans ma tête. Une toute petite idée. Une ébauche d'idée. Assez en tout cas pour me faire penser que je n'entendrais plus de bruits bizarres dans le passage secret ce jour-là.

Il se trouvait que j'avais raison.

13

Il n'y a eu aucun bruit dans le passage secret cet après-midi-là. Je me suis même sentie assez courageuse pour y retourner. Je suis allée directement à l'endroit où j'avais trouvé le livre de contes le jour où Mary Anne était venue. Je m'en voulais de l'avoir laissé dans le tunnel. J'aurais dû le prendre pour l'examiner de plus près. Mais c'était trop tard. Il avait disparu. La pièce de monnaie aussi. En revanche, les coques de noix traînaient toujours par terre.

Cette fois-ci, j'ai trouvé en plus une croûte de pain. Cela ne m'a pas plus étonnée que ça. Ce qui m'a intriguée, c'est la clé qui était en bas de l'escalier. Elle ressemblait à celle que j'avais trouvée l'autre jour, en plus petite. Elle avait aussi l'air beaucoup plus ancienne.

Ah, peut-être m'étais-je trompée après tout. J'ai eu beau regarder dans tous les coins, il n'y avait rien d'autre. Les deux jours suivants, je n'ai pas eu l'occasion d'y retourner. Mais de toute façon, rien d'inhabituel ne s'est passé. Excepté une nuit. Il pleuvait et j'ai très nettement entendu des plaintes qui venaient du passage. Je ne craignais rien, car j'avais poussé le verrou, mais je n'étais pas tranquille. Alors, je suis descendue dormir sur le canapé du salon.

Le lendemain, je devais faire un baby-sitting chez les Pike. Mme Pike emmenait Claire, Margot et Vanessa au centre commercial pour se faire couper les cheveux avant la rentrée scolaire.

Mallory et moi, nous devions surveiller Nicky et les triplés.

L'après-midi a bien commencé. Pour une fois les triplés avaient accepté de jouer au basket avec Nicky. Ils avaient fait deux équipes, les triplés contre Nicky. C'était injuste, mais cela ne semblait pas troubler ce dernier.

– Que va-t-on faire à déjeuner ? a demandé Mallory.

L'heure du repas était passée, mais Mme Pike avait eu une matinée mouvementée et n'avait pas eu le temps de préparer à manger pour les enfants.

– Si on faisait un méli-mélo, un petit buffet ? a suggéré Mallory. C'est très simple. Nous sortons tout ce qu'il y a dans le frigo, nous le mettons sur la table et nous laissons les garçons choisir ce qu'ils veulent.

J'ai pouffé de rire.

– Ça fait un peu désordre.

– C'est vrai, mais c'est amusant, et puis maman aime bien que nous finissions les restes.

– D'accord.

Il nous a fallu moins de cinq minutes pour sortir la nourriture du réfrigérateur et la disposer sur la table de la cuisine. Nous avons mis le couvert, puis nous avons appelé les garçons.

– Super ! s'est exclamé Nicky. Elles ont préparé un méli-vélo !

– Un méli-mélo, idiot, a corrigé un des triplés.

– Ne traite pas Nicky d'idiot, l'ai-je repris, mais ils ne m'écoutaient pas.

Adam étalait de la mayonnaise sur un morceau de pain. Byron piochait dans le pâté d'une main, et de l'autre il tenait un cornichon.

Jordan se tenait devant la cuisinière avec une poêle à frire.

– Jordan ! Qu'est-ce que tu fabriques ?

– Je vais me préparer une omelette.

– Laisse-moi faire et retourne à table.

Je commençais à penser que le méli-mélo n'était pas une si bonne idée que ça.

– Qui veut de l'omelette ?

– Moi, je veux un croque-monsieur, a fait Byron.

– Et moi, un œuf sur le plat, a ajouté Adam.

– Et moi, de la crotte sur le plat, a déclaré Nicky en guettant la réaction de ses frères.

– Ah, ah, c'est tellement drôle que je rigole même pas, a dit Jordan.

Les triplés se sont lancé un regard entendu.

– Hé, Nicky, a lancé Adam, dis voir les initiales de Basile Blondin en montrant ta tête.

– C'est facile, a fait Nicky en pointant sa tête avec son doigt. B. B.

Les triplés ont éclaté de rire.

– B. B. Bébé ! a pouffé Adam. Tu as compris ? Tu n'es qu'un petit bébé, Nicky. Tu n'as rien dans la tête !

– Ah, ah ! C'est tellement drôle que je rigole même pas, a rétorqué Nicky, mais les triplés l'ignoraient royalement.

– Bon, me suis-je impatientée, qui veut quoi ?

Finalement, Jordan et Adam voulaient une omelette, et Byron un croque-monsieur. Nicky a déclaré qu'il n'avait pas faim, mais il a pris des chips et une banane. Je m'apprêtais à lui dire que ce n'était pas très équilibré, mais je me suis souvenue que les petits Pike étaient autorisés à manger tout ce qu'ils voulaient (dans la limite du raisonnable). Mallory a préparé des sandwichs au thon pour nous deux.

Tout le monde est ensuite parti s'installer sur la table du jardin. Le repas s'est passé relativement bien. Nicky n'avait pas dit un mot depuis que ses frères l'avaient traité de bébé. Et dès qu'il a eu fini de manger, il s'est levé pour débarrasser son couvert.

– Hé, Nicky. Tu veux le reste de mon gâteau ? a demandé Adam en lui tendant le morceau tout gluant qui restait.

Il devait sans doute avoir mauvaise conscience.

– Oh, oui, a fait Nicky, tout content.

Mais quand il a voulu se rasseoir, Adam a poussé sa chaise du pied, et Nicky est tombé par terre.

– Adam !

Les triplés savaient que j'étais fâchée, et se sont retenus de rire aux éclats, mais je voyais bien qu'ils étaient contents de leur mauvaise blague.

Nicky est resté par terre un moment, complètement sonné. Puis il a sauté sur ses pieds et s'est enfui en courant. Quelques secondes plus tard, le portail du jardin claquait.

J'ai compté jusqu'à dix pour me calmer, avant de dire d'une voix blanche :

– Vous trois, vous allez avoir de gros ennuis.

Les triplés se sont figés. Ils ne riaient plus du tout.

– Vous avez été odieux avec Nicky aujourd'hui. Vraiment odieux. Je vais le dire à votre maman.

– Mais... a commencé Jordan.

– Non, il n'y a pas de « mais ». Je ne veux rien entendre. Je vais chercher votre frère. Mallory va s'occuper de vous. À mon retour, je veux que tout soit rangé. Et si vous posez le moindre problème à Mallory, votre mère le saura aussi.

Les triplés avaient rarement eu l'occasion de me voir fâchée, parce que je me mets très rarement en colère. Parfois, je boude un peu, mais je ne gronde pas souvent. Et cela ne m'était jamais arrivé avec les Pike. Cela ne me plaisait pas beaucoup, mais les triplés avaient été vraiment horribles avec Nicky. J'espérais que Mallory avait compris que je n'étais pas fâchée contre elle.

Tandis que je courais dans la rue, ma colère s'est muée en excitation. J'allais enfin pouvoir vérifier mon hypothèse !

Pas la peine d'appeler Nicky ou de le chercher dans les buissons. J'ai couru droit chez moi et j'ai traversé le jardin pour débouler dans la grange.

Comme je m'y attendais, la botte de paille que maman avait poussée sur la trappe avait été déplacée. Et la trappe était grande ouverte. J'ai repris mon souffle et j'ai descendu l'échelle avec assurance.

– Nicky ?

J'ai sauté les deux derniers barreaux.

– Nicky ?

C'est à ce moment-là que je me suis rendu compte que je n'avais pas emporté de lampe de poche. J'ai rebroussé chemin pour aller chercher celle qui était dans le tiroir de la cuisine.

Avant de redescendre dans le passage secret, j'ai de nouveau appelé Nicky en me penchant au-dessus de la trappe.

Il me semblait entendre le bruit d'une lourde respiration. J'ai balayé les lieux avec le faisceau de la lampe, mais il n'était pas là. Et si je me trompais ? Et si ce n'était pas Nicky qui se trouvait dans le passage ? Si c'était Jared…

Cette pensée était tellement effrayante que je n'ai pas eu le courage d'y retourner.

Et si j'appelais maman ?

Et si j'appelais Mary Anne ?

Et si j'appelais la police ?

Non, je voulais résoudre le mystère moi-même. Alors, j'ai passé en revue tous les indices disséminés dans le passage.

Il y avait des objets très anciens qui avaient l'air de se trouver là depuis des années. Je les avais pris. Certaines choses avaient disparu et d'autre étaient apparues comme les coques de noix et la croûte de pain. J'avais entendu des tas de bruits inquiétants, beaucoup dans la journée, mais d'autres en pleine nuit.

Nicky se trouvait peut-être dans le tunnel maintenant… ou peut-être pas. J'ai décidé de prendre mon courage à deux mains et d'aller à sa recherche.

Je me suis glissée une nouvelle fois par la trappe et j'ai sauté sur le sol de terre battue. Quelque chose m'avait toujours tracassée. Pourquoi le sol était-il si bien tassé ?

La réponse était évidente. Parce qu'on l'avait beaucoup foulé, même avant que je découvre le passage. Quelqu'un l'avait fréquemment emprunté, et ce n'était pas Jared, puisque les fantômes ne pèsent rien. Un peu rassurée, j'ai continué mon chemin.

– Nicky !

C'est alors que j'ai entendu des bruits de pas, plus loin dans l'obscurité.

Le cœur battant, je me suis avancée.

(14)

Le bruit des pas s'est accéléré tout en s'éloignant ; je me suis mise à courir. Ils montaient maintenant des marches. J'ai éclairé l'extrémité du passage avec ma lampe de poche et j'ai vu une forme accroupie dans un coin.

– Nicky ! Alors, c'était toi !

– Oh, Carla ! a-t-il dit en pleurant.

– C'est ta cachette secrète ? C'est ici que tu viens quand tu disparais ?

– Non, pas vraiment ici. D'habitude, je m'arrête quand j'arrive à l'escalier. Je veux dire quand c'est ta maison. Je ne voulais pas y entrer sans permission… Nous sommes quelque part chez toi, n'est-ce pas ?

– Oui. Tu ne sais pas où le passage aboutit ?

– Ici, dans ce cul-de-sac, j'imagine.

– Non. Pas tout à fait. Je vais te montrer.

Nicky m'a suivie et a regardé avec stupéfaction le mur pivoter. Mon couvre-lit est apparu dans l'entrebâillement, puis la commode, les rideaux et le fauteuil.

Nicky s'est penché dans la pièce, sans oser y entrer.

– Ouah…

– Ma chambre, ai-je précisé. Entre.

Nicky m'a suivie à l'intérieur. Je lui ai montré comment le mur se refermait.

– On ne voit même pas de fente !

– Je sais. J'ai longtemps cherché un passage secret dans la maison, mais je ne le trouvais pas.

– J'ai découvert l'autre entrée assez facilement, a avoué Nicky d'une petite voix.

Ça faisait bizarre de le voir dans ma chambre. Il était sale et plein de poussière, il avait des traces de chocolat sur un bras, et ses joues étaient striées de larmes. Sale comme il était, il était quand même assis sur mon dessus-de-lit d'un blanc impeccable. Mais ce n'était pas grave.

– Tu veux me raconter comment tu as trouvé l'autre entrée ?

Nicky a poussé un long soupir.

– Un jour, Adam n'arrêtait pas de se moquer de moi à propos du livre que j'étais en train de lire. Alors, j'ai pris le livre…

– *Les Contes de ma mère l'Oye* ?

– Comment tu sais ?

– Je l'ai trouvé dans le passage. Tu l'as oublié là.

– Oh ! Alors, j'ai pris le livre et je me suis enfui. Je n'ai pas dépassé la limite des deux pâtés de maisons, Carla. Je le jure. Ta grange se trouve exactement à deux pâtés de maisons. Je ne savais pas si vous étiez chez vous, mais je pensais que vous n'utilisiez pas la grange, et je me suis faufilé à l'intérieur. C'est si calme ici.

– Je sais.

– Je cherchais un endroit pour lire quand j'ai découvert la trappe. Je l'ai ouverte, j'ai descendu l'échelle et c'est comme ça que j'ai trouvé le passage.

– Et tu as commencé à y venir régulièrement ?

– Oui. J'avais caché une lampe de poche sous une botte de paille près de la trappe ; je pouvais y aller et réfléchir à ce que je pourrais bien répondre aux méchancetés des triplés, lire ou regarder ma collection de pièces de monnaie.

– Ta collection de pièces de monnaie ? Oh, mais dis-moi, j'ai un million de questions à te poser.

– Vraiment ?

– Oui. Tu vois, je pensais que le souterrain était hanté.

– Hanté ? s'est étranglé Nicky. Il y a un fantôme ?

– Non, en fait, c'était toi le fantôme.

– Oooh.

– Je veux dire, il me semble que c'était toi. As-tu une pièce de monnaie à tête d'Indien dans ta collection ?

– Oui.

– Tu l'as perdue ?

– Oui. Mais je l'ai retrouvée.

– Je l'avais trouvée aussi.

Et je lui ai raconté la nuit d'orage et ce qu'avait fait l'ami de maman.

Nicky a éclaté de rire.

– Il t'est arrivé d'apporter de la nourriture ici ?

– Des tas de fois. J'ai même mangé un cornet de crème glacée.

– J'ai trouvé un morceau du cornet. Et d'autres petites choses.

– Excuse-moi, dit Nicky. Je n'ai pas dû bien nettoyer.

– Tu as bien nettoyé, juste ce qu'il fallait. Je n'ai trouvé que ces quelques petites choses. Je pensais que le fantôme aimait bien grignoter.

Nicky a de nouveau éclaté de rire.

– Ce matin j'ai mangé des noix. C'est pour ça que je n'avais pas faim au déjeuner. Dis, maintenant que je sais que tu connais ce passage, je peux te poser une question ?

– Laquelle ?

– J'avais vu de vieux objets là-dedans.

– Une clé, une boucle et un bouton, continuai-je.

– C'est ça. Est-ce que tu les as pris ? Je me demandais où ils étaient passés.

– Je les ai pris. Ils sont dans mon tiroir. Mais où as-tu mis l'autre clé ?

– Quelle autre clé ?

– La vieille clé. Celle qui se trouvait au pied de l'escalier.

– Je n'ai jamais vu d'autre clé.

– Tu en es certain ? C'était il y a quelques jours.

– Elle n'est pas à moi. Je te le jure.

– Je te crois.

Je commençais à avoir la chair de poule. Si la clé n'appartenait pas à Nicky, à qui était-elle ? À Jared ?

– Qu'est-ce qui se passe, Carla ?

Je tremblais.

– Rien… Je suis désolée d'avoir découvert ta cachette.

– Ce n'est rien.

Mais il n'avait pas vraiment l'air à l'aise non plus.

– Cela m'est égal que tu sois venu dans notre passage

secret, Nicky. Vraiment. Mais tu sais que ce n'était pas très bien, n'est-ce pas ?

Nicky a eu l'air inquiet.

– Que veux-tu dire ?

– Tu ne peux pas entrer chez les gens sans leur permission. Il se trouve que c'est chez moi, alors ce n'est pas grave, mais d'autres auraient pu mal le prendre. En plus, tu m'as fait drôlement peur. Tu as fait du bruit quand tu étais là-dessous. Et j'ai cru qu'il y avait un fantôme.

– Je ne voulais pas faire de bruit.

– Je sais bien. Tu t'es parfois caché dans le passage la nuit ?

– La nuit ? Jamais.

– Je me disais bien.

J'essayais de ne pas trembler. Qui alors avait gémi et pleuré dans le souterrain pendant les nuits d'orage ?

– Je suis désolé de t'avoir fait peur, a répété Nicky.

– C'est bon. Je ne t'en veux pas. Allons chez toi. Ta maman va bientôt rentrer.

– D'accord.

Nicky me regardait comme si je le conduisais à l'échafaud.

Nous avons quitté ma maison et nous nous sommes dirigés vers celle des Pike.

– Autre chose, lui ai-je dit comme nous marchions. Ce passage est peut-être dangereux. L'escalier est vieux, ainsi que la trappe.

Nicky a hoché la tête d'un air triste.

– Encore une chose. Lorsque ta maman a instauré la règle des deux pâtés de maisons, je ne pense pas qu'elle voulait dire que tu pouvais aller dans un endroit où personne ne te trouverait. Ce n'est pas une bonne idée. D'accord ?

– D'accord.

Nicky avait l'air tout penaud.

Je l'ai pris par la main.

– Oh, regarde. Ta mère nous a devancés. Allons lui raconter ton aventure.

Mme Pike était très étonnée de ne pas me trouver à la maison à son retour. Je lui ai raconté l'incident avec les triplés. Pendant mon absence Mallory s'en était bien tirée. Elle avait tout nettoyé et installé les garçons devant un Monopoly. Ils avaient l'air calme et obéissant. Mallory m'impressionnait.

Nicky, sa mère et moi avons eu une petite discussion.

– J'ai besoin de cette cachette, a-t-il expliqué d'un ton très sérieux.

– Je comprends, mon chéri, a dit Mme Pike.

– Si vous êtes d'accord, madame Pike, ai-je dit, je vais demander à ma mère si elle veut bien que Nicky utilise le passage secret. Moi, je suis d'accord.

– Moi aussi, a déclaré Mme Pike au bout d'un moment, à condition que tu préviennes un adulte quand tu y vas. Et peut-être que quelqu'un devrait vérifier la solidité de ce passage.

– Youpi ! s'est exclamé Nicky. J'espère seulement que les triplés ne vont pas y aller.

– Crois-moi, ils n'iront pas, l'a rassuré sa mère.

– Comment le sais-tu ?

– Parce que je vais avoir une petite conversation avec eux.

Nicky s'est tourné vers moi, tout sourire.

– Toi, tu es ma baby-sitter préférée dans le monde entier.

15

– *Bon, les filles, quel film voulez-vous voir ? ai-je demandé.*
– Voyage au centre de la Terre, *a dit Kristy.*
– La Guerre des étoiles, *a dit Claudia.*
– Les Désastreuses Aventures des orphelins Baudelaire, *a dit Lucy.*
– L'Île de Nim, *a dit Mary Anne.*

– Ça ne vous dit pas, *La Mélodie du bonheur* ? ai-je soupiré en parcourant l'étagère de DVD. Je sais que c'est un peu vieillot, mais c'est tellement chouette.

On était samedi soir. Les copines du Club des Baby-Sitters étaient toutes dans mon salon. Je les avais invitées à passer la nuit chez moi.

En haut, des sacs de couchage étaient installés dans ma chambre. La salle de bains était déclarée zone sinistrée. On aurait dit qu'une tornade de produits de maquillage de toutes les couleurs s'y était abattue. (Mais nous étions superbes. Lucy et Claudia s'étaient entraînées sur nous.)

Nous avions fini de dîner et maintenant nous étions toutes installées devant la télé pour une longue soirée vidéo.

– Peut-être qu'on pourrait tous les regarder, a suggéré Claudia.

– Bon, ai-je fait, voyons si chacun ne dure pas plus de deux heures...

– Je pense que *Les Désastreuses Aventures des orphelins Baudelaire* est plus long, fit Lucy.

– Mais *L'Île de Nim* est plus court, a fait Mary Anne.

– Je ne vous demandais pas la durée précise de chaque film, ai-je repris. Mais si on veut tous les regarder, cela va nous faire près de dix heures de films. Il est déjà neuf heures. Nous en aurons jusqu'à sept heures du matin.

Nous avons éclaté de rire.

– Choisissons-en deux, ai-je décidé. Nous allons voter.

Mais chacune a voté pour celui qu'elle avait suggéré. Finalement, Kristy a tiré deux films au sort (après tout, c'est elle la présidente du club). Les gagnants furent *L'Île de Nim* et *Voyage au centre de la Terre.*

Nous avons d'abord regardé *Voyage au centre de la Terre.* J'aime beaucoup *La Mélodie du bonheur*, mais je dois avouer que *Voyage au centre de la Terre* est un film palpitant.

– Je meurs de faim ! Tu as des chamallows, Carla ? m'a demandé Kristy.

– Nous n'avons pas ce genre de truc chez nous, tu le sais bien.

Kristy et Claudia se sont consultées du regard et se sont précipitées à l'étage.

Elles sont revenues avec un sachet de chamallows, des bonbons, un paquet de petits-beurre, un sachet de chips, des Smarties et d'autres biscuits.

– Bon appétit ! a lancé Kristy.

– J'espère que tu n'es pas fâchée, Carla, m'a dit Claudia. Impossible de passer une soirée sympa sans une tonne de sucreries. Mais j'ai pensé à toi et à Lucy.

Elle nous a tendu un paquet de biscuits à la figue.

Lucy et moi, nous nous sommes regardées et nous avons fait la grimace. Puis nous n'avons pu nous empêcher de rire. C'était plutôt drôle.

– Où avez-vous eu tout ça ? ai-je demandé.

– Mary Anne, Claudia et moi, nous les avons achetés cet après-midi, a expliqué Kristy. Nous pensions que c'était une bonne idée d'avoir des provisions pour la soirée. Ne t'inquiète pas, nous ne les avons pas payés avec l'argent du club.

Elle a ensuite ouvert un paquet de chamallows et l'a fait tourner.

Mary Anne s'est jetée sur les bonbons et Claudia sur les barres de chocolat.

– Beurk ! Comment peut-on manger ces cochonneries, ai-je marmonné.

– Ne venez pas vous plaindre si vous avez des boutons demain ! les a taquinées Lucy.

J'ai éclaté de rire.

– Laisse-les.

– Les boutons ?

– Non ! Écoute, j'ai un plan.

Je me suis penchée vers elle et lui ai murmuré à l'oreille :

– Tu te souviens quand nous cherchions un passage secret ? Eh bien, j'en ai trouvé un.

– Non ?

– Si !

– Vraiment ?

– Je te jure. Et voici ce que nous devrions faire.

Le temps que Kristy, Claudia et Mary Anne se gavent de bonbons, nous avions échafaudé un plan. Le plus dur, c'était de continuer à regarder le film comme si de rien n'était. Nous étions surexcitées.

À la fin du film, Mary Anne s'est précipitée sur le lecteur de DVD.

– Et maintenant, *L'Île de Nim*, a-t-elle déclaré.

– Et si nous faisions une pause ? ai-je proposé négligemment. Vous ne trouvez pas que ce serait plus amusant de le regarder à une ou deux heures du matin ?

– Ah, oui ! s'est écriée Kristy.

Je savais que je pouvais compter sur elle. Elle aime se coucher tard.

Mary Anne a eu l'air déçue, mais elle n'est pas du genre contrariant.

– Si on montait dans ma chambre ? Tu connais la petite amie de Zac Efron, Mary Anne ?

– Vanessa Hudgens ? a-t-elle répondu sans hésiter.

– Oui. Je parie qu'avec un peu plus de maquillage tu lui ressemblerais.

– Vraiment ? Formidable !

Mary Anne est arrivée la première en haut. Nous l'avons suivie. Après l'avoir maquillée, j'ai dit :

– Les filles, je meurs de soif.

– Oh, moi aussi, a fait Lucy.

En fait tout le monde avait soif. Après tout ce sucre, c'était normal.

– Je vais vous chercher de la limonade, ai-je proposé. Tu viens avec moi, Lucy ?

– Tu as de la limonade ? s'est étonnée Claudia. Ou bien tu veux parler d'eau minérale pétillante ?

– Oui, nous avons de la limonade. De la vraie limonade. Maman l'a achetée exprès pour vous. Cent pour cent pur sucre.

– Super ! a fait Claudia.

– Viens, Lucy.

Nous avons couru en bas. Il était temps de passer à l'action.

– Que va dire ta mère ?

– Rien. Je l'ai prévenue quand nous sommes montées. Nous ne devons pas nous faire de souci pour David, il est déjà au lit. Tout ira bien, sauf si elles se mettent à hurler très fort.

Nous sommes passées par la cuisine pour prendre des lampes de poche.

Nous nous sommes ensuite dirigées vers la grange en faisant le moins de bruit possible. J'ai repoussé la balle de paille, et lui ai montré la trappe. Nous avons descendu l'échelle.

– C'est incroyable, a murmuré Lucy. Impressionnant !

– Tu as peur ?

Je ne lui avais pas raconté l'histoire de Jared Mullray.

– Pas vraiment. Je n'ai pas peur du noir, mais… allons-y !

Comme nous nous rapprochions de la chambre, nous nous sommes arrêtées pour écouter. Les voix de Mary Anne, de Claudia et de Kristy nous parvenaient très atténuées.

– Maintenant ? a chuchoté Lucy.

– Maintenant.

Lucy racla légèrement un des murs du passage. Je grattai l'autre.

Puis nous avons fait une pause. Les filles n'avaient probablement rien entendu.

– Plus fort.

Nous avons gratté et raclé avec plus d'énergie. Les bavardages ont aussitôt cessé, mais ils ont repris au bout de quelques instants.

– Plus près, ai-je suggéré.

Nous nous sommes rapprochées. Les voix de nos amies se faisaient plus fortes.

– Vous n'entendez rien, les filles ? a demandé Claudia.

– Essayons les cris, a proposé Lucy.

– Hou, hou, ou, ou, ou, au secours !

– Hou, hou, ou, ou, ou ! À l'aide !

– Aaaah ! a crié une des filles.

– Oh non ! C'est Jared ! C'est le fantôme du passage secret ! s'est affolée Mary Anne.

– Quoi ? a fait Kristy. Quel fantôme ?

Elle pensait probablement au vieux Ben Lelland.

– Quel passage secret ? a renchéri Claudia.

Lucy et moi avons continué de plus belle.

– Aaaah !

Les cris qu'on entendait dans la chambre à coucher étaient de plus en plus forts. Puis il y a eu un grand bruit.

– Je crois que ça suffit maintenant, ai-je dit. Viens, allons-y.

J'ai actionné le mécanisme et le mur de ma chambre s'est mis à pivoter lentement.

Lucy et moi avons cru un instant que les filles s'étaient toutes enfuies. Une chaise était renversée. Une boîte d'ombre à paupières gisait à terre. Les sacs de couchage étaient froissés, comme si un troupeau d'éléphants leur était passé dessus. En fait, Kristy, Claudia et Mary Anne s'étaient réfugiées sous mon lit.

– Le fantôme... gémissait Mary Anne.

Lucy et moi avons alors passé une tête. Lorsque Kristy nous a vues, elle s'est extirpée de sous le lit.

Il y a eu un moment de silence.

– C'était vous ! s'est indignée Mary Anne. C'était vous !

– Vous êtes vraiment horribles ! a pesté Kristy en se frottant un coude.

Lucy et moi pleurions de rire. Nous ne pouvions pas parler. Nous avons laissé tomber nos lampes de poche sur le lit et j'ai refermé le passage derrière moi.

– Tu as finalement trouvé le passage secret... a balbutié Claudia. Mais... comment ?

J'ai raconté toute l'histoire à mes amies : Nicky, Jared Mullray, la pièce, les restes de nourriture. Je passai sous silence la petite clé et les bruits nocturnes.

– Tu veux bien nous y emmener ? a fait Claudia. S'il te plaît ! Je ne suis jamais allée dans un passage secret. Et j'en ai tellement envie !

– D'accord. Allons-y.

Mais alors que j'allais appuyer sur la moulure, un grattement s'est fait entendre. Cela venait du passage. Les yeux écarquillés, je me suis vivement retournée vers mes amies. Maman était en train de lire dans son lit. David était profondément endormi. Ça ne pouvait pas être eux.

J'ai consulté ma montre.

Il était presque une heure. Ce n'était pas Nicky. J'ai vite poussé le verrou.

– Venez, les filles. Prenez vos sacs de couchage. Nous dormirons dans le salon ce soir.

Nous avons mis des heures à nous endormir. Mon passage secret était-il hanté ?

Le lendemain le soleil brillait. J'ai été réveillée par le chant des oiseaux. La fenêtre était ouverte. Une odeur de pelouse fraîchement tondue flottait dans l'air, mêlée à des effluves de café provenant de la cuisine. Je me suis tournée vers ma voisine, encore à moitié endormie.

– Bonjour, a murmuré Kristy dans son sac de couchage.

– Bonjour.

Lucy, Claudia et Mary Anne dormaient encore.

– Tu sais, a dit Kristy, nous n'avons plus que quelques jours avant la rentrée scolaire.

J'ai esquissé une grimace.

– Je sais.

– Nous ferions mieux de les utiliser à bon escient.

– Que veux-tu dire ?

– Nous devons en profiter un maximum. Aller nager.

– Aller au cinéma.

Faire des soirées entre filles.

– Bronzer en lisant des magazines.

– Jouer au tennis.

– Grimper à la corde dans la grange.

– Aller au centre commercial, est intervenue Lucy, qui venait visiblement de se réveiller.

– Faire des tas de choses, a ajouté Claudia en ouvrant les yeux.

– Faire un barbecue, a fait Mary Anne, dont seul le visage dépassait du sac de couchage.

– Les filles, ai-je dit en me redressant d'un coup. Nous avons un tas de choses à faire et très peu de temps. On devrait s'y mettre dès maintenant !

Je me sentais surexcitée et en pleine forme. Avec des amies comme les miennes et des tonnes de projets, qui aurait bien pu se soucier d'un vieux fou de deux cents ans appelé Jared Mullray ?

Pas moi !

LE CLUB DES BABY-SITTERS

MARY ANNE et la malédiction

1

– Les filles, s'est écriée Kristy Parker, j'étais en train de penser... Ces vieux petits pois tout flétris et la purée de pommes de terre... Si j'écrasais le tout avec une fourchette, j'obtiendrais quelque chose qui ressemblerait presque exactement à...

– Arrête ! N'en dis pas plus. Je ne veux pas le savoir, ai-je rétorqué.

– Et veux-tu savoir quelle odeur ça aurait ? a renchéri Kristy.

– Sûrement pas, ai-je répondu en virant au vert. Je t'en prie, ne dis pas un mot de plus à propos de ce repas. Pourquoi choisis-tu toujours de t'en prendre au plat chaud ? Pourquoi pas une salade ou autre chose ?

– Parce que c'est beaucoup plus drôle de dire des choses dégoûtantes sur le plat chaud, a répondu Kristy.

Tout le monde a ri. Nous ne pouvions nous en empêcher. Nous, c'est-à-dire cinq des membres du Club des Baby-Sitters : Kristy, mes amies Carla Schafer et Claudia Koshi, ainsi que Logan Rinaldi (je crois qu'on peut l'appeler mon petit ami) et moi, Mary Anne Cook. On était lundi, à l'heure du déjeuner au collège de Stonebrook, et nous étions installés à notre table habituelle. Kristy, Logan et moi avions choisi le plat chaud, Claudia avait pris une salade au thon et Carla, l'accro de nourriture saine, avait apporté de chez elle une pomme, du fromage blanc, du riz complet et des espèces de graines grillées et salées.

Carla vient de Californie, ce qui explique pas mal de choses.

– Va au bout de ton histoire, Kristy : à quoi ressembleraient les petits pois et la purée de pomme de terre ? a interrogé Logan.

– S'il te plaît ! Ne t'y mets pas toi aussi, me suis-je exclamée, pourquoi me fais-tu ça, Logan ?

– Parce que c'est drôle de te voir devenir verte, a-t-il répondu.

Nous avons recommencé à rire tous les cinq. Nous sommes vraiment de très bons amis et nous déjeunons toujours ensemble. Enfin du moins, nous, les filles. Logan ne vient que de temps en temps avec nous. Les autres jours, il prend ses repas avec d'autres amis. Naturellement, ce sont des garçons. Si vous étiez un garçon de treize ans, pensez-vous que vous déjeuneriez tous les jours à une table de filles ? Non, évidemment.

Kristy est ma plus vieille amie. Avant, elle habitait à côté de chez moi. En fait, nous avons toujours habité l'une à côté de l'autre, jusqu'à l'été dernier, date à laquelle sa mère, qui était divorcée, s'est remariée. L'homme qu'elle a épousé vit dans une très grande maison, une sorte d'hôtel particulier, à l'autre bout de notre ville, Stonebrook, Connecticut. Du coup, Kristy, sa mère et ses trois frères (Samuel et Charlie qui vont au lycée, et David Michael qui a sept ans) ont déménagé pour aller vivre chez Jim Lelland. Jim a deux enfants de son premier mariage, Andrew, qui a quatre ans, et Karen, qui en a sept (ils ne viennent chez Kristy qu'un week-end sur deux. Le reste du temps, ils vivent avec leur mère et leur beau-père).

Kristy me manque beaucoup, même si c'est une famille adorable qui a emménagé dans sa maison, et même si je suis devenue très amie avec Carla. Carla est arrivée de Californie en janvier dernier, il y a dix mois. Nous nous sommes tout de suite bien entendues et maintenant elle et Kristy sont mes meilleures amies, bien qu'elles soient très différentes. Laissez-moi vous montrer à quel point : Kristy a son franc-parler et la langue bien pendue. Elle est un peu garçon manqué. Elle a plein d'idées et est hyperactive. Ce que je veux dire, c'est qu'elle n'arrête jamais. Parfois, j'ai envie de lui dire : « Arrête un peu, Kristy ! » Elle n'attache pas d'importance à son apparence (elle porte toujours un jean, un col roulé, un sweat-shirt si c'est nécessaire, et des baskets) et ne s'intéresse pas aux garçons. En fait, elle ne les apprécie pas beaucoup pour la plupart. (Logan est une exception.) Kristy pense qu'au fond les garçons sont comme certains insectes, nuisibles. C'est parce qu'elle a la malchance de ne connaître que des garçons agaçants. Kristy aime le sport, les enfants, elle est la fondatrice et la présidente du Club des Baby-Sitters, dont je vous parlerai un peu plus tard. Elle est brune aux yeux marron. Nous sommes toutes les deux les plus petites de toutes les classes de quatrième.

Carla est… bon, c'est Carla. C'est une fille de Californie qui essaie de se faire à la vie de la côte Est, au temps froid et aux gens qui préfèrent manger un steak plutôt que des graines de soja… Comme Kristy, elle tente de s'adapter aux changements qui viennent d'intervenir dans sa famille. Elle est venue vivre ici parce que ses parents ont divorcé. Sa mère, qui a grandi à Stonebrook, a souhaité s'y installer avec Carla et son jeune frère David. Mais cela n'a pas vraiment marché pour lui. David était très malheureux et, finalement, il y a quelques semaines, il est retourné vivre avec son père, en Californie. Maintenant, Carla vit seule avec sa mère (elles sont très proches l'une de l'autre). Contrairement à Kristy, Carla est plutôt jolie et attache beaucoup d'importance à son apparence. Elle a de longs cheveux qui lui arrivent à la taille et qui ont la couleur du blé – en fait ils sont presque blancs – et des yeux bleus perçants. Elle s'habille à la mode, mais d'une manière bien à elle. En fait, c'est une originale. Carla fait ce qui lui plaît et se moque de ce que les autres pensent. Elle n'est pas snob, elle est seulement très sûre d'elle-même.

En revanche, moi, je n'ai pas l'assurance de Carla, ni le franc-parler de Kristy. Je suis calme et timide. Alors comment se fait-il que je sois la seule parmi mes amies à avoir un petit copain sérieux ? Je ne sais pas. Peut-être parce que je suis sensible. Les gens me disent toujours que je suis sensible. Lorsque j'étais plus jeune, cela voulait dire que je l'étais trop, un bébé, en d'autres termes. Maintenant, cela signifie bienveillante et compréhensive. Je dois dire que lorsque mes amies sont contrariées ou ont des problèmes, elles viennent souvent me voir. Pas forcément pour me demander un conseil, mais parfois seulement pour parler, parce qu'elles savent que je les écouterai. Comme Kristy, je n'attache pas beaucoup d'importance aux vêtements que je porte, bien que, depuis quelque temps, j'y accorde un peu plus d'intérêt. C'est drôle de porter de larges sweat-shirts et des robes courtes, ou des bijoux brillants et des barrettes. (Avant, j'allais à l'école tristement vêtue de robes strictes et de mocassins.) Comme Carla, je ne vis qu'avec un seul de mes parents, mon père. Ma mère est morte quand j'étais toute petite et je n'ai ni frère ni sœur. Mais j'ai un animal favori, un petit chat gris qui s'appelle Tigrou. Je ne sais pas ce que je ferais sans lui.

Voilà pour Carla, Kristy et moi. Maintenant passons à Claudia et à Logan. S'il y a quelqu'un qui est hors du commun, c'est bien Claudia.

Claudia Koshi est la plus exotique et la plus intéressante de toutes les filles de quatrième. Honnêtement. Il faut dire qu'elle est américano-japonaise et a de très longs cheveux de jais soyeux, des yeux noirs et un teint parfait. Et ses vêtements ! Personne ne s'habille comme Claudia, du moins personne de notre âge. (Nous avons eu une autre amie au Club des Baby-Sitters qui s'appelait Lucy MacDouglas, et qui s'habillait un peu dans le même style. Mais Lucy est repartie à New York où elle vivait avant de venir ici.) De toute façon, croyez-moi, Claudia est unique. Le meilleur moyen pour le comprendre est de la décrire aujourd'hui : elle est vêtue d'une grande chemise blanche, couverte de motifs de légumes : des choux, des courges, des navets... Sous cette chemise, on aperçoit une jupe en jean très courte. Elle porte des collants blancs, des socquettes vertes, et des baskets de couleur lavande, comme celles qu'ont les garçons, avec plein de caoutchouc, des lacets démesurés, et la marque inscrite en énorme sur le côté. Attendez, ce n'est pas fini. Elle a attaché la moitié de ses cheveux en arrière avec une barrette jaune en forme de caniche et l'autre moitié tombe le long de son visage. À son oreille visible pend une boucle d'oreille en plastique jaune aussi grande qu'un couvercle de pot à confiture. Terrible !

Autre chose au sujet de Claudia : elle n'est pas bonne élève. Elle aime l'art et les romans policiers. C'est une accro des friandises.

Quant à Logan, c'est un peu difficile de le décrire parce que je l'aime tellement. Vous comprenez ce que je veux dire ? Je veux dire que je trouve tout chez lui incroyable, beau et merveilleux et que cela n'est probablement pas entièrement vrai. Je dois faire de gros efforts pour être réaliste. Physiquement, Logan est parfait. Enfin, peut-être pas parfait. Plutôt incroyable. Non. Disons juste qu'il est châtain clair et qu'il ressemble tout à fait à Zac Efron, le type le plus mignon de toutes les stars du moment.

Quant à sa personnalité, il est compréhensif, drôle et aime les enfants, ce qui veut dire beaucoup de choses pour moi. Avant, Logan vivait dans le Kentucky, ce qui fait qu'il a un drôle d'accent, quand il prononce mon nom par exemple. C'est vraiment trop difficile de décrire plus longuement Logan. La seule chose importante que vous devez savoir, c'est que nous nous comprenons parfaitement, et que nous nous aimons beaucoup.

– Alors, qui va à la fête d'Halloween ? a demandé Claudia, pour changer de sujet après les histoires dégoûtantes de Kristy.

– Halloween ? Encore ! s'est écriée Kristy avec dédain.

– Halloween arrive vite, a fait remarquer Carla.

– J'adore cette période de l'année, a dit Claudia rêveusement.

– Pourquoi ? a demandé Kristy, tu te déguises déjà tous les jours !

– Ha ! Ha ! a ricané Claudia, vexée.

– Oh ! C'était pour rire.

Kristy a la réplique facile et cela lui joue souvent des tours.

– Eh bien, Logan et moi nous y allons, ai-je répondu en espérant calmer Claudia.

– Déguisés ? a demandé Carla.

Logan et moi, nous nous sommes regardés et avons haussé les épaules.

– On n'arrive pas à se décider, ai-je expliqué à mes amies.

Ça peut être drôle de se déguiser, mais on peut aussi se sentir ridicule si la majorité des gens ne l'est pas.

C'est à ce moment précis que j'ai eu le sentiment que quelqu'un me regardait. Vous savez ? Quand on ressent des picotements au bas de la nuque ? Comme si l'on sentait chacun de ses cheveux se dresser. Ce n'est pas une sensation très agréable.

Était-ce parce que l'on parlait d'Halloween ou bien quelqu'un me regardait-il vraiment ?

Lentement, j'ai tourné la tête et j'ai regardé par-dessus mon épaule gauche.

Deux tables plus loin, Grace Blum, Cokie Mason et deux autres filles nous montraient du doigt en riant bêtement.

Il était difficile de savoir qui elles désignaient, mais je pense que ce devait être Kristy, parce qu'elle portait les mêmes vêtements depuis sept semaines. Ou était-ce moi ? J'ai vérifié rapidement que je n'avais pas de purée sur le bout du nez, ou que je n'avais pas mis mon sweat à l'envers. C'est à des choses comme celles-là qu'on voit que je n'ai pas l'assurance de Carla. Au moindre problème, j'imagine aussitôt que je suis concernée, ou bien que c'est ma faute.

J'ai jeté un coup d'œil vers Grace et Cokie (au cas où cela vous intéresserait, le vrai nom de Cokie est Marguerite. Personne ne sait d'où lui vient ce surnom). Grace, Cokie et leurs amies nous regardaient toujours.

J'ai entendu Cokie dire quelque chose du style « elles se prennent au sérieux ». D'accord, je sais que certains pensent que notre club est snob parce que nous déjeunons toujours ensemble – même si, finalement, c'est assez récent. L'année dernière, Kristy et moi étions souvent avec d'autres, les jumelles Millaber la plupart du temps. Lucy et Claudia traînaient avec un groupe important de garçons et de filles : Rick Chow, Dorianne O'Hara et Peter Black, pour en citer quelques-uns. Carla, elle qui est très indépendante, allait d'un groupe à l'autre.

Si vous voulez mon opinion, je crois que nous avons heurté pas mal de sensibilités cette année. Les gens avec lesquels nous passions notre temps se sentent délaissés à cause de notre club. Cela m'ennuie mais je ne sais pas quoi faire. Je pense que les jumelles, Rick, Dorianne et tous les autres devraient former leur propre groupe.

– Hé ! a chuchoté Kristy.

Nous nous sommes penchés pour mieux entendre.

– Si Cokie prenait une photo de Logan, il ne lui faudrait pas plus de temps. Elle le transperce du regard.

– Ça suffit. Je vais à la table des garçons. J'en ai marre que l'on se moque de moi parce que je traîne avec vous, les gars, a déclaré Logan.

– Tu veux dire avec nous, les filles, ai-je corrigé.

Je comprenais Logan suffisamment bien pour savoir qu'il n'était pas en colère, simplement embêté. On le critique souvent parce qu'il est le seul garçon du Club des Baby-Sitters.

– Trop tard, a lancé Kristy, alors que la sonnerie annonçait la fin du repas. Demain, tu pourras nous abandonner.

Logan a souri. On s'est levés.

– Hé ! N'oubliez pas, aujourd'hui, réunion à cinq heures et demie, nous a rappelé Kristy tandis que nous nous séparions.

2

J'adore aller chercher le courrier. Il y a quelque chose d'excitant à en recevoir. Aller à la boîte aux lettres chaque après-midi est parfois l'événement de ma journée. On ne sait jamais ce que l'on va y trouver. Il peut y avoir toutes sortes de choses : des lettres (le meilleur, bien sûr, mais à condition qu'elles soient pour moi), des catalogues, des bons de réduction, le Stonebrook News *(j'aime les rubriques des crimes, des cambriolages, des affaires mystérieuses, etc.) et des magazines intéressants. En plus, au moment des vacances et de son anniversaire, on peut s'attendre à voir arriver des paquets et des cartes.*

Le seul problème avec le courrier, ici, c'est que le facteur ne passe que vers deux heures. Ce n'est pas grave les jours d'école, mais pendant les vacances d'été, on attend, mort d'impatience, l'arrivée de la petite voiture bleu et blanc.

Cet après-midi-là, j'ai gardé Simon Newton jusqu'à cinq heures et demie. Puis je me suis précipité chez Claudia pour notre réunion du club. Mais en chemin je n'ai pu résister à l'envie de jeter un rapide coup d'œil dans notre boîte aux lettres.

Quand je l'ai ouverte, elle était pleine ! C'est ce que j'aimais. J'ai trié le courrier : les factures (embêtant), les publicités (certaines intéressantes), deux magazines (ouais !) puis j'ai vu une lettre qui m'était adressée ! J'étais aux anges !

Comme il était cinq heures et demie, j'ai saisi la lettre, je l'ai fourrée dans ma poche, j'ai remis tout le reste du courrier dans la boîte aux lettres, et j'ai traversé la rue en courant pour aller chez Claudia. Je ne voulais pas être en retard à la réunion.

Peut-être le moment est-il venu de vous parler du Club des Baby-Sitters. Comme je l'ai dit auparavant, c'est Kristy qui l'a créé. L'idée lui est venue, il y a un an (lorsqu'elle habitait encore à côté de chez moi), après avoir remarqué combien sa mère avait du mal à trouver une baby-sitter pour David Michael quand Kristy ne pouvait pas le garder. Parfois, Mme Parker devait passer quatre ou cinq coups de fil avant de trouver quelqu'un. Et d'autres parents des environs devaient être dans le même cas, pensait Kristy. Elle s'est alors dit que ce serait formidable s'ils pouvaient, sur un simple appel, joindre plusieurs baby-sitters à la fois. Elle s'est donc alliée à Claudia, Lucy et moi, puisque nous gardions déjà pas mal d'enfants, et le Club des Baby-Sitters a vu le jour.

Nous sommes six au club, plus deux membres intérimaires, donc nos clients trouvent forcément une baby-sitter. Comment les gens savent-ils quand et où nous joindre ? Nous avons fait beaucoup de publicité. Le cerveau laborieux de Kristy, qui fonctionne en permanence, pense toujours à des trucs aussi importants que la publicité. C'est une des raisons pour lesquelles elle est notre présidente. En plus, le club étant son idée, qui d'autre aurait pu le présider ?

Claudia est la vice-présidente. Nous avons pensé que ce n'était que justice puisque les réunions se tiennent dans sa chambre et que nous utilisons son téléphone. Je suis la secrétaire. Je suppose que c'est principalement à cause de mon écriture appliquée, mais j'aurais préféré que ce soit plutôt à cause de mon sens de l'organisation et de mon efficacité. En tant que secrétaire je dois tenir à jour l'agenda qui nous sert à inscrire les rendez-vous, les noms et adresses de nos clients.

Carla est notre trésorière. C'était le travail de Lucy MacDouglas avant qu'elle ne reparte à New York. Carla l'a remplacée, elle était devenue membre du club de nombreux mois après sa création et après avoir été notre suppléante. Elle pouvait avoir à remplacer n'importe laquelle d'entre nous si celle-ci devait s'absenter, un peu à la manière d'un professeur qui en remplace un autre. Son travail de trésorière consiste à noter les sommes d'argent que nous gagnons ; elle collecte nos cotisations et veille à ce que nous ne manquions pas d'argent.

Nous utilisons l'argent de nos cotisations en partie pour payer Samuel (le frère aîné de Kristy qui l'accompagne et vient la chercher depuis qu'elle habite trop loin pour venir à pied), pour acheter à manger et à boire à l'occasion des fêtes que le club organise, et aussi pour renouveler le contenu de nos coffres à jouets (encore une idée de Kristy). Ce sont des boîtes que nous apportons avec nous lorsque nous allons garder les enfants. Elles contiennent de vieux jouets, des jeux et des livres, des crayons et des albums à colorier. Les enfants en raffolent et les parents nous adorent quand nous les apportons !

J'ai dit plus haut que le club comptait six membres plus deux intérimaires. Logan est l'un d'eux. Et l'autre est Louisa Kilbourne. Elle habite en face de chez Kristy, dans son nouveau quartier chic. Les intérimaires n'assistent pas aux réunions, nous faisons appel à eux lorsque aucune d'entre nous n'est libre. De cette façon, nous ne faisons jamais défaut à nos clients.

Les deux autres filles de notre club sont en quelque sorte des baby-sitters juniors. Elles ont onze ans, sont en sixième, et ne sont autorisées à garder des enfants que le week-end et après l'école, jamais le soir (excepté s'il s'agit de leurs propres frères et sœurs). Elles s'appellent Mallory Pike et Jessica Ramsey, elles sont arrivées très récemment, juste après le départ de Lucy. J'aime beaucoup Mallory et Jessica, même si elles sont un peu jeunes. Ce qui compte, c'est qu'elles soient de bonnes baby-sitters et aient le sens des responsabilités. En plus elles sont gentilles.

Nous avons gardé Mallory quand elle était plus jeune. Elle est l'aînée d'une famille de huit enfants, et elle sait ce que c'est que de s'occuper de petits. Mallory traverse une mauvaise période. Elle a des taches de rousseur et les cheveux frisés et sa mère ne l'autorise pas à modifier quoi que ce soit. Elle voudrait se faire percer les oreilles et porter des lentilles de contact mais elle n'en a pas la permission pour le moment. Elle ne voulait pas porter d'appareil dentaire mais pour ça, elle n'a pas eu le choix. Mallory aime lire et dessiner et peut-être deviendra-t-elle écrivain quand elle sera grande.

Comme Kristy et moi, Jessica et Mallory sont amies et se ressemblent pas mal par certains côtés, tout en étant différentes par d'autres. Elles sont semblables au sens où il est terriblement difficile d'avoir onze ans. Jessica aimerait également avoir les oreilles percées mais on ne le lui a pas permis non plus ; et elle porte un appareil dentaire. Elle aussi aime lire, surtout des histoires de chevaux, mais elle n'écrit pas. En revanche c'est une excellente danseuse classique (ainsi qu'une bonne blagueuse). Jessica a une petite sœur, Rebecca, et un petit frère, John Philip, surnommé P'tit Bout.

Les Ramsey sont arrivés à Stonebrook très récemment (en fait, ils habitent l'ancienne maison des MacDouglas). Ça n'a pas été facile pour eux au début. Les Ramsey sont noirs, et il y a peu de familles noires dans les environs et aucune dans leur quartier. Jessica est la seule fille noire de toutes les classes de sixième, c'est incroyable. Néanmoins, les choses sont en train de devenir plus faciles pour elle et sa famille. Je crois que le club est important pour Jessica parce que ça lui donne un sentiment d'appartenance.

Avant de vous raconter la réunion mémorable que nous avons eue ce jour-là, vous devez connaître un autre détail concernant le fonctionnement du club : le journal de bord. C'est une sorte de journal que Kristy nous demande de tenir, mais que personne n'aime remplir, excepté Mallory, et peut-être Kristy. Nous devons y décrire tous nos baby-sittings, dire quel enfant nous avons gardé et comment les choses se sont déroulées. Une fois par semaine, nous devons lire ce que les autres ont noté, afin de savoir ce qui s'est passé. Je dois admettre que c'est plutôt utile, même si raconter chaque garde peut paraître fastidieux.

Bon, revenons à la réunion. Je me suis précipitée chez Claudia avec la lettre dans la poche. J'ai sonné et je suis entrée en même temps. J'ai toujours habité à côté de chez elle et c'est pour cela que je peux me le permettre.

– Bonjour, Mimi ! ai-je lancé à la grand-mère de Claudia.

J'ai grimpé l'escalier. Normalement, je me serais arrêtée pour lui parler mais j'étais en retard et Kristy aime la ponctualité.

Quand je suis arrivée dans la chambre de Claudia, j'ai vu que je n'étais pas la dernière. Jessica n'était toujours pas là. Elle arrive généralement en retard parce que, après le collège, elle va soit à son cours de danse à Stamford soit garder les petits Braddock.

J'ai rejoint Claudia et Carla, qui étaient vautrées sur le lit et regardaient l'album de notre classe de cinquième.

Nous nous asseyons presque toujours aux mêmes places : Claudia, Carla et moi sur le lit, et Kristy dans son fauteuil directorial.

Écoutez ça ! Kristy préside les réunions, un crayon calé derrière l'oreille et une visière sur la tête. Elle dit qu'elle se sent plus officielle de cette façon. Je ne lui ai jamais dit mais je n'ai jamais vu le président des États-Unis d'Amérique assis dans un fauteuil présidentiel avec une visière sur la tête.

Au moment où je m'installais sur le lit, Jessica est entrée.

– Bien, tout le monde est là, nous pouvons commencer, a dit Kristy.

Zut, juste au moment où j'allais ouvrir ma lettre.

Je n'ai pu le faire qu'un quart d'heure plus tard quand on a fait une pause. La partie officielle du travail était terminée et le téléphone restait pour une fois silencieux. Alors, j'ai sorti la lettre de ma poche et l'ai ouverte.

– Qu'est-ce que c'est ? a demandé Kristy.

– J'ai reçu une lettre aujourd'hui. Mais je ne sais pas qui m'écrit. Le nom de l'expéditeur ne figure pas au dos, ai-je répondu.

J'ai déplié la lettre.

– Oh, zut, zut, zut de zut !

– Qu'est-ce qu'il y a ? a demandé Mallory.

– C'est une de ces stupides chaînes, voilà ce que c'est ! Je déteste les chaînes. Il faut envoyer des lettres à des gens que l'on connaît, qui doivent à leur tour en envoyer à des gens qu'ils connaissent.

– Et là, c'est quel genre de chaîne ? a demandé Carla. Est-ce que c'est le genre où tu dois envoyer une carte postale au premier nom de la liste et où, quelques semaines plus tard, tu es censée recevoir un million de cartes ?

– Je ne crois pas, il n'y a pas de liste de noms avec la lettre, ai-je répondu.

Je l'ai parcourue et j'en ai eu des frissons.

Je l'ai alors relue plus lentement. Quand j'ai eu fini, j'avais la chair de poule.

– C'est vraiment bizarre, ai-je dit à mes amies, on ne gagne rien du tout à ne pas briser la chaîne, mais, si on la brise, la malchance viendra punir le destinataire de la lettre ainsi que ses amis et ses proches. Le mal croisera son chemin.

– Ouille ! a dit Mallory.

– Hou là, a émis Kristy.

– J'aimerais bien savoir qui me l'a envoyée, ai-je ajouté d'un ton songeur.

– Est-ce que tu reconnais l'écriture ? a demandé Claudia.

– Elle n'est pas écrite à la main, elle a été tapée à la machine.

J'ai regardé l'enveloppe.

– Même l'adresse.

– Oh, ce sont des trucs stupides. De toute façon qui peut bien croire que briser une chaîne peut porter malchance ? Combien dois-tu envoyer de lettres, Mary Anne ?

– Vingt, ai-je répondu.

– Eh bien, surtout, oublie-moi, parce que je ne la respecterai pas.

– Ne t'inquiète pas. Je n'en enverrai à personne. Tout le monde me détesterait d'être obligé d'en envoyer vingt à son tour, et en plus je ne connais même pas vingt personnes, ai-je répondu.

– Quoi ? Tu veux dire que tu vas briser la chaîne ? Merci beaucoup ! s'est écriée Mallory.

Pendant toute la scène, elle et Jessica m'avaient regardée, atterrées.

– Oui, a poursuivi Jessica, si tu brises la chaîne, la malchance va nous frapper, nous, tes amis et tous ceux qui t'aiment.

– Mais non. Enfin, je ne pense pas. Et toi, Carla ? est intervenue Claudia.

– Bien sûr que non... Je veux dire, je ne crois pas.

– Voulez-vous que je vous envoie une lettre ? leur ai-je alors demandé.

Elles se sont regardées. Enfin Carla a dit :

– Nous voulons que tu envoies les lettres mais pas à nous.

J'ai ri bêtement.

– Vous voyez, vous ne voulez rien avoir à faire avec ça et moi non plus. Vous savez combien coûte une photocopie ? Cinquante cents la page. Il me faudrait, voyons… attendez… beaucoup de monnaie, plus vingt timbres, et autant d'enveloppes. Et qu'est-ce que j'y gagnerais ? Vingt ennemis.

– Ça ne me dérange pas de recevoir une lettre, a déclaré Mallory.

– Moi non plus, a renchéri Jessica nerveusement.

– Oh, les filles, c'est juste de la superstition. Oublions ça. Mais si vous êtes si inquiètes, pourquoi ne pas envoyer des lettres à la place de Mary Anne ? s'est énervée Kristy.

– Ça ne marche pas comme ça. La lettre a été envoyée à Mary Anne. C'est elle qui doit y répondre, a protesté Mallory.

– Bon, de toute façon, Kristy a raison, c'est juste une superstition, ai-je ajouté.

Je n'en étais pas convaincue, mais j'étais sûre d'une chose : dès la fin de la réunion je jetterais la lettre dans la corbeille à papier de Claudia en quittant sa chambre.

3

Je suis peut-être un peu maladroite, mais je vous assure que je n'étais pas tombée de mon lit depuis l'âge de quatre ans. Pourtant c'est exactement comme ça qu'a commencé la journée du lendemain.

Il était sept heures moins le quart. Je rêvais que j'escaladais une montagne (je n'ai jamais fait une chose pareille), mon réveil a sonné et je suis tombée de la montagne… et de mon lit !

Gênant ! Mais le plus embêtant, c'est que mon père a entendu le bruit de ma chute et s'est précipité dans ma chambre. Il m'a trouvé par terre, empêtrée dans les couvertures. En plus, j'avais effrayé Tigrou. Il s'était faufilé sous mon bureau et ne voulait plus en sortir.

– Mary Anne ? Ça va ? m'a demandé mon père, ce qui était normal.

– Oui, ai-je répondu en hochant la tête et en souhaitant disparaître six pieds sous terre ou au moins mourir sur l'instant car cela aurait mis fin à mon embarras.

Je me suis relevée.

– J'étais en train de rêver que j'escaladais une montagne quand le réveil a sonné et… ai-je tenté d'expliquer.

– Et tu es tombée de la montagne, a continué papa.

– Oui ! Comment tu le sais ?

– Je fais, moi aussi, ces rêves étranges. Ça va maintenant ? a-t-il demandé.

– Oui, ça va. Un peu gênée, c'est tout, ai-je admis.

Papa a souri.

– Habille-toi. Il y a des croissants pour le petit déjeuner.

– Oh ! Super ! me suis-je exclamée.

Par le passé mon père avait été incroyablement strict et rigide. Je devais me plier à toutes sortes de règles, comme porter mes cheveux tressés. Il vérifiait les vêtements que je choisissais pour aller à l'école et je n'avais pas le droit de me rendre en ville à vélo avec mes amis. Mais quand nous avons créé le Club des Baby-Sitters, j'ai découvert des choses importantes sur moi. Je me suis surtout rendu compte que j'étais bien plus responsable et adulte que ne le pensait mon père. Lorsque j'ai pu le lui prouver, il a commencé à changer. Il a assoupli les règles, est devenu moins strict avec moi et s'est adouci en général. Tout est si différent par rapport à l'année dernière.

Ne vous méprenez pas. Je ne lui adresse aucun reproche. Souvenez-vous, il m'élève seul. Il doit être à la fois ma mère et mon père et je pense qu'il a toujours essayé de faire de son mieux.

Mais nous sommes tous les deux plus heureux maintenant.

Papa est descendu pour préparer le petit déjeuner après avoir refermé la porte derrière lui.

– Tigrou, Tigrou, ai-je appelé.

Je me suis mise à quatre pattes et j'ai regardé sous mon bureau.

– Viens, Tigrou, petit peureux, tout va bien. Il n'y a pas de raison d'être effrayé.

Tigrou est sorti prudemment de sa cachette. J'ai vu ses yeux jaunes qui me fixaient.

– Mignon petit chat, ai-je dit.

Mais en me relevant, je me suis cognée dans la chaise et boum ! Tigrou a filé à nouveau sous le bureau.

– Oh, je suis désolée, lui ai-je dit.

Trop tard. Je savais qu'il resterait là jusqu'à ce qu'il ait vraiment très faim.

J'ai ouvert mon armoire et j'ai essayé de m'habiller sans me faire mal. Mais impossible de trouver mes chaussures. Je les ai cherchées partout. C'étaient celles que j'avais portées la veille, elles ne devaient pas être bien loin, je n'étais pas revenue de l'école pieds nus ! Oh, tant pis, je verrais plus tard.

J'ai fait mon lit, me suis lavé le visage, ai appelé Tigrou à nouveau et j'ai descendu rapidement l'escalier. Le petit déjeuner était prêt. Papa est toujours très matinal et aime bien se dépêcher pour tout préparer avant sept heures et demie.

– Miam, ai-je dit en m'asseyant à ma place.

J'ai tendu la main pour attraper mon verre de jus d'orange et… je l'ai renversé. Le jus s'est répandu sur la table. Papa était près du réfrigérateur, il a donc été épargné, mais le liquide s'est mis à couler sur mes genoux.

Je portais une robe blanche.

– Oh, non ! me suis-je écriée en bondissant. Papa, je suis vraiment désolée. Je sais que tu avais dit qu'une robe blanche n'était pas pratique pour aller au collège, mais je l'ai déjà portée cinq fois et il ne m'est rien arrivé, me suis-je excusée.

– Ce n'est pas grave, a-t-il répondu en me tendant du papier absorbant. Éponge le plus possible, puis mets ta robe dans une bassine et laisse-la tremper. Je garde ton petit déjeuner au chaud pendant que tu vas te changer et... essaie de trouver tes chaussures.

Quelle matinée !

Je me suis changée et j'ai avalé mon petit déjeuner, puis j'ai cherché mes chaussures ; elles étaient sur le meuble de la télé ! Je me suis demandé pourquoi elles se trouvaient là, mais il fallait que je me dépêche : si je ne partais pas tout de suite, je ferais le chemin du collège sans Claudia.

J'ai enfilé mes chaussures et je suis sortie.

Claudia m'attendait sur le trottoir devant chez elle.

– Salut ! Qu'est-ce que tu faisais ?

– Je cherchais mes chaussures, changeais de vêtements, et rassurais Tigrou.

Je lui ai raconté mon début de matinée en détail, en me disant que, si je parlais de mes malheurs, rien de désagréable ne pourrait plus m'arriver. Vous savez, comme lorsque l'on a des ennuis – un prof qui a été méchant, les élastiques de l'appareil dentaire qui claquent –, et qu'à partir du moment où l'on trouve quelqu'un à qui en parler, ils ne paraissent plus graves du tout.

Cela n'a pas vraiment marché.

Je suis arrivée à l'école sans autre incident mais, une fois là-bas, je n'ai pas réussi à ouvrir mon casier. Il a fallu que je demande à M. Halprin, le gardien, de le débloquer.

Pendant le cours de maths, je me suis rendu compte que j'avais laissé mes devoirs à l'endroit où je les avais faits, c'est-à-dire chez moi.

À la cantine, j'ai renversé une assiette de macaronis au fromage râpé. Pas sur moi, mais par terre. M. Halprin a dû revenir. Décidément, nous étions amenés à faire connaissance. Le pire ce jour-là, c'est que juste après son départ Logan est venu me voir et m'a demandé :

– Alors, M. Halprin est un de tes amis proches ?

J'étais justement en train de penser que M. Halprin et moi risquions de nous revoir et, je ne sais pas pourquoi, cette question m'a mise hors de moi. Logan voulait faire de l'humour.

Je l'ai rembarré :

– Ah ! ah !

– Eh, arrête de faire la tête, a dit Logan.

– C'est facile à dire, ai-je grommelé.

– Mary Aa-anne.

C'était Kristy.

Le groupe était réuni autour de notre table habituelle.

– Quo-oii ? ai-je répondu sur le même ton.

– Qu'est-ce que tu es susceptible ! a soufflé Logan.

– Comment te sentirais-tu si tu avais renversé une assiette de macaronis au fromage devant tout le monde ?

- Presque personne ne t'a vue, m'a doucement dit Logan.

– Oh non, à peine trois cents personnes.

Sur ces mots, je me suis levée et je me suis dirigée vers la bibliothèque, à la recherche des *Quatre filles du Dr March*, un de mes livres préférés. Je pensais qu'en relire quelques passages familiers pourrait me réconforter.

Le livre était introuvable.

Je suis rentrée du collège seule, cet après-midi-là, sans me soucier de mes amies. J'étais sûre que personne n'aurait voulu m'accompagner.

Arrivée à la maison, j'ai poussé un soupir de soulagement. Je me sentais plus en sécurité, même si j'étais tombée du lit, avais effrayé Tigrou et renversé mon jus d'orange le matin même. Mais au moins, cela ne s'était pas passé devant trois cents ados.

– Oh, Tigrou, reste avec moi, ai-je dit à mon chat en m'installant sur mon lit avec mon propre exemplaire des *Quatre filles du Dr March*.

Tigrou s'est pelotonné contre moi et s'est mis à ronronner comme un moteur de hors-bord. J'ai ouvert le livre à l'endroit où Beth meurt. Peut-être me sentirais-je réconfortée de lire l'histoire de quelqu'un qui se trouvait dans une situation pire que la mienne.

C'est alors que le téléphone a sonné.

J'ai dû déranger Tigrou pour y répondre.

– Allô ?

– Allô, Mary Anne ? C'est Mme Newton.

C'était la mère de Simon. Simon et sa sœur Lucy Jane sont deux de mes petits préférés.

– Bonjour, madame Newton.

– Tout va bien ? a-t-elle demandé.

– Oui, bien sûr, pourquoi ? ai-je répondu.

– Eh bien, tu n'es pas en retard d'habitude, a-t-elle ajouté.

Je me suis frappé le front. J'avais complètement oublié. Je devais garder Simon aujourd'hui. Le rendez-vous avait bien été noté. Comment pouvais-je avoir été aussi stupide ?

– Excusez-moi, j'arrive tout de suite, me suis- je écriée.

Quelle journée ! Heureusement que je n'étais pas superstitieuse. Si je l'avais été, j'aurais maudit le jour où la lettre était arrivée. Je me serais vraiment inquiétée et me serais demandé quel genre de catastrophe allait s'abattre sur mes amies et ceux que j'aimais.

Au fait, au cas où vous vous poseriez la question, j'ai appelé Logan ce soir-là et nous nous sommes réconciliés. Par ailleurs, le jus d'orange a disparu de la robe sans laisser aucune trace.

4

Jackie n'avait même pas attendu que sa mère et ses frères montent en voiture pour parler du costume à Carla. La porte du garage se refermait à peine qu'il affirmait :

– Carla, je veux être un robot.

Elle n'a pas compris tout de suite.

– Tu veux jouer aux robots ?

– Non, je veux être un robot. Pour Halloween. Est-ce qu'on peut faire mon costume cet après-midi ? Nous avons tout ce qu'il faut !

– Pourquoi pas, a répondu Carla qui n'avait pas pris son coffre à jouets et n'avait rien prévu.

– Super !

– Avec quoi allons-nous le fabriquer ?

– Avec des cartons et des couvercles de pot de confiture, des boutons et des yeux en plastique. Puis nous le peindrons.

Carla s'est sentie un peu accablée, mais elle a dit :

– D'accord, mais où allons-nous trouver tout ça ?

– Oh, un peu partout dans la maison, a répondit Jackie.

– Bon, rassemblons tout. Et si nous devons faire de la peinture, il vaut mieux aller au sous-sol.

– Il fait trop froid en bas. Si on faisait le robot ici, dans la salle de séjour ? Et lorsqu'il faudra le peindre, on le descendra au sous-sol, a proposé Jackie.

– D'accord, a dit Carla.

– Allons d'abord chercher les cartons, puisque c'est le plus important. Ils sont dans le garage.

Ils sont descendus au garage, et c'est à ce moment que Jackie a eu son premier accident de la journée.

J'interromps mon histoire pour vous parler de Jackie Rodowsky. Ses frères et lui font partie des nouveaux enfants que nous gardons. Ils se ressemblent énormément avec leurs cheveux roux et leur figure pleine de taches de rousseur. Nous les aimons beaucoup. Même Jackie, qui est plutôt prédisposé aux accidents. Je dois dire que ce n'est pas toujours sa faute. La plupart du temps, Jackie est d'une maladresse rare. Il se fait coincer les doigts dans les portes, il trébuche, il tombe, il reste enfermé quelque part. Et parfois, il fait simplement des sottises. Par exemple, ses frères et lui avaient un jour voulu savoir ce qui arriverait à leurs chaussettes si elles étaient aspirées par l'aspirateur (heureusement elles n'y sont pas toutes passées) .

Jackie a sept ans, Richie neuf ans, et le petit Archie quatre ans. Richie et Archie n'ont pas de propension aux accidents, ils ont donc le droit de suivre des cours. Jackie, lui aussi, a essayé ! Mais à son premier cours de piano, il avait déjà cassé le métronome et la sonnette de la porte de son professeur (ne me demandez pas comment).

Mais revenons-en à notre histoire. Maintenant, on va comprendre pourquoi il était dangereux de se lancer dans la confection de ce robot. Même si Carla avait déjà accepté.

Dans le garage, Jackie lui a montré un énorme tas de cartons.

– On peut prendre n'importe lequel, a-t-il affirmé.

– Tu en es sûr ? À quoi servent-ils ? a-t-elle demandé.

– Oh, à tout. À ranger des choses, à porter des ordures à la décharge ou des papiers à recycler.

Jackie a saisi le plus gros carton qu'il a vu. Il était tout en haut de la pile.

On a entendu un grondement puis soudain celle-ci a basculé.

Carla a soupiré. L'après-midi commençait à peine. Lorsque tous les cartons (moins un gros, un moyen et un petit) ont été remis en place, ils ont posé ceux qu'ils avaient choisis par terre.

– De quoi d'autre avons-nous besoin ? a demandé Carla.

– De peinture, a répondu Jackie.

– C'est moi qui vais la chercher, a-t-elle dit avec nervosité.

Jackie lui a montré où elle était rangée et Carla a posé plusieurs pots prêts à l'emploi et quelques pinceaux à côté des cartons.

– Maintenant, nous avons encore besoin de pas mal de trucs, a poursuivi Jackie.

Il est allé chercher plusieurs couvercles de pot de confiture, une bobine de fil et le ressort qui avait appartenu à un vieux jouet et qui était posé sur une étagère au sous-sol. Dans une boîte, il a trouvé de la feutrine, cinq pelotes de laine et les yeux en plastique dont il avait parlé auparavant.

– Tu vois, on en a plein, s'est-il écrié en secouant un sachet contenant des yeux aux pupilles noires mobiles.

Carla a acquiescé.

– Il manque les boutons, ils sont en haut dans la boîte à couture de maman.

Carla a commis l'erreur de laisser Jackie monter seul. « Qu'est-ce qui va encore lui arriver ? s'est-elle demandé, pourvu qu'il ne mette pas tout en désordre ou qu'il ne se fasse pas mal... »

Boum !

Carla a fermé les yeux un instant afin de rassembler ses esprits avant de monter. Lorsqu'elle est arrivée dans la chambre de M. et Mme Rodowsky, elle a trouvé Jackie agenouillé à côté de la boîte à couture renversée. Des aiguilles, des épingles, des bobines de fil, des paquets de fermetures éclair et des tas de boutons étaient éparpillés sur le tapis.

– Ouh là, a dit Jackie.

Il leur a fallu plus d'un quart d'heure pour tout remettre en place dans chaque compartiment. Puis Carla a insisté pour passer l'aspirateur sur le tapis, au cas où il resterait des épingles et des aiguilles. Jackie voulait commencer à faire son robot pendant ce temps.

– Toi, tu t'assois ici jusqu'à ce que j'aie fini. Nous descendrons ensemble, a-t-elle ordonné en lui montrant le lit de ses parents.

Puis ils se sont enfin mis à fabriquer le robot. Carla avait posé des journaux sur le sol avant que Jackie n'ouvre le pot de colle.

– Nous allons coller ces deux cartons ensemble pour faire le corps. Après, on mettra dessus les boutons et les couvercles de pot de confiture. Et à la fin, on prendra le petit carton pour la tête, en fait ce sera un chapeau. J'ai envie de mettre le ressort au-dessus de la tête, a expliqué Jackie.

– Il vaudrait mieux peindre les cartons avant de les coller, a fait remarquer Carla.

– Oh, bon d'accord, mais d'abord il faut que je fasse le corps.

Il s'est activé avec la colle et les cartons, a découpé un trou pour la tête et deux autres pour les bras, avant de se couper.

– Aïe !

Carla a soigné le pouce qui saignait avec un antiseptique et a mis un pansement.

Puis Jackie a collé les cartons ensemble.

– Maintenant, la peinture, a-t-il déclaré.

Carla l'a aidé à descendre les cartons au sous-sol, avec d'infinies précautions car la colle n'était pas sèche. Jacky a trouvé le moyen de renverser un pot de peinture bleue qu'ils ont dû tous deux éponger. Enfin, il a peint tous les cartons du robot, avec des couleurs très vives, qui ont séché rapidement.

Ils ont remonté le tout dans la salle de séjour.

– Maintenant, c'est le moment le plus drôle, a-t-il dit.

Il s'est affairé jusqu'à ce que les cartons soient transformés en un superbe robot.

Ensuite, il a collé les couvercles de pot de confiture et les boutons sur tout le corps du robot. Avec un feutre, il lui a dessiné une jauge et une aiguille sur le ventre (pour mesurer quoi ? Mystère). Il a attaché les bobines de fil. Sur la tête, il a collé deux gros yeux et le ressort. Il a cherché où mettre la feutrine mais n'a pas trouvé.

Le temps avait passé et Mme Rodowsky, Richie et Archie n'allaient pas tarder à arriver.

– J'ai une idée ! s'est écrié Jackie. Je vais mettre mon déguisement pour leur faire une surprise lorsqu'ils rentreront.

Carla a souri et a dit :

– Bonne idée.

Elle était soulagée de voir que la suite des événements s'était passée sans autres incidents.

Jacky a enfilé les cartons par la tête. Il a mis son chapeau et a souri à Carla. C'était le parfait robot fait maison. Pendant trois secondes.

Le chapeau est d'abord tombé. Puis le haut du corps s'est détaché de la tête comme les étages d'une fusée qui se séparent. Les bobines de fil et les couvercles de pot de confiture, le ressort et les yeux sont tombés et ont roulé sous un fauteuil.

– Oh, non ! s'est exclamée Carla.

Mais Jackie a dit calmement :

– La colle ne devait pas être sèche. Pauvre robot. Je le recollerai demain.

« Quelle malchance », a pensé Carla, alors qu'elle rentrait chez elle à vélo. Durant un court instant, elle s'est souvenue de la chaîne et s'est demandé si j'avais eu raison de l'interrompre. Peut-être que la malchance la poursuivait parce qu'elle faisait partie de mes amies. Mais non, s'est-elle dit. Jacky n'avait jamais de chance. C'était une catastrophe ambulante. Et elle a oublié la chaîne.

5

Nouveau vendredi, nouvelle réunion du club. Après avoir gardé deux petites filles, Nina et Eleanor Marshall (cette fois je n'avais pas oublié mon rendez-vous), j'ai regardé le contenu de notre boîte aux lettres avant de me rendre chez Claudia. Et, au milieu des factures et des magazines, j'ai trouvé un petit paquet !

Je l'ai pris en espérant que c'était pour moi. Mais il était probablement pour papa. Mon anniversaire était passé et Noël était dans deux mois. C'était peut-être un échantillon gratuit ? Ça pouvait être intéressant, surtout s'il s'agissait d'une crème pour les mains, d'un produit de maquillage ou d'un shampooing.

J'ai ouvert la main, le paquet m'était adressé et ce n'était pas un échantillon. J'ai aussitôt ressenti des frissons bizarres. Mon nom et mon adresse étaient écrits avec des lettres découpées dans des journaux. C'est le genre de choses que l'on voit seulement à la télévision ou dans des films, quand quelqu'un a été enlevé et que les malfaiteurs réclament une rançon. Je sais que cela semble fou, mais ma première pensée a été que Tigrou avait peut-être été kidnappé. Je suis rentrée afin de vérifier.

– Tigrou ! Tigrou !

Je l'ai trouvé roulé en boule sur le canapé du salon.

– Oh, Dieu merci, tu es là, bien vivant ! me suis-je exclamée, soulagée.

Et puis je me suis dépêchée de me rendre chez Claudia.

Seules Kristy et Claudia étaient là et c'est Kristy qui a tout de suite remarqué que le paquet ne m'était pas uniquement adressé :

MARY ANNE COOK
ET LES MEMBRES DU CLUB DES BABY-SITTERS

Le nom de l'expéditeur ne figurait nulle part.

Nous nous sommes regardées toutes les trois. Je lisais la peur dans leur regard et je suis sûre que c'était réciproque. Nous mourions d'envie d'ouvrir le paquet, tout en redoutant de le faire, alors on a attendu que Carla, Jessica et Mallory soient arrivées. Kristy était si pressée de savoir ce qu'il contenait qu'elle n'a pas présidé la réunion de manière officielle. En fait, elle a oublié de mettre sa visière et elle s'est assise sur le lit avec Carla, Claudia et moi.

– Aujourd'hui, nous allons juste répondre au téléphone, on s'occupera de nos affaires lundi, nous a-t-elle informées.

Nous regardions toutes le paquet.

– Bon, qui va l'ouvrir ? ai-je demandé.

– Toi, bien sûr. C'est dans ta boîte aux lettres qu'il est arrivé et il t'est principalement adressé, a répondu Kristy.

– Tu as peur ! me suis-je écriée, soulagée de voir que je n'étais pas la seule.

– Oui, c'est vrai.

J'ai grogné un « OK » résigné, et je me suis mise à déchirer le papier aussi doucement et soigneusement que si le paquet contenait une bombe. De nos jours, on ne sait jamais ! J'ai défait une première épaisseur, puis une autre, puis une troisième. À l'intérieur se trouvait un inoffensif écrin blanc.

J'ai lancé à mes amies un regard qui disait à peu près : « Vous êtes idiotes. Vous avez peur des bijoux maintenant. »

Mais Jessica n'a pas semblé du tout rassurée.

– Il peut y avoir n'importe quoi à l'intérieur et il y a pas mal de choses que je préférerais savoir à des kilomètres d'ici, a-t-elle remarqué.

La peur m'a envahie à nouveau.

D'une main tremblante, j'ai soulevé le couvercle. Mais j'ai juste aperçu des mouchoirs en papier.

– Claudia, tu as une pince à épiler ? Je ne veux pas toucher ça, ai-je dit.

– Oh, mais c'est pas vrai !

Claudia m'a arraché le paquet des mains et a retiré les mouchoirs en papier. Elle les a froissés et en a fait une boule qu'elle a jetée sur le lit.

– Beurk ! s'est écriée Carla en esquivant la boule de papier, et les autres se sont mises à crier.

Lorsque le calme est revenu, on a osé regarder dans l'écrin.

– Qu'est-ce que c'est ? a demandé Mallory.

– On dirait un collier, ai-je répondu.

Dans l'écrin se trouvait une petite perle de verre suspendue à une fine chaîne dorée. La perle était creuse et contenait quelque chose qui ressemblait à une petite graine d'un brun jaunâtre.

J'ai soulevé le collier en craignant qu'il ne disparaisse en fumée à tout moment, ou bien que nous nous évanouissions en fumée nous-mêmes.

– C'est joli. Vraiment, c'est plutôt curieux et ça sort du commun. J'aime bien, c'est mon style de bijou, a affirmé Claudia.

J'allais lui répondre qu'elle pouvait le prendre, lorsque je me suis rendu compte qu'il y avait quelque chose dessous.

– Hé, il y a un mot ! me suis-je exclamée.

– Oh, qui veut le lire ? a demandé Carla.

– Moi, j'imagine. Kristy a raison, le paquet m'était surtout destiné.

J'ai laissé tomber le bijou sur le lit (tout le monde s'en est écarté) et j'ai déplié le papier.

– C'est écrit à la main ? a demandé Kristy.

– Non, ai-je fait en secouant la tête, ce sont encore des lettres découpées dans des journaux.

– Alors, qu'est-ce qu'il dit ? a demandé Claudia.

– Eh bien… voyez vous-mêmes, ai-je répondu en tremblant.

J'ai déposé le mot sur le lit de Claudia. Les filles se sont penchées pour le lire, mais personne ne s'approchait trop près.

Il était écrit :

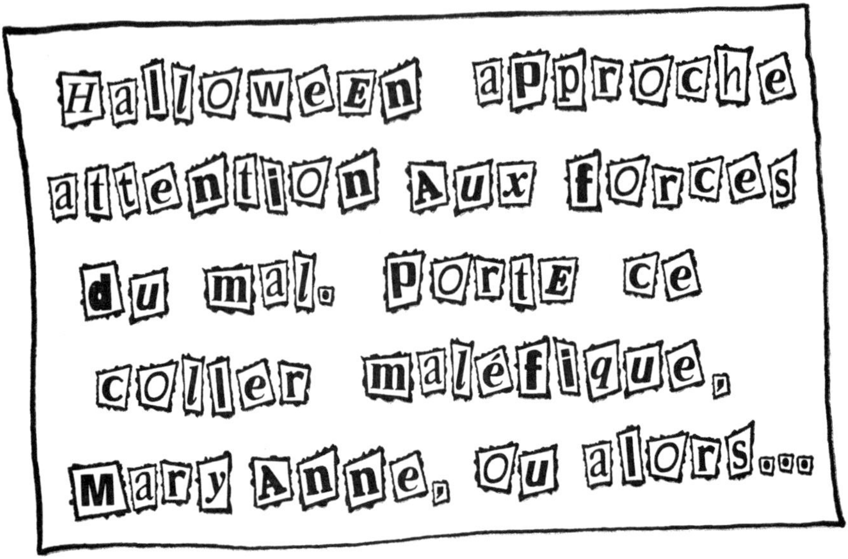

J'ai poussé un cri.

– Maléfique ? J'en étais sûre, a soufflé Mallory.

J'ai regardé le collier posé sur le lit.

– Oh, mon Dieu, je l'ai touché, ai-je dit.

– Touché ? Mais il faut que tu le portes, a insisté Carla.

– Tu es folle ? Pas question, me suis-je exclamée.

– Je crois que tu aurais plutôt intérêt, au contraire. As-tu l'intention d'ignorer cet avertissement… comme tu l'as fait avec la chaîne ? est intervenue Jessica.

J'ai interrogé du regard les filles plus âgées. Après tout, Mallory et Jessica ont deux ans de moins que nous, il est normal qu'elles croient aux signes et aux sorts. Mais mes amies ne m'ont été d'aucun secours.

– Je pense toujours que tu devrais le porter, a dit Carla.

– Ouais… a approuvé Claudia.

– Je croyais que vous ne marchiez pas dans tous ces trucs superstitieux ! me suis-je écriée.

Le problème, c'était que je marchais moi aussi un peu, sinon j'aurais immédiatement passé le collier à mon cou pour leur montrer à quel point elles avaient tort.

J'ai jeté un coup d'œil à Kristy. Elle avait l'air embarrassé. Je me suis rendu compte que, pour une fois, elle ne plaisantait pas. Elle ne riait pas non plus. En fait, elle paraissait plutôt effrayée.

– Qu'est-ce que vous avez, les filles ? ai-je demandé nerveusement.

– C'est que... enfin... c'est... a commencé Carla. Tu sais, j'ai passé un après-midi difficile avec Jackie Rodowsky, hier.

Elle nous a raconté l'histoire du robot ainsi que tous les autres accidents.

– Mais Jackie n'a jamais de chance, tu le dis toi-même, ai-je répondu.

– C'était pire que d'habitude. Une très mauvaise expérience de baby-sitting, a répliqué Carla.

– J'ai eu une mauvaise note en orthographe, a alors annoncé Claudia.

– Mais tu as toujours de mauvaises notes, lui ai-je fait remarquer.

– Pas ces derniers temps, a répliqué Claudia d'un ton hautain.

– Je suis tombée à mon cours de danse. Ça ne m'était jamais arrivé, a enchaîné Jessica.

– J'ai perdu ma montre, a dit Kristy.

– J'ai été punie parce que je parlais pendant le cours de maths, a ajouté Mallory.

– Tu sais, Lucy a appelé il y a quelques jours. Elle a cassé le presse-papiers de son père. C'était un objet qu'il adorait et elle ne sait pas comment le lui avouer, a raconté Claudia.

– Je dois aussi vous dire quelque chose. J'ai vécu la pire journée de toute ma vie le lendemain du jour où j'ai jeté la lettre.

Je leur ai décrit cette journée qui avait commencé par ma chute du lit et s'était terminée par l'oubli d'un rendez-vous de baby-sitting. Puis un silence s'est installé pendant lequel nous avons échangé des regards. Au bout d'un long moment, j'ai pris le collier et je l'ai accroché à mon cou.

– Ce truc me fait horriblement peur, ai-je admis. Il porte malheur. Mais qu'arrivera-t-il encore si je ne le porte pas ? Les choses iront peut-être encore plus mal.

– L'horreur, a chuchoté Mallory.

– Mais qui a bien pu nous envoyer ça ? me suis-je demandé.

Aucune de nous n'en avait la moindre idée.

– Et pourquoi à moi ? Pourquoi est-ce moi qui devrais porter cette chose ?

– Peut-être parce que c'est toi qui as jeté la lettre, a suggéré Jessica. La malchance est sur toi, et tous ces trucs qui sont arrivés, c'est à cause du mauvais sort qui s'est abattu sur tes amies.

– Comment commence le mot ? « Halloween approche. Attention aux forces du mal. » Qu'est-ce que ça veut dire ? ai-je rétorqué.

– Halloween est le moment le plus terrifiant, le plus inquiétant de l'année, a expliqué Claudia.

– Mais les forces du mal…

– Je crois qu'il va falloir que nous les combattions, a enchaîné Mallory.

Nous savions que ce ne serait pas facile. J'avais brisé une chaîne qui portait chance, et depuis je devais porter un collier maléfique. Je ne pouvais pas revenir en arrière.

Mais puisque nous devions combattre les forces du mal, restait à savoir comment.

6

J'étais terrifiée. Qui ne l'aurait pas été ?
Le samedi, le lendemain du jour où j'avais reçu le collier maléfique, je l'ai porté chez Simon Newton. Simon a renversé tout ce qui était à sa portée, puis il est tombé et s'est égratigné le genou. Et il ne s'est pas arrêté là. Il a dévalé la moitié de l'escalier. Bien sûr, il s'est mis à pleurer. Mais heureusement, il y avait les pansements. Simon adore les pansements.

Le lundi, le premier jour où je portais le collier maléfique au collège, il y a eu le feu dans une poubelle (et les pompiers ont dû venir l'éteindre), une explosion au laboratoire de sciences (personne n'a été blessé mais une partie du matériel a été complètement détruite) et un accident au cours de gym (Miranda Millaber s'est tordu la cheville. Elle a dû aller à l'infirmerie, où on lui a fait un bandage).

– Peut-être n'est-ce qu'une coïncidence, a suggéré Kristy.

J'ai regardé Kristy, Claudia, Carla et Logan. Nous étions en train de déjeuner. Un plat de légumes mélangés à des haricots, peu appétissant. Mais Kristy n'a fait aucun commentaire. Elle n'en avait pas envie. Elle était bien trop inquiète et préoccupée pour essayer de me dégoûter.

J'ai jeté un regard furtif à mon collier. La petite graine reposait au fond de son globe de verre. J'ai alors décidé que tout cela ressemblait à quelque chose de soigneusement et calmement prémédité, afin de provoquer des événements horribles.

– Un accident le premier jour où je portais le collier, cela peut être une coïncidence. Un petit objet brisé chez les Newton, passe encore, mais pas tous ces trucs cassés et le genou blessé de Simon. Je pourrais à la rigueur accepter un petit début d'incendie au collège, que M. Halprin aurait éteint lui-même avec un seau d'eau. Cela pourrait encore être une coïncidence. Mais pas un incendie qui a nécessité l'intervention des pompiers.

– Et une explosion, a poursuivi Logan.

– Plus un accident au cours de gym, a ajouté Carla.

– C'est vrai, ai-je admis et j'ai continué en chuchotant : Vous savez, il y a eu d'autres manifestations du mauvais sort aujourd'hui.

– Vraiment ? a interrogé Kristy. Lesquelles ?

– Mon père a ouvert un parapluie dans la maison ce matin.

Kristy m'a regardée avec des yeux ronds.

– Et attendez encore, ai-je poursuivi, sur le chemin de l'école, un chat noir a traversé la rue.

J'ai alors regardé Claudia, qui a acquiescé nerveusement.

– Oui, c'est vrai, a-t-elle approuvé.

– Et juste avant de venir au self... ai-je continué.

– Ouais, est intervenu Logan en me prenant la main sous la table.

Je ne savais pas si c'était pour me rassurer ou parce qu'il avait peur lui-même.

– ... je suis passée sous une échelle, mais quand je m'en suis rendu compte il était déjà trop tard.

Notre table était silencieuse. En temps normal, tous ces événements nous auraient fait rire. Mais aujourd'hui, premier jour où je portais le collier au collège, trois signes, trois accidents, le collier maléfique et la lettre, c'était trop.

– Vous savez quoi ? ai-je repris. Ce collier est maudit et nous devons faire quelque chose.

– C'est ce que Mallory a dit vendredi, a fait remarquer Kristy. Tu te souviens, que nous devions combattre les forces du mal.

– Mais comment ? a demandé Claudia.

Personne n'avait de réponse. Et surtout pas Logan qui nous regardait comme si nous étions folles. Qui aurait pu lui en vouloir ? J'étais prête à parier qu'à la table de Grace et de Cokie, on ne parlait ni de maléfices ni de malédictions ni de forces du mal. Elles étaient probablement en train de discuter tranquillement d'Halloween.

J'ai jeté un coup d'œil dans leur direction. Elles étaient cinq à table : Grace, Cokie, et trois de leurs amies. Et leurs regards étaient tournés vers nous. Je me suis sentie rougir.

– Chuuut, les filles. Je crois que nous parlons trop fort. On nous écoute, ai-je sifflé.

– Normal, c'est probablement la conversation la plus fascinante qu'elles aient jamais entendue, est intervenue Carla.

Kristy, Claudia, Carla et moi nous sommes mises à rire.

Cependant, Cokie et ses amies ne cessaient de nous regarder et Logan commençait à en avoir assez. Il s'est échappé pour rejoindre une table de garçons.

– Continuons notre discussion en parlant plus bas, a proposé Carla.

– D'accord !

– Récapitulons, a poursuivi Carla. Bon, Mary Anne a reçu un collier. Le mot qui l'accompagnait disait qu'il était maléfique.

– Oui.

– Et nous ne savions pas vraiment si nous devions le croire jusqu'à aujourd'hui, a ajouté Kristy. Mary Anne portait le collier chez les Newton et a eu des ennuis, elle l'avait aussi ce matin au collège et ça a été la même chose.

– On dirait que les problèmes s'accumulent depuis que je porte le collier, qu'à chaque endroit où je passe, il y a une catastrophe, ai-je dit.

Mes amies ont eu un mouvement de recul et ont tiré leurs assiettes à elles.

– Merci bien ! me suis-je exclamée.

Elles paraissaient gênées, mais ne se sont pas excusées, ni n'ont bougé.

– Vous connaissez quelque chose sur les maléfices ou les malédictions ? a demandé Claudia.

On a fait « non » de la tête.

– J'ai lu un livre qui s'appelait *Le Mystère du maléfice d'ivoire*, mais il n'y a rien dedans qui puisse nous aider, a continué la passionnée d'histoires mystérieuses, avant de s'interrompre, pensive. Bon ! Mais comment se renseigner sur les maléfices, les malédictions et les forces du mal ? Il faut faire quelque chose.

– On devrait peut-être aller à la bibliothèque, ai-je répondu.

– Oh, je déteste la bibliothèque, s'est écriée Claudia.

– Même si ce n'est pas pour un devoir ? Même si c'est pour toi ?

Claudia a fait une grimace.

– Eh bien, je crois que nous devrions y aller quand même, ai-je affirmé. Et Jessica et à Mallory pourraient nous accompagner. Quant à Claudia, c'est à elle de décider.

– Non, elle n'a pas le choix, m'a coupée Kristy. Elle vient, c'est tout.

– Comment ça ? s'est exclamée Claudia.

– Parce que nous formons un groupe et que nous devons être solidaires, a répondu Kristy. Nous nous retrouverons devant le collège à la fin des cours.

La discussion était terminée.

Le projet a été mis à exécution. Même Jessica, qui avait des enfants à garder le lundi et le mercredi, a pu venir, parce que les Braddock avaient la grippe. J'ai proposé à Logan de se joindre à nous, mais il ne pouvait pas. Je crois que faire une recherche sur la sorcellerie avec six filles, c'était trop pour lui.

Même avec ce collier maléfique autour du cou, qui me faisait peur, j'étais contente d'aller à la bibliothèque. Je pensais aux livres que j'avais lus dans lesquels des enfants font les mêmes démarches que nous, et quand ils demandent à la bibliothécaire – toujours une vieille dame aux cheveux blancs qui a dans les quatre-vingt-dix ans – des livres sur la sorcellerie, elle les conduit dans quelque coin obscur de la bibliothèque (peut-être même le sous-sol) et leur montre des ouvrages poussiéreux, énormes et inquiétants dont on ignore la véritable origine.

Notre visite à la bibliothèque de Stonebrook n'a pas ressemblé du tout à cela.

– Par quoi commençons-nous ? a questionné Claudia en chuchotant dans l'entrée.

J'ai cherché du regard une vieille dame de quatre-vingt-dix ans aux cheveux blancs.

– Commençons par demander à la bibliothécaire, ai-je répondu.

– Non, ce n'est pas la peine, se sont exclamées Jessica et Mallory en même temps (comme elles aiment lire, elles vont probablement souvent à la bibliothèque).

– Nous pouvons consulter les fichiers nous-mêmes, a ajouté Jessica.

– Dans la salle des adultes ou des enfants ? a demandé Kristy.

– Celle des adultes, ont aussitôt répondu nos expertes. Nous y trouverons plus de choses.

– C'est plus complet, a ajouté Mallory d'un air important. Mais nous devons nous conduire comme des grandes personnes. Les bibliothécaires sont toujours méfiants lorsqu'ils voient des enfants dans la salle des adultes.

Mallory et Jessica nous ont ouvert le chemin vers les fichiers pour adultes. Sous la rubrique « Sorcellerie » on a trouvé des fiches concernant des tonnes de livres.

– Il va nous falloir recopier tous les numéros de ces livres et puis les regarder les uns après les autres ? a demandé Claudia. Je crois que je vais avoir mal à la tête. Je ferais mieux de rentrer.

– Pas question, a répondit Kristy, catégorique.

– En plus, ai-je ajouté, nous n'avons pas besoin de regarder chaque livre séparément. Ils sont tous dans la même section. Tu vois ? Les codes commencent tous de la même façon. Si nous avons le code, nous trouverons la bonne section. C'est tout ce dont nous avons besoin.

Mallory et Jessica m'ont regardée avec admiration. C'était gentil. Mais j'avais l'impression de dire : « Vous voyez, moi aussi, je sais comment fonctionne la bibliothèque. »

Sachant que la bibliothèque de Stonebrook est un bâtiment moderne qui a été construit il y a huit ans, alors que la ville s'était agrandie et ne pouvait plus se contenter de l'ancienne, je ne sais pas pourquoi je m'imaginais que les livres concernant la sorcellerie devaient se trouver dans un coin perdu, poussiéreux et sinistre. Cette nouvelle bibliothèque n'a aucun coin sombre, poussiéreux ou sinistre. Les livres sur la sorcellerie sont disposés simplement comme les autres sur des étagères métalliques, éclairés par des lumières vives.

Nous avions de la chance car les livres se trouvaient sur l'étagère du bas. On s'est assises par terre et on a commencé à extraire les ouvrages les uns après les autres et à consulter les tables des matières.

– En voilà un qui s'appelle *De la sorcellerie*, ai-je annoncé.

– Et un autre *Les Sorcières à travers les âges*, a ajouté Carla peu après.

– Celui-ci, *D'étranges phénomènes*, a dit Jessica.

– Et celui-là, *Maléfices et sortilèges*, a renchéri Kristy.

– Pourquoi avons-nous besoin de tous ces trucs de sorcellerie ? me suis-je interrogée à voix haute.

– Que faire d'autre si nous voulons combattre les pouvoirs maléfiques du collier ? a demandé Mallory.

J'ai secoué la tête.

– Je ne sais pas. Je pensais qu'aucune de nous ne savait. Et que nous étions ici pour le découvrir.

– C'est sûrement une espèce de sortilège, non ? a ajouté Mallory. Mais j'imagine que nous ne savons pas lequel.

J'ai frissonné.

– OK. Un sortilège.

Nous nous sommes replongées dans nos livres. Je nous ai imaginées toutes les six par une nuit de pleine lune, mélangeant des herbes et d'autres choses étranges et psalmodiant d'effrayantes incantations.

– Peut-être devrions-nous demander conseil à Karen Lelland, ai-je proposé en souriant.

– Oh, non ! s'est écriée Kristy.

Sa jeune demi-sœur est folle d'histoires de fantômes et de sorcières. Elle croit même que Mme Porter, la vieille dame qui habite à côté de chez Kristy, est en fait une sorcière qui s'appelle Morbidda Destiny.

– Elle ne nous lâcherait plus si elle savait ce que nous faisons.

Moi, j'aurais bien aimé savoir ce que nous faisions. Mais comme ce n'était pas le cas, je me suis replongée dans les livres. À cinq heures, on en a choisi chacune un pour l'examiner, puis on a couru chez Claudia pour la réunion du club.

7

Avant de partir, Mme Newton a dit quelques mots à voix basse à Jessica :

– J'espère que ça se passera bien. C'est la première année qu'Halloween veut dire quelque chose pour Simon et il est terrifié. Mon mari et moi avons essayé de lui expliquer que c'était une fête, mais il n'en retient que les aspects effrayants.

Jessica a hoché la tête et a répondu :

– Ça va aller, je vous remercie de m'avoir prévenue (nous apprécions les parents qui nous avertissent d'un problème qui peut survenir lorsque nous sommes chez eux).

Puis Mme Newton est partie avec Lucy Jane, la petite sœur de Simon. Elle avait une otite et sa mère l'emmenait chez le médecin.

– Alors, Simon, que veux-tu faire aujourd'hui ? a demandé Jessica alors qu'ils entendaient la voiture s'éloigner.

Ce n'est pas forcément une bonne idée de poser ce genre de question à un enfant. Imaginez qu'il réponde qu'il a envie de faire les pires bêtises ! Mais Jessica avait déjà gardé Simon plusieurs fois et elle savait qu'il était raisonnable.

– J'aimerais... Je voudrais... Je ne sais pas, a répondu vaguement Simon.

Jessica a regretté de n'avoir pas apporté son coffre à jouets. Il existe une règle tacite dans notre club selon laquelle la baby-sitter doit passer tout son temps avec les enfants qu'elle garde, à moins d'être payée plus cher pour aider les parents et faire la vaisselle, ranger des vêtements ou d'autres tâches ménagères. Cela semble évident, mais vous seriez surpris de voir combien de baby-sitters attendent le retour des parents en s'installant devant la télé, sans se soucier un instant des enfants.

Telle n'était pas l'intention de Jessica (ni d'aucune d'entre nous d'ailleurs).

– Tu veux jouer dehors ? a-t-elle demandé.

Simon a fait non de la tête, avec de grands yeux effrayés.

– Qu'est-ce qui ne va pas ? a questionné Jessica.

– Les fantômes pourraient venir.

– Oh, pas aujourd'hui, Simon, l'a-t-elle rassuré. Ce n'est pas encore Halloween. Personne ne se déguise avant.

– J'aimerais que ce ne soit jamais Halloween, a ajouté Simon.

Jessica l'a conduit dans la salle de séjour et l'a fait asseoir sur le canapé.

– Qu'est-ce qui te fait peur ?

– Halloween, a-t-il répondu simplement.

– Mais Halloween est amusant. Je t'assure. Tout le monde

distribue des bonbons et se costume. Tu peux te déguiser en fantôme ou en sorcière…

Simon a couvert ses yeux de ses mains et a dit :

– Non !

– Ou en Superman, a poursuivi Jessica.

– Pas en fantôme ! Pas en sorcière ! a crié à nouveau Simon.

– Mais ils n'existent pas. Ils ne sont pas vrais. Ce sont des gens déguisés, a expliqué Jessica.

– Les fantômes et les sorcières me font peur. Surtout les fantômes.

– Pourquoi ?

– J'ai peur, c'est tout.

– Mais tous les fantômes ne sont pas méchants, a dit Jessica, ce qui lui a donné une idée. Hé ! a-t-elle dit avec excitation. As-tu entendu parler de Casper ?

– Casper ? a répété Simon.

– Oui, c'était un fantôme, un petit fantôme et il était très timide. Aussi timide qu'une souris. Il n'aimait pas le bruit ou trop d'agitation. Il vivait dans le grenier de M. et Mme Whittaker et tout ce qu'il voulait était la paix, la tranquillité et rester avec ses amis, Hermann et Miss Oliver, a raconté Jessica.

– C'est qui ?

– Si tu veux vraiment le savoir, a dit Jessica, nous pourrions aller chez moi et je te montrerais quelques livres sur Casper.

– Bon… d'accord, a répondu Simon, qui paraissait très intéressé malgré lui.

Jessica l'a alors habillé pour sortir (quand elle a boutonné sa veste, un bouton s'est détaché, quand elle a lacé ses baskets, un lacet s'est cassé) et elle a eu un coup au cœur.

« C'est le mauvais sort, a-t-elle pensé aussitôt, c'est le mauvais sort qui s'abat sur les amis de Mary Anne. » Pendant quelques minutes, Jessica a senti la panique l'envahir, mais elle ne l'a pas montré. Les Braddock avaient la grippe, a-t-elle songé, et Lucy Jane Newton une otite. Cela faisait beaucoup de malades et Simon avait très peur d'Halloween. Et maintenant le bouton, le lacet (sans parler de tout ce qui était arrivé auparavant).

Jessica a pris deux profondes inspirations et a tenté de se calmer. Simon l'a regardée bizarrement.

– Bon. Si tu me montres où est la boîte à couture et où sont les lacets neufs, je vais arranger ça et puis nous irons chez moi regarder les livres.

Lorsque Simon a été prêt, Jessica a laissé un mot à Mme Newton en lui disant où ils étaient (au cas où elle rentrerait plus tôt que prévu). Elle a fermé la porte à clé et ils sont partis. Sur le chemin, Simon a demandé :

– Est-ce qu'il y a quelqu'un de mon âge chez toi ?

– Désolée, Simon. Ma sœur Rebecca a huit ans et mon petit frère est encore un bébé.

– Un bébé, comme Lucy Jane ? a-t-il demandé.

– Oui, mais un peu plus grand. Il sait presque marcher.

Simon a acquiescé.

– À qui sont les livres sur Casper ?

– Ils étaient à moi et, maintenant, ils sont à Rebecca en attendant que mon petit frère soit assez grand pour les lire. Ils sont parfaits pour un enfant de quatre ans, comme toi. C'est pour ça que je pense que tu vas les aimer.

– Bonjour ! ont-ils entendu lorsque Jessica a ouvert la porte.

– Bonjour, maman, c'est moi. Je suis avec Simon. Nous allons regarder des livres, a-t-elle expliqué.

Mme Ramsey est apparue dans l'entrée et a fait un petit bonjour à Simon.

– Bonjour, a-t-il répondu timidement.

– Je t'expliquerai plus tard, a chuchoté Jessica en passant près de sa mère et en se dirigeant vers l'escalier. Et fais attention, a-t-elle poursuivi en s'adressant cette fois à Simon, tandis qu'ils grimpaient les marches.

« En ce moment, on n'est jamais assez prudent », a-t-elle pensé.

– Où sont les livres ? a-t-il demandé, une fois arrivé en haut sain et sauf.

– Dans la chambre de Rebecca, a répondu Jessica.

La porte de la chambre de Rebecca étant ouverte, elle y est entrée, a passé en revue la bibliothèque de sa sœur et a trouvé un tout petit livre. Elle l'a tendu à Simon, et ils se sont dirigés vers la chambre de Jessica pour le lire.

– Ce livre s'appelle *Casper et Halloween.*

– Oh, non ! a balbutié Simon.

– Il est bien. Vraiment. Nous allons d'abord regarder les images. Là, tu vois ces personnes âgées ? a demandé Jessica.

– Est-ce que c'est M. et Mme Whittaker ? a questionné Simon.

– Oui, c'est ça et voilà Hermann et Miss Oliver, a-t-elle dit.

– Hermann est un chat et Miss Oliver une chouette ! s'est exclamé Simon.

– Oui. Et voilà Casper.

– Il est tout petit ? Mais il n'a pas l'air du tout méchant. Il sourit, a dit Simon en montrant une image du doigt.

– Il n'est pas méchant. Tu te souviens, il est très timide, a répondu Jessica.

Elle a commencé à lire à Simon l'histoire du petit fantôme qui était si timide qu'il ne voulait pas participer au concours du plus beau déguisement d'Halloween, alors qu'il aurait pu gagner haut la main !

– Mais c'est idiot, a dit Simon à la fin de l'histoire, moi, j'aurais participé au concours.

– Tu peux participer au défilé de déguisements de ton école, a fait remarquer Jessica.

Simon semblait pensif.

– Peut-être... Je me demande...

– Quoi ?

– ... si maman pourrait me faire le costume de Casper.

– Tu veux être un fantôme ?

– Non. Casper. Seulement Casper. Et puis, s'il y a un prix, peut-être que je le gagnerai. Je veux dire, peut-être que Casper gagnera.

– Ça c'est une très bonne idée, a affirmé Jessica.

Jessica et Simon se sont souri.

– Il y a d'autres livres de Casper ? a demandé Simon.

– Bien sûr.

– On peut les lire ?

8

C'était un de ces longs comptes rendus rédigés à deux mains dans le journal de bord. Il nous arrive d'écrire à deux lorsque nous gardons le clan Pike (car il faut en général deux baby-sitters) ou quand Jessica et Mallory font du baby-sitting ensemble, ce qui arrive parfois car elles sont très jeunes.

Ce compte rendu racontait ce qui s'était passé le samedi, deux jours après que Jessica avait réussi à convaincre Simon que tous les fantômes ne font pas peur. Claudia et Mallory gardaient les petits Pike.

Ce qui s'est avéré être un supplice. Vraiment, autant j'apprécie Mallory pour sa personnalité équilibrée, autant je dois prendre la défense de Claudia dans cette affaire. C'était sa pire expérience de baby-sitting. Je vais même prendre le risque de dire que ça a été la pire de toutes nos expériences. Peut-être que ça n'a pas été aussi effrayant que lorsque Carla avait cru que Buddy Barrett avait été enlevé, ou que la fois où j'avais dû accompagner Jenny Prezzioso en ambulance, mais il est arrivé plein de choses, et qui se sont très mal passées.

Je parlerai de façon très directe. Nous pensions toutes que le mauvais sort s'était abattu sur mes amies. La succession d'événements malheureux était difficile à ignorer. Ce n'était pas juste un petit accident par-ci, une mauvaise nouvelle par-là. C'était une série de malheurs, qui touchaient même Lucy à New York.

M. et Mme Pike n'étaient pas partis depuis dix minutes que les choses ont mal tourné. Ils devaient rentrer tard, aussi Claudia et Mallory pensaient-elles avoir une longue soirée en perspective. Elles ont commencé par vouloir faire dîner les enfants. Leur mère avait fait cuire du riz et des saucisses. Claudia ne trouvait pas cela appétissant, elle n'a donc vraiment pas été troublée par ce qui s'est passé peu après, au contraire des petits et de Mallory. Apparemment ce plat est une spécialité, ils appellent ça « le ragoût papa ». Ainsi semblaient-ils impatients, surtout Byron, qui adore manger, et qui est une sorte d'aspirateur humain.

Avant d'aller plus loin, je préfère revenir sur les nombreux frères et sœurs de Mallory, car les Pike ne sont pas une famille ordinaire.

Mallory est l'aînée bien sûr, et elle a onze ans. Les triplés (Byron, Jordan et Adam) ont dix ans. Ils se ressemblent comme trois gouttes d'eau et sont parfois insupportables. Ils aiment taquiner les autres, surtout leur petit frère Nicky, mais au fond ce sont de gentils enfants. Vanessa a neuf ans, c'est un poète en herbe et elle s'exprime parfois en vers, ce qui peut être agaçant. Nicky a huit ans, il est gentil mais a du mal à faire sa place. Ses frères le trouvent bébé, et puis Nicky déteste les filles, ce qui pose un problème. Margot a sept ans et fait une crise d'autoritarisme en ce moment. La toute dernière s'appelle Claire, elle a cinq ans et joue vraiment le rôle du bébé de la famille. Et quelle famille !

Donc revenons-en au fameux plat. Les parents venaient juste de partir. Les dernières paroles de Mme Pike avant de partir recommandaient de laisser le « ragoût papa » réchauffer jusqu'à six heures et demie et de ne pas toucher au feu.

– Six heures et demie ! Je ne pourrai jamais attendre si longtemps ! s'est écrié Byron.

– Ça ne fait même pas une heure, a fait remarquer Mallory.

– Mais je meurs de faim. Je ne tiendrai jamais jusque-là.

– Mais si. Allez ! Viens nous aider à tout préparer dans la salle de jeux. Ce soir, nous ne mangeons pas dans la cuisine. Nous allons pique-niquer à l'intérieur.

– Pique-niquer ! se sont enthousiasmés les autres. Super !

Ils ont transporté ce qu'il fallait dans la salle de jeux, puis ils ont mis une nappe par terre et y ont déposé les assiettes, les verres, les couverts et les serviettes.

Byron n'était pas avec eux. Et personne ne l'a remarqué jusqu'à ce qu'on sente une affreuse odeur âcre, comme celle d'un pneu qui brûle.

Claudia a reniflé.

– Quelque chose est en train de brûler ? a-t-elle demandé, inquiète.

Mallory a humé à son tour.

– Mon Dieu, a-t-elle dit.

Claudia, Mallory, Adam, Jordan, Vanessa, Nicky, Margot et Claire ont accouru dans la cuisine. Sur la cuisinière, ils ont trouvé la marmite de ragoût qui fumait avec Byron à côté. Son regard allait de la marmite aux baby-sitters.

– Ouh là là, a-t-il dit.

Mallory s'est précipitée vers la gazinière et a éteint le feu. Puis elle a saisi la marmite et soulevé le couvercle. Le ragoût était carbonisé.

– Oh, non ! se sont lamentés les Pike.

Ils se sont pincé le nez et sont sortis de la cuisine.

– Mallory, le dîner est fichu à cause de Byron, a crié Claire.

– Excusez-moi, j'avais tellement faim et j'ai pensé qu'en augmentant le feu... a-t-il expliqué.

– Ouh là, ouh là !

Des cris venaient de la salle de séjour, où les enfants s'étaient réfugiés pour échapper à l'odeur du riz brûlé.

– Qu'est-ce qu'il y a encore ? s'est exclamée Claudia.

– Je ne sais pas. Mais on dirait plus que des cris du genre « Arrête de te moquer de moi ou je te tue ». J'ai l'impression qu'il y a un problème, a répondu Mallory.

Les filles sont sorties de la cuisine et Claudia a lancé en se retournant :

– Pendant ce temps-là, tu me nettoies tout ça, Byron !

Puis elle s'est ruée dans la salle de séjour. Les enfants couraient dans tous les sens, en se baissant comme si le plafond allait leur tomber sur la tête. Un oiseau voletait dans la pièce.

– Oh, mon Dieu ! Mais par où est-il entré ? s'est exclamée Claudia.

– Il est passé par la cheminée ! Ouah, au secours ! a crié Vanessa.

– Attendez un instant, les enfants. Cet oiseau est mort de peur et vous l'effrayez encore plus. Alors calmez-vous pour nous aider Claudia et moi, ou allez regarder la télévision, est intervenue Mallory.

Vanessa est sortie en courant pour aller regarder la télévision. Les autres sont restés. Ils se sont rassemblés à l'entrée autour de Claudia et de Mallory.

Le pauvre oiseau, qui n'était qu'un petit moineau, continuait de voler dans tous les sens à travers la pièce.

– Comment allons-nous le capturer ? a demandé Nicky.

– Peut-être que c'est une femelle, a émis Adam pour ennuyer Nicky.

– Ça n'a aucune importance, nous devons l'empêcher de se cogner contre la fenêtre. Il pourrait se tuer, a expliqué Mallory à Adam.

– Hé ! On devrait peut-être ouvrir la fenêtre et les portes, l'oiseau sortirait tout seul, a proposé Jordan.

– Je pourrais aller chercher mon filet à papillons, on l'attraperait et on le relâcherait dehors, a dit Nicky.

– Ouais, vraiment formidable, a répliqué Jordan, sarcastique.

– Peut-être qu'il va se calmer et se poser quelque part ; on pourrait l'attraper avec une taie d'oreiller, a suggéré Margot.

– Je me demande si les oiseaux connaissent le Père Noël, est intervenue Claire, l'air rêveur.

Tout le monde a oublié l'oiseau un instant.

– Hein ? a dit Adam.

– L'oiseau est venu par la cheminée, comme le Père Noël, et je me demande… a poursuivi Claire.

Adam, Jordan et Nicky se sont mis à ricaner.

Puis Margot a poussé à nouveau un cri. L'oiseau dessinait un autre arc de cercle dans la pièce, juste au-dessus de sa tête.

– Bon, nous perdons notre temps, ouvrons les portes et les fenêtres. Je crois que c'est de loin la meilleure idée, a dit Mallory.

Claudia et les enfants se sont précipités pour ouvrir toutes les portes et les fenêtres de l'étage.

– Allez, petit oiseau, a dit Margot en chassant le moineau.

Puis tout à coup, se sentant pleine de courage (ou bien faisant acte d'autorité), elle a levé les mains, les a agitées en courant vers la fenêtre et a crié :

– Allez, oiseau, sors d'ici !

L'oiseau est passé au-dessus d'elle et s'est envolé par la fenêtre.

– Bravo ! Merci, Margot, s'est exclamée Mallory.

– Ouah ! Parfait. Si on refermait tout ? a proposé Claudia.

Elle allait retourner dans la cuisine quand elle a vu soudain Vanessa porter une main pleine de sang à sa bouche.

– Oh mon Dieu ! Vanessa ! Qu'est-ce qui t'arrive ? a demandé Claudia, qui prononçait cette phrase pour la millième fois de la soirée.

Comme Vanessa se laissait guider vers l'évier de la cuisine, elle a tendu une main dans laquelle se trouvait une petite dent recouverte de sang.

– Je ne savais pas que tu avais une dent qui bougeait, Vanessa, est intervenue Mallory.

– Moi non plus, a répondu Vanessa, en larmes.

Claudia l'a aidée à se rincer la bouche avec de l'eau tiède et salée. Quand elle s'est arrêtée de saigner, elle a expliqué :

– Je mangeais un bonbon. Il était très dur. J'ai mordu dedans et quand j'ai rouvert ma bouche, le bonbon avait arraché la dent.

Évidemment, tout ça a encore repoussé l'heure du dîner. Les enfants, surtout les triplés, étaient très énervés en pensant à l'oiseau puis à la dent de Vanessa. En outre, il a fallu du temps pour confectionner quatorze sandwiches au jambon, car c'est tout ce que les enfants acceptèrent de manger à la place de leur plat favori.

Le reste de la soirée s'est bien passé jusqu'au retour de M. et Mme Pike, qui avaient une heure de retard. Claudia était épuisée et Mallory très inquiète, car elle se demandait pourquoi ses parents n'appelaient pas. En fait, ils étaient pris dans les embouteillages sur l'autoroute et n'avaient pas pu les prévenir.

Si certaines d'entre nous avaient encore des doutes sur les pouvoirs maléfiques de la chaîne, ils se sont évanouis après cette soirée. Nous avions toutes de gros ennuis, et c'était ma faute. Je portais malheur à mes amies, à tous ceux que je connaissais, et à moi-même.

9

– J'ai demandé une réunion d'urgence. Et vous savez toutes pourquoi, a dit Kristy d'un air sombre.

C'était un samedi après-midi. Les six principaux membres du club étaient réunis dans la chambre de Claudia. Et, c'est vrai, nous savions toutes pourquoi nous avions été convoquées. C'était à cause de moi, parce que j'avais défié le sort, rompu une chaîne de lettres, que je me retrouvais obligée de porter un collier maléfique qu'un inconnu m'avait envoyé, sans savoir pourquoi je devais le faire. Qu'aurait-il pu se passer de pire ? La mort, la destruction, la fin de la civilisation, que sais-je ? Ce qui effrayait beaucoup Claudia, car cela signifiait pour elle la fin des sucreries et autres friandises dont elle raffolait. La chance nous avait abandonnées.

– Bien, nous devons faire quelque chose pour résoudre le... hum... problème de Mary Anne, a poursuivi Kristy.

Si vous vous souvenez bien, la lettre avait été accueillie avec un très grand scepticisme au début. Kristy elle-même avait été la plus sceptique. Elle n'accordait alors aucun crédit à ces histoires de maléfices, de sortilèges ou de mauvais sort. Désormais, elle y croyait fermement, tout comme Mallory et Jessica (et les autres d'ailleurs).

– Bien, maintenant que nous avons les bouquins, nous ferions bien de nous mettre au travail. Je crois qu'il y a une formule pour... Oh, quel est le mot ? a commencé Mallory.

– Pour se débarrasser de la poisse ? a proposé Claudia.

– Non, pour la neutraliser. C'est ça, neutraliser le mauvais sort, c'est tout ce que nous pouvons espérer.

– D'accord, alors cherchons dans les bouquins, a poursuivi Kristy.

Les livres avaient tous été laissés dans la chambre de Claudia, à son grand désarroi. Nous en avons pris chacune un et nous sommes mises à les feuilleter.

– Hé, Claudia. As-tu remarqué si ces livres ont fait des choses bizarres ? Comme par exemple voler à travers la pièce ou briller dans le noir ? lui ai-je demandé.

Claudia s'est mise à rire, mais Kristy nous a fusillées du regard.

– Tu ne peux pas te permettre de prendre ça à la légère, Mary Anne, c'est toi qui nous as mises dans le pétrin, et tu ferais mieux de nous aider à en sortir.

J'ai ressenti la même chose que lorsque j'oublie mon devoir de maths et que le professeur me fait des reproches devant la classe entière.

– Excuse-moi, ai-je dit.

– Excuse-moi aussi, a répété Claudia.

Un silence embarrassé a suivi. Nous sommes retournées toutes les cinq à nos livres. De temps en temps, on entendait l'une de nous tourner une page, sinon pas un seul bruit dans la pièce.

– Ça me rend dingue ! s'est exclamée Claudia au bout d'un moment.

Elle a sauté de son lit, a ouvert un des tiroirs de son bureau et en a sorti un paquet de sucettes. Elle a fait beaucoup de bruit en fouillant dans le tiroir et encore plus en ouvrant le sachet.

– Une sucette ? a proposé notre accro des sucreries.

Claudia cache des tas de trucs dans sa chambre, des bonbons, des chips, des chewing-gums. Ses parents n'aiment pas ça, mais elle ne peut pas s'en passer. Elle en a plein les tiroirs, derrière des coussins, sous son matelas, dans des boîtes à chaussures. C'est de la folie. Mais nous l'aimons quand même.

On a toutes pris une sucette, sauf Carla qui a peur des caries.

– Vous porterez toutes un dentier quand vous aurez quatre-vingt-dix ans, mais moi j'aurai toujours mes dents, a-t-elle dit.

– Si je vis jusqu'à quatre-vingt-dix ans, je serai bien contente, avec ou sans dents, tu sais, a répondu Claudia.

Claudia s'est arrêtée net quand elle s'est rendu compte que Kristy la fixait à nouveau.

– D'accord, d'accord, a-t-elle dit.

Chacune a poursuivi son travail une sucette à la bouche.

– Tenez, il existe une formule magique pour transformer la malchance en chance. Peut-être que ça pourrait marcher, a annoncé Jessica.

– Sûrement, nous sommes-nous écriées en nous penchant sur son livre, sauf Kristy qui trônait dans son fauteuil.

– Qu'est-ce qu'ils disent ? Je ne peux pas voir d'ici. Lis-le à voix haute, a-t-elle demandé.

– D'accord. « Pour changer le cours de la fortune, placer une rose blanche entre les pages d'un livre de sorcellerie. Et après deux mois... »

– Une rose blanche ! Un livre de sorcellerie ! Deux mois ! Ce n'est pas la saison des roses, nous n'avons pas de vrai livre de sorcellerie et nous ne pouvons pas attendre deux mois ! s'est écriée Kristy.

– Excuse-moi. Je ne fais que vous lire la formule, a précisé Jessica.

– Eh ! Voilà une formule magique pour attirer l'amour ! me suis-je exclamée un moment après.

– Attirer l'amour ? a répété Carla.

– Oui, vous savez, pour qu'un garçon qu'on aime tombe fou amoureux. Tout ce qu'il faut, c'est une mèche de ses cheveux, un bout de ses ongles et l'un de ses cils !

– Mary Anne ! a hurlé Kristy en nous faisant toutes sursauter.

– Tout va bien, les filles ? a demandé une voix. (C'était Mme Koshi.)

– Oui, ça va, maman ! a répondu Claudia.

Puis elle a regardé Kristy.

– Tu pourrais te calmer un peu. Tu es ridicule. Je sais que c'est sérieux, mais calme-toi, d'accord ?

– D'accord.

Une fois encore, nous avons repris nos livres. Je commençais à avoir des difficultés à lire le mien.

– Claudia, peux-tu allumer la lampe ? ai-je demandé. Il fait sombre ici.

– Bien sûr. (Elle a allumé sa lampe de chevet et a regardé dehors.) Il va y avoir de l'orage. Regardez le ciel !

Mallory, Jessica, Carla et moi avons rejoint Claudia à la fenêtre (Kristy est restée clouée sur son fauteuil). Nous regardions les nuages s'amonceler. Quelques secondes plus tard, on a entendu les roulements du tonnerre.

– Oh, ça donne la chair de poule, a dit Mallory.

On a repris nos livres avant que Kristy ne s'épuise à nous fusiller du regard.

– J'ai trouvé quelque chose. Enfin peut-être (un coup de tonnerre a retenti). J'espère que ce n'était pas un avertissement, a lancé Carla en regardant vers le ciel. Cette formule ne contre pas vraiment la mauvaise fortune, mais elle est censée aider à s'en débarrasser.

– Lis-la-nous, a dit Kristy.

– D'accord. « Sur un morceau de papier, inscrivez vos nom, date de naissance, signe du zodiaque, et votre nombre porte-bonheur. »

– Jusqu'ici tout va bien, a commenté Kristy.

– « Mettez le papier dans un bocal hermétique près d'un orme par une nuit de pleine lune. »

– On peut faire ça ! a poursuivi Kristy tout excitée.

– « Le lendemain matin, ouvrez le bocal, ajoutez-y deux poils de la queue d'un porc, et grattez les écailles du ventre d'une anguille. »

– Tu l'inventes ? lui ai-je demandé.

– Malheureusement non, a répondu Carla.

Elle a poussé un soupir et a tourné la page.

Un éclair a déchiré le ciel. Et, à l'intérieur, la lumière a vacillé. J'ai pensé que nous allions nous mettre à trembler. Mais, comme nous avions encore plus peur de Kristy, nous avons continué notre lecture.

Une demi-heure a passé. Personne n'a trouvé une seule formule, pas la moindre indication qui aurait pu nous aider. Pas même Kristy, qui a fini par s'ennuyer et se sentir frustrée.

– Peut-être que nous faisons fausse route, ai-je suggéré en refermant le livre.

– Qu'est-ce que tu veux dire ? a demandé Jessica.

– D'abord, nous ne savons pas qui a envoyé le collier. Si nous le savions, peut-être que nous pourrions trouver une formule à retourner contre cette personne. Une formule magique qui lui porterait malheur ou quelque chose comme ça.

– Qui te dit que c'est quelqu'un qui a envoyé le collier ? a interrogé Claudia. Il est apparu, c'est tout, pour te punir d'avoir jeté la lettre.

– Mais quelqu'un a bien dû l'envoyer. C'est arrivé avec un message. La question est : qui donc et pourquoi ?

– Hum, a grommelé Kristy, je vois ce que tu veux dire. Est-ce quelqu'un que nous connaissons ? Par exemple quelqu'un qui nous en veut pour quelque chose... à moins que ce soit seulement un maître du mal ?

Jessica a frissonné.

– Un maître du mal. Tu me fais peur, Kristy.

– Désolée.

– Ce pourrait bien être quelque chose comme ça, pourtant, a dit Claudia.

– Je suis d'accord. J'ai assez lu d'histoires de fantômes pour le savoir, a confirmé Carla.

Un énorme coup de tonnerre a retenti. Jessica et Mallory ont poussé un cri.

– Mary Anne, as-tu gardé le paquet dans lequel est arrivé le collier ou le papier qui était avec ? a demandé Kristy.

J'ai secoué négativement la tête.

– Sûrement pas. Je ne voulais pas laisser traîner ces trucs. Pourquoi ?

– Il y avait peut-être des indices, je veux dire sur la personne qui a envoyé le collier.

– Désolée, j'ai tout jeté le jour où je l'ai reçu.

Durant un instant, tout le monde s'est tu. Nous regardions l'orage et les éclairs.

– Ça me rappelle le dernier Halloween, a dit enfin Claudia.

– Quoi ? ai-je demandé.

– Presque tout. Vous vous souvenez de ces orages que nous avons eus en octobre dernier ? Nous n'en avions pas beaucoup d'habitude, surtout à cette époque. De plus, nous avions un autre mystère à résoudre. Celui du visiteur fantôme.

– Ah, ouais ! ai-je dit, c'est vrai. C'est plutôt bizarre.

– Qui était le visiteur fantôme ? a demandé Jessica par curiosité.

– Il s'est avéré que c'était Trevor Sandbourne, qui avait craqué pour Claudia. Seulement, nous ne le savions pas au début, ai-je répondu.

– Trevor et moi avons fini par aller fêter Halloween, ensemble. Hé, au fait, les filles, je vous ai dit que je sortais avec Austin Bentley ? a ajouté Claudia.

– Non !

– Eh oui, voilà. Mais ce n'est pas l'amour fou. Je l'aime

bien, c'est tout. Qui d'autre sort avec quelqu'un ? a-t-elle poursuivi.

– Pas moi, ont répondu Jessica et Mallory en chœur (leurs parents ne seraient pas d'accord).

– Moi non plus, a ajouté Kristy, je suis fatiguée de sortir avec Alan Gray. Il est trop nul.

– Je sors avec moi-même, a ajouté Carla. Qui s'en soucie ?

– Je suppose que tu sors avec Logan, non ? m'a demandé Claudia.

– Oui, ai-je répondu.

– Qu'est-ce que t'as de la chance d'avoir un vrai petit ami. Quelqu'un sur qui tu peux compter, a dit Carla.

– Surtout quelqu'un comme Logan. La moitié des filles de notre classe ferait n'importe quoi pour sortir avec lui, confirma Claudia.

– Vraiment ? Je ne savais pas. Qui par exemple ?

– Grace Blum. Elle a pas mal craqué sur lui. Je parie qu'elle te déteste, Mary Anne. Et elle déteste probablement tout le club parce qu'il traîne souvent avec nous.

Normalement, cela aurait dû me réjouir mais, avec l'orage et le reste de nos problèmes, ce n'était pas le cas. Ce que je venais d'apprendre au sujet de Grace m'a paru être une mauvaise fortune de plus.

10

Vendredi 30 octobre
Le bal d'Halloween ! Déjà ! Je n'arrivais pas à y croire. Il me semblait qu'il y avait à peine quelques jours que Logan et moi nous demandions si nous devions nous habiller pour le bal, ou bien nous déguiser. Maintenant la décision était prise ; j'étais dans ma chambre en train d'enfiler mon costume, et je me sentais nerveuse.

Logan et moi allions au bal déguisés en chats. Nous avions vu la comédie musicale *Cats* et avions été très impressionnés par les costumes des chats. On avait décidé de faire les nôtres.

Un costume de chat sauvage pour Logan et de petite chatte délicate pour moi.

Ils étaient loin d'être aussi réussis que ceux de *Cats*, mais ils étaient pas mal quand même. Tigrou était assis sur mon lit et me regardait solennellement. Je m'étais inspirée de lui pour mon costume. J'avais pris un justaucorps noir, des collants noirs et avais peint des rayures grises dessus, comme celles de Tigrou. J'avais des gants noirs rayés de gris et je portais des chaussons de danse noirs. Je dois dire que Logan et moi avions triché un peu : pour la tête, on avait loué une coiffure en fourrure dans un magasin spécialisé. En revanche, on allait se maquiller nous-mêmes.

Maintenant, assise dans ma chambre devant mon miroir, costumée, portant mes chaussons et bien sûr le collier maléfique, je dessinais des rayures grises et noires sur mon visage. Puis j'ai mis mes gants et la coiffure en fourrure. J'ai tourné sur moi-même.

– Comment me trouves-tu, Tigrou ? Ça va, je te ressemble ?

Il ouvrait des yeux grands comme des soucoupes. Il a sauté sur ses pattes et a reculé en faisant gonfler sa queue, et ses poils se sont hérissés tout le long de son épine dorsale.

J'ai éclaté de rire.

– C'est moi, Tigrou, espèce de petit peureux !

Je me suis baissée pour le caresser mais il a bondi en l'air et est retombé sur le lit. Bien qu'il me fît un peu de peine, je n'ai pu m'empêcher de rire. Ensuite, je suis descendue pour montrer mon costume à papa.

Quand je suis apparue dans le salon, il a levé les yeux du livre qu'il lisait et a sursauté.

– Charmant, Mary Anne. Quel costume ! Et cette fourrure ! s'est exclamé papa.

J'ai souri.

– Merci. Pardon de t'avoir fait peur, j'ai aussi effrayé Tigrou.

– Pourquoi portes-tu ce collier ? a-t-il demandé.

– Ça ? ai-je dit en le montrant du doigt (je le touchais le moins possible).

– Oui. Ça ne va pas très bien avec le costume.

– Ah, bon ? Je ne sais pas. Je l'aime bien.

– Enfin, tu es un superbe chat.

Ding ! Dong !

– C'est Logan ! Sa mère et lui sont là, me suis-je écriée.

– Amuse-toi bien, Mary Anne, a dit papa alors que je prenais mon manteau dans le placard.

– Sois là à dix heures au plus tard.

– D'accord. Le père de Logan nous raccompagnera. À tout à l'heure.

J'ai ouvert la porte, j'ai dit bonsoir à Logan et on est montés dans la voiture. Nous devions valoir le coup d'œil avec nos costumes et nos coiffures.

J'ai essayé d'apercevoir Logan dans le clair de lune (elle était presque pleine).

– Logan, ton costume est superbe !

Il n'avait pas voulu porter de justaucorps et de collant comme moi (je le comprenais). Il avait donc acheté un coupon de fourrure bon marché dans un magasin de tissu et avec sa mère ils avaient confectionné un costume. Il portait un haut et un pantalon en fourrure, et s'était même fait des guêtres en fourrure. Ses mains et son visage étaient maquillés de rayures comme moi. Et bien sûr, il était coiffé d'une fourrure. Mme Rinaldi s'est mise à rire lorsque nous sommes montés en voiture.

– Qu'est-ce qui te fait rire ? Nos costumes ? a demandé Logan.

Il était un peu susceptible à ce sujet.

– Non. Vous êtes tous les deux magnifiques, a répondu sa mère. C'est juste que je n'ai jamais conduit de chats !

Logan et moi nous sommes mis à rire.

Je me sentais assez décontractée. D'habitude, aller à une fête me rendait incroyablement nerveuse. Ce n'est pas ce qui convient le mieux à quelqu'un de timide qui manque de confiance en soi. Si vous aimez vos cheveux, votre visage, votre corps et votre personnalité, alors vous aimez danser. Mais je ne suis jamais sûre de moi. La première fois que je suis allée à une fête avec Logan, ça a été un désastre. Depuis, nous y sommes retournés plusieurs fois. Tout était plus facile, mais je me sentais encore un peu gênée. J'ai toujours l'impression que tout le monde me regarde. Et comme je suis avec Logan, c'est peut-être vrai.

Au moins, je n'avais pas à entrer seule dans cette grande salle pleine de monde. Je me suis agrippée au bras de Logan comme s'il était mon sauveur.

Il n'est rien arrivé. Chacun faisait ce qu'il avait à faire, c'est-à-dire manger et boire. Il faut toujours du temps pour se mettre à danser, même si on est venu pour ça. J'ai cherché Claudia, Carla et Austin du regard. J'ai vu Carla qui parlait à un groupe que je ne connaissais pas très bien. Elle n'était pas déguisée mais avait enduit son visage de vert et s'était collé une verrue en plastique sur le nez. Elle ressemblait à une jeune sorcière blonde. Je vous ai dit que Carla était individualiste.

– Salut, Mary Anne ! Salut, Logan !

Logan et moi nous sommes retournés. C'étaient Claudia et Austin. Ils ne portaient pas de déguisement non plus. À moins que l'on considère que la grande chemise à fleurs de Claudia, sa gigantesque barrette, son bras couvert de bracelets en argent qui cliquetaient en soit un. Certains auraient pu penser qu'elle était déguisée, mais pas elle. Austin portait un costume et une cravate, et ressemblait plus à un père de famille qu'à un amoureux.

– Salut, tout le monde ! a répondu Logan.

Je me suis contentée de sourire, soudain intimidée.

– Super costumes, qui vous a maquillés ? a demandé Claudia.

– Nous, a répondu Logan.

– Bravo !

Logan et Austin se sont mis à parler de foot, Claudia en a profité pour me montrer Grace et Cokie.

Elles étaient habillées en punks et portaient d'impressionnants costumes. Quand elles se sont rendu compte que nous les regardions, elles se sont dit quelque chose dans le creux de l'oreille.

– Ces deux-là me mettent mal à l'aise, ai-je lancé à Claudia.

– Oh, elles s'imaginent toujours qu'elles sont mieux que tout le monde, c'est tout.

– Vraiment ! C'est curieux ! J'ai toujours cru qu'elles croyaient que nous pensions être mieux que tout le monde.

Claudia a souri et a dit :

– Oui, mais nous, c'est vrai !

L'orchestre s'est mis à jouer et beaucoup de jeunes ont commencé à danser. Claudia et Austin se sont joints à eux.

Logan savait qu'il me fallait du temps avant de me lancer et nous tournions donc autour du buffet en nous bourrant de petits-fours.

– Tu sais, c'est mieux que de danser, même si je dois admettre que c'est un peu gênant de savoir que votre prof d'anglais vous regarde avaler des petits gâteaux.

– Avec une fourrure sur la tête, a ajouté Logan.

On a arrêté de manger. L'orchestre a joué plusieurs morceaux, puis un slow, puis trois autres chansons. Au slow suivant, Logan m'a invitée à danser. Je voyais qu'il commençait à s'ennuyer alors j'ai accepté. De plus, danser un slow, ce n'est pas vraiment danser. C'est plutôt suivre la musique en s'appuyant contre quelqu'un. Dans les bras de Logan, je me suis décontractée.

Nous sommes restés longtemps comme ça. C'était une étrange expérience de se retrouver à côté de poulets, de gorilles, de soldats de l'espace et de personnages de contes, sans parler des clochards, des sorcières et des lutins. Quelqu'un s'était même déguisé en chewing-gum.

À part un petit incident, je me sentais beaucoup mieux que toutes les autres fois où j'étais sortie. L'incident en question a été provoqué par Cokie. Elle et son cavalier se sont frayé un chemin jusqu'à nous et Cokie a suggéré que nous échangions nos partenaires. Ce que nous avons fait, à mon grand désarroi. Cokie s'est penchée vers moi et m'a dit :

– Chouette costume ! Et ce collier maléfique va super bien avec ton déguisement.

Papa avait donc raison. Le collier n'allait pas très bien avec le costume. Je ne pouvais rien y faire et sûrement pas expliquer à Cokie pourquoi je le portais. Seules mes meilleures amies en connaissaient la raison.

Un an auparavant, un tel commentaire m'aurait fait éclater en sanglots et je serais rentrée à la maison. Mais ce soir-là, j'ai supporté en attendant le retour de Logan. Je ne lui ai rien dit de la remarque de Cokie.

Puis Logan et moi avons dansé tout le reste de la soirée.

Une heure et demie plus tard, son père me déposait chez moi. Quand je suis arrivée à la porte, je me suis retournée et leur ai fait un signe de la main.

J'allais ouvrir, mais j'ai vu une enveloppe collée sur la porte. Mon nom y était écrit avec ces horribles lettres découpées dans des journaux.

Mon cœur s'est mis à battre très fort, mais les Rinaldi attendaient dans leur voiture que je sois rentrée et papa devait également m'attendre à l'intérieur. J'ai fourré l'enveloppe dans la poche de ma veste et je suis entrée, éteignant et rallumant la lumière extérieure pour que Logan soit rassuré, puis j'ai même échangé quelques mots avec papa.

Je ne sais pas comment je me suis débrouillée pour attendre si longtemps avant de lire le mot, mais j'ai réussi. Lorsque j'ai été enfin seule dans ma chambre (avec Tigrou), j'ai ouvert l'enveloppe. Le mot aussi était écrit avec des lettres découpées dans les journaux. Voici ce qu'il disait :

> Pour les filles du
> Club des Baby-Sitters
> rEndez-vous demain
> à minuit Près de
> la tombe du vieux
> Blafard pour
> connaître votre sort
> soyez au rEndez-vous
> sinon ATTEnTion

J'ai frissonné et j'ai serré Tigrou fort dans mes bras. La tombe du Vieux Blafard se trouvait dans le cimetière de Stonebrook. Le lendemain, c'était Halloween. Et cette nuit-là, la nuit d'Halloween, ce serait la pleine lune.

11

Le lendemain, j'ai passé beaucoup de temps au téléphone. Mon père avait assoupli la plupart de ses règles, sauf celle concernant le téléphone. Aucune conversation téléphonique ne devait durer plus de dix minutes. C'était très strict. Je devais appeler Kristy, Carla, Claudia, Jessica et Mallory pour leur raconter que j'avais trouvé le mot et elles avaient des milliers de questions à me poser. Chaque appel durait dix minutes, puis je raccrochais et elles me rappelaient. Je ne sais vraiment pas pourquoi papa maintient cette règle (sauf qu'il peut se rendre matériellement compte que je la respecte). Je n'avais pratiquement pas fermé l'œil de la nuit. Je m'étais simplement allongée sur mon lit, inquiète. Je sursautais tellement au moindre bruit ou à la moindre lumière que Tigrou a fini par en avoir assez et a miaulé pour que je le laisse sortir dans le couloir. J'ai donc passé cette longue nuit terrifiante toute seule.

J'aurais été soulagée de voir le matin arriver (surtout un samedi matin) si ce n'avait pas été Halloween. Comme j'étais à bout de nerfs, j'ai commencé à appeler mes amies aussitôt que j'ai pu, et elles m'ont rappelée. Le treizième appel fut passé par Kristy.

– Allô, a-t-elle dit.

– Tu sais que tu es le treizième appel ? Ça peut ne pas te porter chance.

– Je ne vais pas m'en faire pour ça, m'a-t-elle répondu. On arrête le téléphone, je demande une réunion d'urgence.

– Encore ? On a décidé que les réunions d'urgence doivent être rares, ai-je répliqué.

– Écoute, ce mot est adressé à tous les membres du club, pas seulement à toi. Enfin, en tout cas aux membres réguliers. Sans doute pas à Louisa. Elle ne vient jamais aux réunions. Mais c'est une affaire qui concerne le club et c'est sérieux. Nous sommes toutes dans le pétrin et nous devons faire quelque chose ensemble. Treize heures trente chez Claudia.

– Oui, chef, ai-je répondu.

Je n'étais pas sûre que Kristy trouve drôle que je l'appelle ainsi.

Que faire en attendant treize heures ? Après que Kristy eut demandé qu'on organise une réunion d'urgence, le téléphone a arrêté de sonner. La matinée s'étirait en longueur. Papa ignorait ce qui se passait. Il croyait que je m'ennuyais et m'a suggéré des occupations. Après avoir rempli un bol de friandises pour Halloween, coupé les griffes de Tigrou, changé mes draps et fait la vaisselle, l'heure du déjeuner a fini par arriver.

Papa et moi avons mangé et enfin… je suis partie chez Claudia pour la réunion. J'ai pris le mot avec moi, ainsi que l'enveloppe au cas où elle comporterait des indices.

Si d'ordinaire Kristy se conduisait au club comme un vrai chef d'entreprise, vous auriez dû la voir lors de cette réunion d'urgence. J'étais étonnée qu'elle ne porte pas de tenue militaire, de fouet ou un truc de ce genre. Si l'histoire du cimetière n'avait pas été aussi grave, je ne me serais pas gênée pour me moquer d'elle.

Elle était assise dans le fauteuil de Claudia, raide comme la justice. Sa visière sur la tête et deux crayons fichés derrière l'oreille droite. Le journal de bord était ouvert sur ses genoux. Elle ne parlait pas à Claudia, elle ne faisait rien, pas même mâcher du chewing-gum. J'étais à peine arrivée qu'elle m'a tendu la main pour me prendre la lettre et me donner l'agenda et un des deux crayons. Au cas où j'aurais envie de prendre des notes, j'imagine.

Claudia et moi avons échangé un coup d'œil, puis observé nerveusement Kristy qui lisait le message.

Kristy a laissé échapper un sifflement.

– Je peux voir ? a demandé Claudia.

Kristy lui a tendu le papier.

Claudia pâlissait au fur et à mesure qu'elle lisait.

Jessica est ensuite arrivée et j'ai cru qu'elle allait tomber dans les pommes rien qu'en voyant le mot.

Puis Mallory et Carla sont arrivées à leur tour (elles habitent à côté l'une de l'autre). Elles ont jeté un coup d'œil au mot en tentant de garder leur calme, mais je voyais bien qu'elles avaient peur.

Tout le monde ressentait la nervosité de Kristy, aussi quand Carla et Mallory ont lu et ont rendu le mot à Kristy, nous nous sommes assises en silence, en attendant qu'elle se manifeste.

Elle est allée droit au but :

– Il faut se rendre à ce rendez-vous, vous savez, a-t-elle dit. Nous devons aller toutes les six sur la tombe du Vieux Blafard à minuit ce soir, comme il est demandé.

– Pas question ! s'est écriée Carla.

– Hum, puis-je poser une question ? est intervenue Jessica. Qui était le Vieux Blafard ?

– Oh, c'était James Hickman, un vieil homme de Stonebrook. On l'avait surnommé le Vieux Blafard parce qu'il était tout maigre et tout blanc, a expliqué Carla.

– C'était l'homme le plus riche de la ville, le plus pingre aussi, et il vivait en ermite.

– Et qu'est-ce qui lui est arrivé ?

– Un jour on a retrouvé son corps dans la propriété. Certains disent qu'il est mort de vieillesse, d'autres d'avarice. Il ne voulait ni d'un grand enterrement ni d'une sépulture, mais un neveu éloigné est apparu soudain, qui a hérité de sa fortune. Comme il se sentait un peu coupable, il lui a fait ériger une gigantesque pierre tombale…

– … qui ressemble plus à une statue… l'a interrompu Claudia.

– … qui se trouve au cimetière de Stonebrook, a poursuivi Carla. Maintenant on raconte qu'il est hanté par le fantôme du Vieux Blafard, qui est furieux de la façon dont on l'a enterré. Parce que son neveu était allé à l'encontre de ses dernières volontés.

Tout le monde se taisait.

– Et nous devons aller au cimetière sur une tombe hantée à minuit, la nuit d'Halloween, un soir de pleine lune ? a demandé Jessica, à la fois incrédule et morte de peur.

– Je crois que nous avons intérêt à nous y rendre. Vous avez vu ce qui se passe quand on ne tient pas compte des avertissements, a dit Kristy, qui paraissait convaincue. En plus, je crois que quelque chose d'important va se passer au cimetière.

– Oui, nous allons toutes mourir, a rétorqué Claudia.

Kristy l'a fusillée du regard.

– Ce n'est pas ce que je voulais dire. Je crois qu'il va y avoir une sorte de... hum, confrontation. Tout va s'éclaircir. Nous devons donc y aller. Mais ensemble. En équipe. Si vous ne venez pas avec moi, qui sait ce qui peut arriver. Donc si vous voulez qu'on agisse ensemble, que l'on travaille ensemble, levez la main. Mais à condition de le vouloir vraiment.

Kristy a levé la main pour inciter les autres à le faire, suivie de Carla puis de Claudia. Lentement, j'ai levé la mienne. Enfin Mallory et Jessica se sont exécutées en échangeant un regard oblique.

– Super ! Merci. Bon, mais comment allons-nous faire pour sortir de chez nous en cachette ? a lancé Kristy. Il faudrait partir vers onze heures et demie.

– Sortir en cachette ce soir ? Oh mon Dieu ! me suis-je écriée. Je n'y avais pas pensé. Je ne pourrai jamais faire ça.

– Mais si, il faudra bien, m'a interrompue Kristy, nous allons toutes le faire. Trouve une solution.

– J’en sais rien. Mon père a le sommeil le plus léger du monde. Un rien le réveille. Regardez dans le *Livre des records*, vous y verrez une photo de lui.

Tout le monde s’est mis à rire.

– Moi, je n’aurai pas de problème. Ma mère arriverait à dormir même si c’était la Troisième Guerre mondiale. Elle n’en saura jamais rien, a affirmé Carla.

– Je partage ma chambre avec ma sœur. Je ne pourrai jamais sortir, a dit Mallory.

– Tu ne vas jamais aux toilettes la nuit ? lui a demandé Claudia.

– Si, a répondu Mallory.

– Eh bien, si Vanessa te demande ce que tu fais, tu lui diras que tu vas aux toilettes. Et elle se rendormira sûrement.

– OK...

– Je crois que je me faufilerai dehors par étapes. J’irai d’abord aux toilettes, je descendrai ensuite sur la pointe des pieds, après j’irai un peu dans la cuisine, puis je sortirai, a expliqué Claudia, songeuse.

– Ça devrait marcher, et toi, Jessica ? a demandé Kristy.

Jessica a secoué la tête.

– Je ne sais pas, mais je devrai faire extrêmement attention. Maman et papa ont un système d’alarme. Il faudra que je regarde comment il fonctionne et que je sache combien de temps il me faut pour sortir de la maison et y rentrer avant de le remettre en route.

Kristy commençait à s’inquiéter.

Je savais comment l’ébranler un petit peu plus.

– Hé ! Je crois que j’ai une idée pour sortir de chez moi.

Il suffit d'ouvrir la fenêtre, de sauter sur une branche et de descendre de l'arbre.

– Oh, non ! s'est écriée Mallory. Tu vas te tuer !

– Ouh là là ! oubliez ça, oubliez tout, a dit Kristy. Le système d'alarme… Sortir par la fenêtre… Vous avez raison, les filles, ça ne marchera pas.

« C'est vrai ? ai-je pensé. Tant mieux ! »

– J'ai une autre idée. Je sais comment vous pourrez sortir de chez vous assez tard et en le disant à vos parents, a-t-elle repris.

– Comment ?

Nous avions toutes posé la question en même temps, complètement médusées.

–Vous leur direz que j'organise une soirée pour Halloween et que… Samuel viendra vous chercher vers dix heures et demie pour vous conduire chez moi. Au lieu de cela, il nous emmènera au cimetière. Ensuite, nous reviendrons chez moi. Nous ferons une vraie fête, pour célébrer ça à notre retour du cimetière.

– Pour célébrer quoi ? ai-je demandé.

– D'être toujours en vie, a répondu Claudia.

– Cela paraît correct, a dit Carla. Excepté une petite chose. Qu'allons-nous faire entre dix heures et demie et minuit ?

Kristy a froncé les sourcils.

– Oh, bon, nous demanderons à Samuel de nous emmener au Sept sur Sept manger un morceau. Je dirai à ma mère que ça fait partie de notre fête.

Mais pourquoi Kristy a-t-elle toujours de si bonnes idées ?

– Et Samuel nous attendra pendant que nous serons au cimetière. Ce n'est pas plus mal d'avoir une voiture pas loin, juste au cas où. Ensuite il pourra nous ramener à la maison. Croyez-moi, on peut lui faire confiance. Il nous aidera et gardera le secret. Et maintenant, les filles, vous pensez qu'on peut y arriver ? a-t-elle demandé.

Je ne sais pas pourquoi, mais tout le monde a répondu oui. Cela aurait été si facile de dire non et d'échapper à tout ça. Mais maintenant nous étions engagées.

– Super, c'est réglé, a ajouté Kristy. Samuel et moi viendrons vous chercher vers dix heures et demie. N'oubliez pas de parler tout de suite de cette fête à vos parents, sinon ils ne vous croiront jamais. En attendant nous essayerons de nous amuser, et à minuit moins cinq, Samuel nous déposera devant le cimetière et nous attendra dans la voiture pendant que nous irons jusqu'à la tombe du Vieux Blafard.

– Charmant, a marmonné Claudia.

– Surtout, n'en parlez à personne.

C'est par ces mots que Kristy a mis un terme à la réunion extraordinaire du Club des Baby-Sitters.

12

Après la réunion d'urgence, Kristy avait emmené Karen et Andrew faire leur tournée d'Halloween vers cinq heures de l'après-midi. Elle savait que cela ne durerait pas plus d'une heure ou deux, elle avait donc largement le temps de tout préparer pour notre soirée improvisée.

Ce que Kristy n'avait pas dit dans le journal de bord, c'est qu'elle aussi avait peur. Son esprit était hanté par des images de pleine lune, de tombes, de cimetières hantés et du tombeau du Vieux Blafard.

Tandis que Karen et Andrew étaient effrayés à l'idée de rencontrer à chaque coin de rue Peau d'Âne ou Snoopy, Kristy, elle, n'arrêtait pas de penser aux envoûtements, au collier maléfique et à la personne (ou la chose) qui nous avait intimé l'ordre de nous rendre au cimetière de Stonebrook à minuit.

Mais elle a oublié tout ça quand elle a aidé les enfants à se déguiser.

– Andrew, tu es sûr de ne pas vouloir porter ton masque ? a demandé Kristy pour la troisième fois.

– Non, pas de masque, j'aime pas ça ! a-t-il répondu.

– Mais, Andrew, c'est ce qui fait le déguisement.

– Je m'en fiche.

Andrew était déguisé en Marvin, son personnage de dessin animé préféré. Sans son masque, il ressemblait à un enfant vêtu d'un costume d'animal brun. Mais Kristy n'arrivait pas à le convaincre de le porter.

Et Karen, en quoi était-elle déguisée ? En sorcière, évidemment.

– Hé ! Karen, a dit David Michael avec un sourire malicieux, tu vas mettre ton masque ?

– Mais je l'ai déjà, a-t-elle répondu, méprisante, derrière son masque verdâtre plein de verrues et au nez crochu.

– Oh, on n'aurait pas cru, a ajouté David Michael en riant encore plus fort. Ha ! ha ! ha ! ha ! ha ! ha !

– Allez, venez, les enfants.

– Allez ? Mais où allons-nous ? a demandé David Michael innocemment.

– Nulle part, si tu ne te dépêches pas, a répondu Kristy.

David Michael s'est tu. Il a mis son casque. Il était déguisé comme un guerrier d'une série télévisée.

– Vous êtes prêts ? a demandé Kristy.

Karen s'est mise à sauter dans tous les sens avec excitation.

– Prêts, prêts, prêts !

– Vous avez vos corbeilles ? a demandé Kristy.

Karen, Andrew et David Michael les avaient tous à la main, décorées de feux follets.

– J'ai la lampe de poche. Andrew, tu es sûr que tu ne veux pas mettre ton masque ? Tu ressembles beaucoup plus à Marvin avec, a poursuivi Kristy.

– Très sûr, a répondu Andrew alors que tout le monde descendait l'escalier.

– Je le prends quand même ?

– Non, ce n'est pas la peine.

– D'accord, a répondu Kristy.

Puis elle a dit en direction de la cuisine :

– Maman ! Jim ! Nous partons.

Elle est sortie avec les enfants. Karen a poussé un cri :

– Ahhhh !

Elle venait de se heurter à un fantôme.

– Excuse-moi, a dit le fantôme.

– Ce n'est rien, lui a répondu Kristy. Karen, tu vas crier comme ça chaque fois que tu rencontres quelqu'un ?

– Non, a-t-elle répondu, vexée. C'est seulement quand j'ai peur, comme avec ce fantôme.

Kristy et les enfants remontaient la rue quand tout à coup Andrew a trébuché sur l'épée de carton de David Michael et est tombé.

– Au secours ! s'est-il écrié.

– Andrew, ça va ? a demandé Kristy en le relevant et en frottant son genou.

– Non, ça ne va pas, c'est un esprit invisible qui m'a poussé, a-t-il gémi.

– C'est mon épée qui t'a fait tomber et tu l'as tordue, a crié David Michael.

– Oh pardon ! a répondu Andrew en cessant de pleurer.

Les enfants ont traversé la rue pour aller chez Louisa Kilbourne, notre intérimaire. La nuit était tombée, la petite lampe de poche de Kristy n'éclairait pas beaucoup et les lampadaires de la rue n'arrivaient pas à dissiper les ombres.

– Ça fait trop peur, a balbutié Karen.

Elle a sonné chez les Kilbourne.

Les enfants tendaient leur corbeille.

La porte s'est ouverte en grinçant. Un visage macabre est apparu.

– Aghghgh ! ont-ils crié.

Même Kristy (qui repensait au Vieux Blafard du cimetière) a eu peur.

– Oh, pardon, je ne voulais pas vous effrayer, a dit Mme Kilbourne d'une voix douce en retirant son masque.

Andrew a jeté un coup d'œil à Kristy en ayant l'air de dire : « Tu vois ce qu'un masque peut causer comme ennuis. » Puis il s'est retourné.

Mme Kilbourne a lancé un Mars dans chaque corbeille.

– Merci, ont dit la sorcière, le guerrier et Marvin.

Les enfants ont visité toutes les maisons de la rue. À chaque porte, on remplissait leur corbeille. C'était une fête des bonbons qui aurait beaucoup plu à Claudia.

Dans une maison, un horrible monstre leur a tendu des pièces de monnaie. Andrew avait trop peur pour les prendre.

Dans une autre maison, une princesse leur a tendu des cacahuètes.

– C'est nul, a dit David Michael en repartant.

Ils ont traversé la rue. Une heure plus tard, leurs corbeilles étaient presque pleines, et ils étaient revenus en face de chez eux.

– Nous avons oublié une maison, s'est écrié David Michael.

– La nôtre. Mais tu sais ce qu'a dit papa, nous n'aurons pas de bonbons, a répondu Karen.

– Pas notre maison, celle de Morbidda Destiny.

– La sorcière ? Pas question. Je n'y vais pas le jour d'Halloween.

– Ouais, pas question, a renchéri Andrew.

– Eh, nous y sommes déjà allés, a fait remarquer David Michael. Elle nous a même offert de la limonade. Vous vous souvenez ? Et personne n'est mort. De toute façon, il n'est pas question que je manque une seule maison dans cette rue. Si vous avez trop peur, retournez chez nous.

Karen et Andrew imploraient Kristy du regard.

– C'est comme vous voulez, les enfants. Si vous voulez rentrer, allez-y, je vais rester avec David Michael, leur a-t-elle répondu.

– Poules mouillées, a chuchoté David Michael.

– D'accord, on vient, a dit Karen.

Elle et Andrew se sont agrippés aux mains de Kristy. David Michael marchait courageusement devant eux. Il a monté les marches et a sonné.

Silence.

– La maison est dans le noir, peut-être qu'elle n'est pas là, a murmuré Kristy.

Mais à ce moment, la porte s'est ouverte dans un craquement. Kristy retenait sa respiration. Il n'y avait personne.

C'est alors qu'une voix sinistre et sourde s'est fait entendre :

– Tendez vos corbeilles.

Comme au ralenti, David Michael, Karen et Andrew les ont passées dans l'ouverture de la porte.

Karen et Andrew ne lâchaient pas la main de Kristy.

Quelque chose de lourd est tombé dans les récipients.

– Heureux Halloween. Hé ! hé ! hé ! a caqueté une voix tandis que la porte se refermait.

Kristy a dirigé le faisceau de sa lampe vers les corbeilles tout en descendant rapidement les marches du perron.

– Qu'est-ce que vous avez eu ? a-t-elle demandé.

– Des pommes, se sont écriés les enfants décontenancés.

– C'est encore plus nul ! a ajouté David Michael.

« Qu'est-ce que tu en sais ? s'est dit Kristy. Au moins les sorcières distribuent des choses saines. » Elle a souri. Puis ses idées joyeuses se sont effacées. Elle a regardé l'heure. Il était six heures et quart.

Dans moins de six heures nous serions toutes dans le cimetière près de la tombe du Vieux Blafard. Et Kristy se demandait si nous en ressortirions vivantes.

13

Je n'ai jamais réussi à cacher mes sentiments ou à faire comme si tout allait bien alors que ce n'est pas le cas. Par exemple, je rougis souvent quand je suis avec Logan. Et à l'école, si un professeur fait une réflexion sur moi ou sur mon travail, je peux me mettre à pleurer devant tout le monde.

Alors vous pouvez imaginer combien il m'était difficile ce soir d'Halloween de faire comme si de rien n'était. De faire comme s'il n'y avait pas de mauvais sort, de collier maléfique et de rendez-vous au cimetière, alors qu'on aurait pu rester tranquillement dans nos confortables petits lits au lieu d'attendre l'apparition du fantôme en colère du Vieux Blafard. Cela m'était presque impossible.

J'étais aussi nerveuse que Tigrou. Le moindre bruit me faisait sursauter. Au dîner, je devais parler à papa de la fête de Kristy, alors que je savais que ça n'en serait pas vraiment une. Je savais que mes amies et moi ne quitterions pas le cimetière, pas vivantes en tout cas.

J'ai appelé Logan presque six fois. Je voulais lui dire ce qui se passait, mais les paroles de Kristy à la fin de la réunion extraordinaire, « Surtout ne dites rien à personne », me l'interdisaient. Elle avait parlé en tant que présidente, et nous autres membres devions obéir, surtout que la situation était grave.

Je savais que ce que nous allions faire était risqué, avec ou sans Samuel et sa voiture, et j'avais lu suffisamment de livres de Stephen King pour savoir que l'on ne jouait pas avec le surnaturel. De plus, quelques semaines auparavant, Carla avait loué le DVD de *La Nuit des morts vivants*, et nous avions eu très peur en regardant ce film chez les Schafer. Je ne tenais pas à rencontrer ces morts vivants au cimetière de Stonebrook. Ni le Vieux Blafard, ni personne d'autre.

Puis il y avait eu tous ces films d'horreur à la télévision la semaine dernière en l'honneur justement d'Halloween. J'avais vu *Halloween* et *Halloween II*.

Je ne serais pas plus surprise que ça, en entrant tout à l'heure dans le cimetière, de voir une main sortir de terre et...

– Ahhhh ! ai-je crié en lâchant Tigrou.

J'étais assise dans la salle de séjour, et une main s'était vraiment posée sur mon épaule.

– Mary Anne ! Qu'est-ce qui t'arrive ? s'est exclamé mon père.

– Oh... Oh, c'est toi ?

Papa avait un regard qui semblait signifier : « Qui ça pourrait bien être d'autre ? »

– C'est l'heure de dîner, se contenta-t-il de dire.

J'étais assise dans la salle de séjour pour pouvoir ouvrir la porte et distribuer des bonbons aux enfants qui se présentaient. J'ai suivi papa dans la cuisine. Dès qu'on a été assis, j'ai dit rapidement :

– Papa, Kristy organise une fête ce soir pour le Club des Baby-Sitters. Ça commencera un peu tard à cause d'Halloween. C'est une idée de dernière minute, c'est pour cela que je ne t'en parle que maintenant. Et, au fait, tu n'auras pas besoin de me conduire car Samuel viendra me chercher. Vers dix heures et demie, c'est sympa, hein ?

– Très bien, a répondu papa.

– Je peux y aller, alors ?

– Puis-je y aller ? a-t-il corrigé.

– Puis-je y aller ? ai-je répété.

– Bien sûr.

– Oh, merci !

La sonnette a retenti et j'ai fait un bond d'un kilomètre.

Au bout de la quatrième fois, mon père a fini par me dire :

– Mary Anne, s'il te plaît. Qu'est-ce qui ne va pas ? Est-ce Halloween qui te fait cet effet ?

– Hum... oui. C'est ça.

C'était une bonne excuse.

– N'es-tu pas un peu grande pour cela ? Tu sais bien que les sorcières, les fantômes, les bêtes de la nuit n'existent pas ?

Je n'en étais pas vraiment sûre justement, aussi n'ai-je rien répondu. J'ai sorti mon collier de sous mon sweat-shirt. Je venais de prendre une décision. Si le Vieux Blafard ou qui que ce soit… devait s'emparer de nos vies au cimetière cette nuit, je voulais que papa ait une idée de ce qui m'était arrivé jusqu'à présent. Je ne lui avais pas raconté toutes ces histoires de malchance, mais il fallait qu'il sache que je portais un collier maléfique.

– Papa, crois-tu au mauvais sort ? ai-je demandé.

– Eh bien…

– Parce qu'il y a quelques semaines j'étais au supermarché et j'ai vu ce collier, je l'ai trouvé joli, et je l'ai acheté. Il ne coûtait qu'un dollar. (Je mentais.) Je le mets tout le temps depuis, mais une fille du collège m'a dit qu'il portait malheur. Je ne suis pas tranquille, parce que ça fait longtemps que je l'ai sur moi.

– Pourquoi continues-tu à le porter ? a demandé mon père.

Bonne question.

– Je ne sais pas. Maintenant j'ai peur de l'enlever, ai-je répondu, sans conviction.

– Montre-le-moi.

Je me suis levée et me suis approchée de lui. Il n'avait jamais regardé ce collier de près. Et je le gardais souvent enfoui sous mes vêtements. Sauf le soir du bal d'Halloween, où je l'ai laissé sorti ; si je l'avais mis sous mon justaucorps, cela aurait fait une bosse.

Je me suis penchée et le collier s'est balancé en direction de mon père. Il l'a tenu un moment entre ses doigts. Puis un sourire s'est dessiné sur son visage.

– Ah, je sais, a-t-il dit avec attendrissement. Ma grand-mère portait un de ces colliers. Il n'a rien de maléfique, Mary Anne. Tu sais ce qu'il y a dans la perle de verre ? C'est une graine de moutarde, qui est un symbole de foi et d'espérance.

– Vraiment ? J'imagine que mon amie ne savait pas ce qu'elle disait.

Papa et moi avons rangé la cuisine tout en continuant la distribution de bonbons aux enfants de passage. Ensuite, tandis que papa écoutait une émission de jazz à la radio, je me suis mise à réfléchir. Je me suis souvenue de Cokie à la soirée dansante, et me suis demandé comment j'avais pu être aussi idiote pour croire qu'une graine de moutarde pouvait porter malheur. Et puis j'ai soudain pensé que, puisque mes amies et moi ne parlions presque jamais à Cokie, nous n'avions pas pu lui raconter que ce collier était maléfique. Seul Logan était au courant, et il garde un secret mieux qu'un agent secret. Pourquoi Cokie avait-elle parlé de « collier maléfique » ? Comment aurait-elle pu savoir... à moins d'avoir quelque chose à voir avec tout ça ? Soudain les réponses à l'énigme se sont mises en place aussi facilement que les pièces d'un puzzle lorsqu'il ne reste que quelques espaces à remplir. Je me suis souvenue que Grace avait pas mal craqué pour Logan et que Cokie et Grace étaient les meilleures amies du monde. Et, tout à coup, j'ai compris qui était derrière cette histoire de maléfice, et peut-être même pourquoi, bien que ça n'explique pas le fait qu'on nous demande de nous rendre au cimetière.

– Papa, puis-je téléphoner ? Je n'en ai pas pour longtemps, ai-je demandé.

– Bien sûr.

Je suis montée à l'étage pour être plus tranquille. J'ai composé un numéro familier, celui de Kristy. C'est Karen qui a répondu.

– Bonsoir, Karen, c'est Mary Anne. Est-ce que Kristy est là ? C'est important.

Kristy est arrivée en trombe à l'autre bout de la ligne.

– Ne me dis pas que tu ne peux pas venir ce soir ? a-t-elle dit.

– Oh si, je viens. Maintenant il est plus important que jamais d'aller au cimetière. Écoute ce que j'ai découvert : j'ai montré le collier à mon père et il n'a rien de maléfique.

– Tu veux dire que c'est un porte-bonheur? a-t-elle demandé, incrédule.

– Non, même pas, ça n'a rien à voir avec la chance.

Je lui ai expliqué ce que je savais.

– Mais j'ai pensé à un truc, ai-je poursuivi, quand Cokie a vu le collier à la soirée, elle l'a tout de suite qualifié de maléfique. Alors si ce n'est pas vraiment un symbole de mauvaise fortune universellement connu, et si personne ne lui a raconté que nous pensions qu'il s'agissait d'un collier porte-malheur, comment Cokie a-t-elle pu l'appeler comme ça ?

– À moins que... a répondu Kristy qui avait tout compris.

– Oui, ai-je approuvé.

On a discuté plus longtemps que je ne le pensais quand, tout à coup, alors qu'elle était en train de parler de ces mauvaises langues de Grace et de Cokie, Kristy s'est écriée :

– Oh, je ne sais pas ce qui va se passer au cimetière, mais j'ai une idée. Nous devons en parler aux autres et leur dire ce que tu as découvert. Et surtout nous devons aller là-bas bien avant minuit. Mais il va nous falloir du matériel : un masque... une lampe de poche, de la corde et... quelques draps blancs, et...

Kristy venait encore d'avoir une de ses idées géniales.

14

Comme nous l'avions prévu, Samuel est arrivé chez nous un peu après dix heures et demie. Il était accompagné de Kristy naturellement, et ils avaient déjà pris au passage Jessica et Claudia. J'étais à peine montée en voiture que Kristy me demandait :

– Tu as tout ?

– Je pense que oui.

– La lampe de poche ?

– J'ai, ai-je répondu.

– Le drap ?

– Aussi.

– Le masque ?

– Aussi.

– Bien, j'ai le lecteur de CD.

– J'ai aussi deux lampes de poche, un masque, un drap et la ficelle, a ajouté Claudia.

– Parfait. Nous allons les piéger... Tu as peur ? a demandé Kristy.

– Je suis morte de peur, ai-je avoué, et toi ?

– Moi aussi. Mais il n'y a rien de tel qu'une petite revanche... a-t-elle poursuivi avec un sourire diabolique.

Samuel restait calme. Il devait penser que nous étions folles.

– Tu n'as rien dit à Logan au moins ? a soudain demandé Kristy.

– Non, je te le jure. Je crois qu'il n'aurait pas voulu que nous allions au cimetière sans lui. Il veut toujours nous protéger. Et pire encore, il aurait peut-être essayé de nous en empêcher. Il aurait passé un coup de téléphone anonyme à nos parents ou un truc de ce genre. N'empêche que ça a été très difficile de ne rien lui dire, je lui raconte presque tout d'habitude.

– Ouais, tu as de la chance... a dit Claudia, mélancolique. J'espère simplement que tout le monde en a fait autant. On sait que certaines d'entre nous ont tendance à trop parler.

Nous savions toutes que Claudia faisait allusion à Kristy. Même dans le noir, je l'ai vue lui tirer la langue. Mais je ne pensais pas qu'elle aurait pu en parler, c'était son idée. Et l'enjeu était trop important. Mais pouvait-on faire confiance à Samuel ? J'espérais que notre plan ne comportait pas de faille.

On s'est arrêtés devant chez les Schafer et les Pike pour prendre Carla et Mallory. Puis nous nous sommes dirigés vers... le cimetière.

– Hum, excusez-moi mais j'ai un problème, est intervenue Mallory.

J'ai gémi intérieurement. Ce n'était pas le moment.

– Qu'est-ce qu'il y a ? ai-je demandé.

– Mes frères et sœurs et moi retenons toujours notre respiration quand nous allons au cimetière. Je n'en suis pas sûre, mais je crois que c'est pour éviter de respirer l'âme des morts pour qu'ils ne prennent pas possession de notre corps. Une fois, papa avait garé la voiture près d'un cimetière pour poster une lettre, et nous avons retenu notre respiration tellement longtemps que nous étions tout bleus. Mais aujourd'hui nous allons rester dans le cimetière au moins une heure. Et je ne peux retenir ma respiration aussi longtemps.

Tout le monde faisait des efforts pour ne pas éclater de rire mais Samuel n'a pu s'en empêcher.

– Mallory, ai-je dit, je comprends que cela t'inquiète, mais je suis allée plusieurs fois au cimetière et je n'ai jamais fait ça. J'ai traversé bon nombre de cimetières sans jamais retenir ma respiration et à ma connaissance aucun esprit n'a pris possession de mon corps.

– Moi non plus, ont répondu Carla et Claudia.

– Je faisais ça aussi avant, mais j'ai arrêté et rien ne m'est jamais arrivé. Je crois que tu ne dois pas t'inquiéter, Mallory, a ajouté Jessica.

– Si, tu ferais mieux, nous arrivons au cimetière, a dit Carla.

– Arrête-toi ici, Samuel, et attends-nous. N'oublie pas ce que je t'ai dit. Sois prêt à nous aider si nous en avons besoin, lui a rappelé Kristy.

– Vous êtes complètement folles, les filles, a répondu Samuel.

– Maintenant, a dit Kristy en nous faisant face à la manière de notre prof de gym, en route vers la tombe du Vieux Blafard !

Elle a décidé que nous devions y aller en file indienne mais, comme personne ne voulait être la première ni la dernière, nous avancions en désordre. Nous marchions sur la pointe des pieds, dans le silence du cimetière, éclairé par la lune, passant entre les tombes austères et blanches, et contournant de temps à autre des massifs de fleurs ou d'arbustes.

– C'est ici, ai-je dit après avoir traversé la moitié du cimetière.

– Ici ? Au milieu des arbres ? Mais on n'y voit rien ! Pourquoi y a-t-il des arbres ? s'est étonnée Jessica.

– Le neveu du Vieux Blafard les a plantés. Encore une chose que son oncle ne voulait pas, mais il l'a fait quand même, a expliqué Claudia.

– Bon, assez parlé. Au travail, les filles ! nous a ordonné Kristy. Nous ferions mieux d'installer d'abord le fantôme.

Ça a été étonnamment facile. On a tendu une ficelle dont on a accroché un bout à la tombe du Vieux Blafard et l'autre bout à une branche d'arbre pas trop éloignée. Claudia et moi avions toutes les deux cousu un anneau de rideau au milieu du drap que nous avions apporté. On a attaché l'anneau de l'un des draps à la ficelle d'un des arbres et on a laissé le « fantôme » monter dans l'arbre en pleine lumière.

On était en possession de six masques, sept lampes de poche et le lecteur CD de Kristy, sans parler des fantômes. Kristy nous a fait entendre un échantillon de bruitages pour maison hantée. Mes cheveux se sont dressés sur la tête.

– Chut ! J'entends du bruit, s'est soudain écriée Carla.

Nous nous tenions sans bouger et nous écoutions. Rien.

Kristy a regardé l'heure à sa montre.

– Il est onze heures vingt-cinq, a-t-elle chuchoté. Même si ce bruit n'a rien à voir avec elles, nous devons nous mettre à nos postes. Je suis sûre qu'elles ne vont pas tarder maintenant.

– Nos postes ? a répété Mallory.

– Oui, c'est important, écoute bien.

Kristy a donné ses ordres. Quand elle a eu fini, on s'est éparpillées. J'ai mis mon masque, j'ai saisi ma lampe de poche, et je me suis tapie derrière la tombe du Vieux Blafard avec le lecteur de CD.

J'étais appuyée contre une tombe, le soir d'Halloween, et par une nuit de pleine lune, en plus. Je venais de donner raison à Samuel : nous étions vraiment folles. Kristy a grimpé dans l'arbre vers le fantôme qui était attaché à la ficelle.

Tandis que Carla s'est cachée avec les autres fantômes, Claudia, qui était chargée des effets de lumière, s'est dissimulée derrière un autre arbre.

Jessica et Mallory, quant à elles, étaient camouflées derrière des tombes.

Puis on a attendu. Longtemps. Il m'a semblé que cela durait une éternité. Quand j'ai osé allumer ma lampe pour regarder l'heure, j'ai vu qu'il n'était que onze heures trente-deux. C'est alors que des voix se sont fait entendre. Aucune de nous n'a dit mot. Inutile. Nous savions ce que nous avions à faire.

Les voix se rapprochaient, se faisant de plus en plus fortes. Comme je l'avais soupçonné, il s'agissait bien de Cokie et de Grace et peut-être de trois ou quatre de leurs amies.

On n'a pas attendu longtemps. Dans l'arbre, Kristy a laissé échapper un long sifflement. Cela ressemblait à un chant d'oiseau. C'était notre signal et les autres filles ne l'ont même pas remarqué.

J'ai mis en route le lecteur CD, à plein volume. Claudia a commencé à décrire des cercles dans les airs avec ses deux lampes de poche.

Kristy a dirigé sa lampe vers le fantôme dans l'arbre et l'a détaché. Il a glissé jusqu'à la tombe du Vieux Blafard où je l'ai attrapé.

– Ahhh ! a crié Grace.

– Au secours ! a hurlé Cokie.

Mais ce n'était pas fini.

Carla a éclairé le deuxième fantôme, celui qui pendait dans l'arbre, et Jessica et Mallory sont sorties de derrière leurs tombes, portant toutes deux un masque et éclairant leur visage par-dessous. C'était un spectacle assez horrible, même pour moi, qui m'y connaissais en effets spéciaux.

Une des amies de Cokie était figée sur place, aussi immobile qu'un cadavre, et ne cessait de crier : « Au secours ! Au secours ! » Les autres semblaient prêtes à se sauver.

– Maintenant, a ordonné Kristy.

Elle a sauté de l'arbre, et toutes les six nous avons encerclé Cokie, Grace et leurs amies. Nous tenions toutes nos lampes de poche afin d'éclairer nos visages par en dessous. Vraiment, je suis étonnée que personne n'ait eu de crise cardiaque.

Les minutes qui ont suivi n'ont été que panique et agitation. Les autres filles ont essayé de s'enfuir, mais nous les en avons empêchées. Enfin, nous avons ôté nos masques. Les filles nous ont dévisagées.

– C'est vous, les vipères ! s'est exclamée Cokie, en mettant l'accent sur « vipères ».

– Nous, des vipères ? a lancé Kristy innocemment. Regardez-vous, les filles.

J'ai alors remarqué que Cokie et sa bande n'étaient pas venues les mains vides. Elles avaient aussi apporté des masques et des draps.

– Est-ce bien ce qui était censé se passer ? est intervenue une voix.

C'était celle d'un garçon.

– Samuel ! s'est écriée Kristy, fâchée. Je t'avais dit de nous attendre dans la voiture.

Mais ce n'était pas Samuel qui avançait vers nous dans le clair de lune, c'était Logan...

J'étais terriblement embêtée.

– Logan ? ai-je demandé incrédule.

– Mary Anne ? a-t-il répondu, tout aussi incrédule.

– Quelqu'un ferait bien d'expliquer ce qui se passe ici, a dit Carla.

– Sûrement pas moi, est intervenue Cokie avec un sourire narquois.

– Ni moi, ont ajouté Grace et toutes les autres.

– Alors ce sera moi, a coupé Logan. (Cokie a gémi.) Ce soir, j'étais en train de déguster tranquillement un excellent dîner, quand le téléphone a sonné. Une voix m'a dit de me rendre sur une certaine tombe à minuit si je voulais voir quelque chose de vraiment surprenant. Et comme je suis d'une nature curieuse et que je ne suis pas contre un peu d'aventure, j'ai décidé d'y aller. Je suis donc parti tôt parce que je ne savais pas où la tombe se trouvait – la tombe du Vieux Blême ou quelque chose comme ça. Mais quand je suis arrivé au cimetière, qui est-ce que j'ai vu ? Samuel Parker qui m'a indiqué la tombe, et j'y ai trouvé mes amies (Logan est venu vers moi et a mis son bras autour de mes épaules) en train de terroriser des filles. Qu'est-ce que vous êtes peureuses ! a-t-il lancé à Cokie et à Grace.

Grace paraissait totalement déconfite. Mais Cokie absolument pas.

– En parlant de peureuses, a-t-elle rétorqué, ta petite amie était presque morte de peur quand elle a reçu le collier que nous lui avions envoyé, simplement parce que nous lui avions dit qu'il portait malheur.

– Alors c'est vous aussi qui avez envoyé la lettre de la chaîne ! me suis-je exclamée.

– Quelle chaîne ? a répondu Cokie.

Elle est demeurée sans expression. J'ai compris qu'elle ne savait rien de cette histoire-là.

– Mais pourquoi ? Pourquoi avez-vous envoyé ce collier à Mary Anne et pourquoi nous avez-vous demandé de venir ce soir ? a interrogé Claudia.

– Pourquoi à votre avis ? l'a rembarrée Cokie.

– Croyez-moi, si nous en avions la moindre idée, non seulement nous ne vous poserions pas la question, mais nous ne serions pas à traîner dans ce cimetière en pleine nuit.

– Je ne dirai rien.

Mais Grace est intervenue :

– Allez, on peut leur dire. Nous voulions toutes vous faire passer, surtout Mary Anne, pour... bon, pour une bande de folles, faire en sorte que Logan en ai assez de vous...

La voix de Grace a faibli. C'était difficile à voir dans le noir, mais je crois qu'elle a rougi.

– Que j'en aie assez ? a répété Logan.

– Ouais ! (Grace a donné un coup de pied dans un caillou.) Tu passes tout ton temps avec Mary Anne et le Club des Baby-Sitters. Il y a d'autres filles au collège, tu sais.

– Bien sûr que je le sais, a répondu Logan. Je ne suis pas aveugle. Et quand je verrai des filles que j'aime autant que Mary Anne et ses amies, peut-être que ça changera. Mais Mary Anne est… ma…

Maintenant c'étaient Logan et moi qui rougissions. Je pense qu'il voulait dire : « ma petite amie ».

– En plus, j'aime faire du baby-sitting, a-t-il fini par dire.

– C'est donc ça, a dit Kristy à Cokie.

Elle s'est tournée vers nous et a ajouté :

– Allez, venez, Samuel nous attend.

Puis, s'adressant à Cokie :

– Nous vous aurions bien proposé une voiture, mais elle est déjà pleine. À lundi, au collège, a-t-elle poursuivi d'un ton doucereux.

– Oh, vous n'allez pas raconter tout ça au collège… hein ? a demandé une des amies de Cokie, anxieuse.

– Qui ? Nous ? ai-je répondu.

Et Logan a enchaîné simplement en souriant d'un air suffisant.

– Peut-être bien que oui, peut-être bien que non…

Ensuite, mes amies et moi avons rassemblé nos affaires et sommes parties.

15

Chez Kristy, nous riions si fort que sa mère a dû venir deux fois dans la chambre pour nous demander de faire moins de bruit. Elle n'était pas en colère, mais nous a fait remarquer qu'il y avait sept personnes plus un chat et un chien dans la maison qui essayaient de dormir.

Mais, dans la chambre de Kristy, il y avait six personnes qui se sentaient si soulagées qu'elles étaient proches de l'hystérie.

– C'est fini ! Terminée ma malchance ! ai-je répété après que Mme Lelland fut venue pour la deuxième fois.

J'ai essayé de parler à voix basse.

La chambre de Kristy est gigantesque (elle habite une immense maison. J'espère vivre un jour dans une maison comme ça, ou alors carrément à New York). Son lit est démesuré lui aussi. Il est si grand que Kristy, Jessica, Mallory et moi étions assises dessus et qu'il restait de l'espace entre nous ; cet espace était d'ailleurs occupé par un grand saladier rempli de pop-corn, un plateau avec des boissons en équilibre, et nos masques. Claudia et Carla étaient allongées par terre sur des sacs de couchage (nous n'avions même pas eu besoin d'en apporter puisque les Lelland en possédaient huit).

Depuis que nous étions revenues du cimetière, nous ne faisions que rire bêtement, mangions tout en essayant nos masques une nouvelle fois (en les éclairant avec la lampe de poche, par-dessous), revivant de cette manière l'aventure du cimetière et toute cette sombre histoire.

– J'étais tellement surprise de voir arriver Logan, a dit Carla. Je sais que c'est affreux, Mary Anne, pardon, mais j'ai cru pendant une seconde qu'il faisait partie du complot avec Grace et Cokie.

– Ne t'excuse pas, cela m'a aussi traversé l'esprit pendant un instant.

– On les a bien eues ! s'est écriée Kristy, qui jubilait. On les a vraiment démasquées.

Il était une heure et demie, aucune de nous n'avait envie de dormir et nous n'arrêtions pas de parler de tout ça.

J'ai pris une poignée de pop-corn dans le saladier.

– Vous savez, maintenant que le mystère est résolu, je crois que je vais continuer à porter le collier malé… je veux dire le collier. Il n'a vraiment rien de maléfique. Et puisque c'est un symbole de foi, eh bien, je ne sais pas, je l'aime bien. Cela me fait penser à Logan et à moi. Nous avons foi l'un dans l'autre. Surtout Logan, il me fait vraiment confiance, ai-je expliqué.

Jessica a froncé les sourcils.

– Qu'y a-t-il ? ai-je demandé.

– Il y a quelque chose qui m'ennuie, m'a-t-elle dit doucement.

– Quoi donc ?

– Quelque chose qu'a dit Cokie au cimetière, que je n'arrive pas vraiment à me rappeler.

Jessica paraissait si sérieuse que nous nous sommes toutes mises à réfléchir.

– Te souviens-tu de quoi nous parlions ? lui a demandé Mallory.

Jessica a secoué négativement la tête.

– Non. Je me souviens juste que j'ai pensé que le mystère n'était pas vraiment résolu.

– Attends, voyons. Nous savons que Cokie et Grace ont envoyé le collier. Et qu'elles voulaient nous terroriser au cimetière ce soir, c'est pourquoi elles ont laissé le mot sur ma porte.

– Mais Cokie et Grace n'étaient-elles pas toutes les deux à la soirée ? a demandé Carla. Comment ont-elles pu laisser la lettre ?

– Une de leurs amies a pu le faire. C'est sûr qu'elles sont coupables. Et c'est probablement Cokie qui a prévenu Logan, ai-je répondu. Le mystère est élucidé. Nous n'avons plus à nous inquiéter du mauvais sort ou de malchance.

– C'est ça ! s'est exclamée Jessica. Je savais que quelque chose n'allait pas. C'est cette histoire de malchance. La lettre de la chaîne. Cokie a dit que ce n'était pas elle.

– Je crois qu'elle disait la vérité, elle a paru tellement interloquée, ai-je ajouté.

– Oui, mais c'est la lettre de la chaîne qui a tout déclenché. Si ce n'est pas Cokie qui l'a envoyée, qui est-ce ?

Un silence de mort a alors envahi la chambre de Kristy, auparavant si animée.

– Bonne question, est-ce que Cokie et Grace auraient fait tout ça si je n'avais pas cassé la chaîne ? ai-je poursuivi.

– Hum, a dit Claudia.

– Je veux dire, ai-je continué doucement, en essayant d'expliquer clairement ma nouvelle crainte, peut-être que la malchance et la chance existent après tout. Peut-être que Cokie et Grace ont été ma malchance. Si je n'avais pas cassé la chaîne, peut-être qu'elles n'auraient jamais envoyé le collier ni essayé de nous faire peur et tout le reste.

– Eh bien ! a dit Kristy dans un souffle.

– Tu te souviens ? a repris Carla. Nos ennuis ont commencé à partir du moment où Mary Anne a jeté la lettre, et c'était avant que Cokie et Grace envoient le collier.

Carla et Claudia ont échangé un regard craintif. En un instant, elles avaient déplacé le pop-corn, les boissons, et s'étaient assises sur le lit de Kristy avec nous.

– Je me demande combien de temps dure la malchance ? a dit Mallory.

– Peut-être avons-nous besoin d'une formule magique après tout, ai-je ajouté. Où sont les livres de la bibliothèque ?

– J'ai dû les rendre, la date était dépassée, a expliqué Claudia.

– Essayons de nous rappeler une des formules, ai-je dit.

– Oh, s'il te plaît, non, arrête ! s'est écriée Kristy.

– Mais nous n'avons pas le choix, nous devons le faire, non ? ai-je demandé.

– Non, a répondu brutalement Kristy.

– Peut-être pourrions-nous inventer notre propre formule ?

– Tu crois ? demandèrent les autres.

– Oui, pourquoi pas ?

– Parce que nous ne connaissons rien à la magie, a dit Mallory.

– Qu'est-ce que cela peut faire ? Tout ce qu'il nous faut, c'est… Mary Anne, arrache un de tes cils.

– Pas question !

– J'ai mieux que ça. Allons chercher Boo-Boo. Nous prendrons un de ses poils.

« Aller chercher Boo-Boo ? ai-je pensé. Mais Boo-Boo est fou. Je risquerais ma vie. »

– Pourquoi ne pas prendre les écailles du ventre d'une anguille ?

Mes amies ont éclaté de rire. J'ai remis le saladier de pop-corn sur le lit. La fête ressemblait à nouveau à une fête.

– Vous savez, quand on y réfléchit, si le mauvais sort nous a vraiment punies quand j'ai jeté cette lettre, je crois que c'est fini maintenant. Je veux dire que celles qui sont allées danser se sont bien amusées. Et nous avons joué un bon tour à Cokie et à Grace. La chance a tourné.

– J'ai eu un A en maths, a dit Claudia. Et Lucy a réglé ses problèmes avec son père.

Claudia a sorti sa trousse à maquillage de son sac, et je me suis mise à jouer avec son petit miroir.

– J'ai retrouvé ma montre ! a annoncé Kristy avec un sourire.

– Je n'ai plus besoin de porter d'appareil dentaire pendant au moins six mois, nous a informées Mallory.

– Mon frère a eu un A dans sa nouvelle école en Californie, a dit Carla.

– Mon professeur de danse a dit à mes parents que j'étais une des meilleures élèves qu'elle ait jamais eues, a expliqué Jessica.

– Alors c'est fini, nous n'avons plus à chercher qui nous a envoyé la lettre de la chaîne, c'est bien ce que je viens de dire, le mystère de la mauvaise fortune est levé.

– Nous pouvons arrêter de jouer aux sorcières et redevenir des baby-sitters, a dit Kristy.

J'ai ouvert le miroir de poche de Claudia, l'ai refermé. J'ai entendu un petit clic.

Claudia m'a tendu une boîte d'ombre à paupières.

– Tiens, essaie ça, a-t-elle dit.

J'ai rouvert le miroir. Et… j'ai laissé échapper la boîte. Elle est tombée sur le miroir qui s'est brisé.

– Oh non ! me suis-je écriée.

Jessica a écarquillé les yeux.

– Oh, non, Mary Anne. Tu sais ce que cela veut dire, non ? Sept ans de malheur, a-t-elle annoncé.

– Non ! Vraiment ? me suis-je exclamée en riant. Eh bien, tant pis. J'ai décidé que puisque ma graine de moutarde était le symbole de la foi, nous étions protégées… Alors, allez-y, les filles ! Cassez tous les miroirs que vous voudrez !

LE CLUB DES BABY-SITTERS

MALLORY et la malle mystérieuse

Pour Mary Dietrich et Virginia Kilbourne,
grâce à qui j'ai beaucoup appris sur les enfants.

1

J'ai fermé mon journal intime d'un coup sec. Je tiens un journal depuis quelque temps. La différence entre un journal intime et un simple journal, il me semble, c'est qu'un journal rend compte des événements quotidiens, et qu'on est censé y écrire chaque jour. Si j'en avais un, voici à quoi ressemblerait un jour de semaine :

Lever. École. Bulles de chewing-gum avec Jessica pendant la récréation. Retour à la maison. Dispute avec Vanessa. Baby-sitting des petits Barrett. Réunion du club. Retour à la maison. Dispute avec maman à propos d'une paire de chaussures. Elle refuse de m'acheter celles que j'aime bien. Devoirs. Coucher.

Plutôt banal, non ? Et sans aucun intérêt. Un journal intime est en revanche une suite d'événements palpitants et de réflexions profondes. C'est pour ça que je n'y écris pas tous les jours, seulement quand j'en ai envie. Et mon journal est un simple cahier. Vous savez, un de ces cahiers avec une couverture mouchetée noir et blanc. Il n'y a pas de lignes. Il est blanc. Ainsi, je peux écrire beaucoup ou très peu, c'est comme je veux. Et j'écris seulement lorsque j'en ressens le besoin, ce qui arrive souvent quand je suis en colère, vexée ou que je trouve quelque chose injuste. Mais aussi quand il m'arrive des choses agréables.

Hier, je n'ai rien noté. Aujourd'hui, samedi, je me sentais un peu pensive, alors j'ai écrit :

J'ai l'impression que mes onze ans vont durer une éternité. Mes neuf ans sont passés comme un éclair. Mes dix ans sont passés comme un éclair. Mais ma onzième année semble devoir durer dix ans. Je pense que c'est parce que j'ai hâte d'avoir treize ans. Je me demande si ma douzième année semblera elle aussi durer dix ans. J'espère que non, parce que si c'est le cas j'aurai l'impression d'avoir trente ans alors que je n'en aurai que treize.

Je hais mon nez. Je l'ai hérité de mon grand-père. Je voudrais le faire refaire, mais mes parents ne veulent pas que je me renseigne, alors il n'y a aucun espoir d'amélioration.

Je me demande si les autres filles de onze ans ressentent la même chose. Si seulement j'avais treize ans au lieu de onze, la vie serait merveilleuse.

J'ai caché mon journal sous mon matelas. Autant que je sache, Vanessa ne l'a pas découvert. Mais de toute façon, ce n'est pas son genre de fouiller. Vanessa écrit de la poésie et elle comprend que l'on a besoin de garder certaines choses pour soi.

Qui est Vanessa ? C'est ma sœur. J'ai sept frères et sœurs en tout. Je suis l'aînée. Après moi, il y a les triplés – Byron, Adam et Jordan. Ils ont dix ans. Viennent ensuite Vanessa qui en a neuf, Nicky huit, Margot sept, et Claire, le bébé de la famille. Claire a cinq ans et adore faire l'idiote. Elle appelle tout le monde « petite-bêbête-gluante ». Par exemple, elle m'appelle Mallory-petite-bêbête-gluante.

Juste au moment où je cachais mon journal, j'ai entendu maman crier d'en bas :

– Mallory ? Peux-tu venir une seconde ?

– J'arrive.

J'ai tapoté le dessus du lit, pour être sûre qu'il n'y ait pas de bosse, et je suis descendue.

Maman était dans la cuisine. Les mains protégées par des maniques, elle sortait un gratin du four.

– Qu'est-ce que c'est ?

– Un gratin de poisson pour Lucy et sa maman. Je sais que cela fait déjà une semaine qu'elles ont emménagé, mais je suis sûre qu'elles n'ont pas encore eu le temps de cuisiner. Elles doivent toujours être dans les cartons. Mme MacDouglas cherche du travail, et Lucy est prise par l'école et le Club des Baby-Sitters. Et puis, si elles ne veulent pas le manger tout de suite, elles peuvent le congeler pour plus tard.

– C'est super gentil de ta part, maman. Je suis sûre que cela va leur faire plaisir.

– Ça ne t'ennuie pas de leur porter ?

– Bien sûr que non ! Ça me donnera l'occasion de voir Lucy.

– Très bien. Laisse-le juste refroidir un quart d'heure.

– D'accord.

Vous vous demandez peut-être qui sont Lucy et sa mère.

Eh bien, pendant que le plat de maman est en train de refroidir, je vais vous parler de la famille MacDouglas et de mes amies du club.

Tout d'abord, le CBS – le Club des Baby-Sitters – est un club auquel j'appartiens. C'est une véritable entreprise, dont les autres membres sont mes amies : Jessica Ramsey, Lucy MacDouglas, Kristy Parker, Carla Schafer, Mary Anne Cook et Claudia Koshi. Notre club est spécialisé dans la garde d'enfants pour les familles de Stonebrook, notre ville. C'est génial, et je suis vraiment contente d'en faire partie.

Le club a été fondé par Kristy, Claudia, Lucy et Mary Anne, qui ont toutes maintenant treize ans et qui sont en quatrième. Jessica et moi, nous sommes les seules à avoir onze ans et à être en sixième. Je suis si contente que le club soit à nouveau au complet ! Car pendant un certain temps nous avons dû nous passer de Lucy. En fait, Kristy (la présidente du club) nous a demandé, à Jessica et à moi, de rejoindre le club quand la famille de Lucy a quitté Stonebrook pour retourner à New York, d'où elle est originaire. (Ils ont déménagé deux fois, car M. MacDouglas avait été muté pour son travail.) Mais après leur retour à New York, M. et Mme MacDouglas ont décidé de divorcer. Ils ne s'entendaient plus très bien depuis un certain temps. M. MacDouglas est resté à New York pour son travail, et Mme MacDouglas et Lucy sont revenues vivre à Stonebrook. Malheureusement, elles n'ont pas pu reprendre leur ancienne maison. Vous savez pourquoi ? Parce que la famille de Jessica Ramsey y avait emménagé ! Mais Lucy et sa mère ont trouvé une vieille et belle maison qui leur plaît – et elle est juste derrière la nôtre. S'il n'y avait pas tant d'arbres devant, je pourrais voir chez elles par nos fenêtres de derrière. Peut-être que ce sera possible quand les arbres perdront leurs feuilles. En tout cas, c'est agréable de pouvoir passer directement de notre jardin à celui de Lucy.

Cela faisait une semaine et un jour que Lucy et sa mère étaient revenues. Ce qui voulait dire que Lucy avait assisté à trois réunions du club depuis son retour. Nous étions terriblement contentes de la revoir parmi nous !

Je crois que je devrais vous parler un peu des filles du club, car au fond, le club est la chose la plus importante de ma vie. D'abord, Kristy Parker. Je commence par elle, parce que c'est la présidente. Elle en avait rêvé, et elle l'a fait, comme on dit. Kristy a une famille un peu compliquée. En plus de ses trois frères – Samuel, Charlie et David Michael – et des deux enfants de Jim Lelland, son beau-père – Karen et Andrew –, il y a Emily Michelle, une petite Vietnamienne de deux ans, que sa mère et Jim ont adoptée.

Kristy est brune aux yeux bruns, c'est la plus petite de sa classe et elle ne se soucie pas le moins du monde de son apparence vestimentaire. Elle porte toujours un jean, des baskets, un col roulé et un pull (bon, pas en plein été, évidemment). Elle a la langue bien pendue, ce qui lui attire parfois des ennuis, et il lui arrive d'être un peu trop autoritaire. Et puis, c'est un vrai garçon manqué. Elle adore le sport. Elle est également formidable avec les enfants, et dirige une équipe de base-ball de poussins, appelée les Imbattables. Avant, Kristy m'intimidait, mais maintenant, je l'aime bien.

La vice-présidente du club est Claudia Koshi. Claudia est une fille terrible. C'est une artiste qui a vraiment du talent : elle sait peindre, sculpter, créer des bijoux, dessiner et plein d'autres choses. Elle adore grignoter et cache des sucreries et autres trucs de ce genre un peu partout dans sa chambre (elle doit les cacher parce que ses parents ne sont pas d'accord). Claudia s'habille super bien. Elle porte des jupes et des pulls hyper cool, des baskets à talons compensés et des bijoux qu'elle fabrique souvent elle-même. Pour tout dire, elle est top. Elle est américano-japonaise et elle a une LONGUE chevelure soyeuse, un teint parfait, et des yeux noirs en amande.

Le seul ennui avec Claudia c'est que, bien qu'elle soit intelligente, elle est nulle en classe. Sa sœur aînée, en revanche, est un vrai génie. Claudia lit des livres d'Agatha Christie ; Jane étudie des trucs comme la génétique et la physique. Claudia et Jane vivent avec leurs parents. Avant, la grand-mère adorée de Claudia, Mimi, vivait également avec eux, mais Mimi est morte récemment. Ça a été très dur pour Claudia.

Lucy MacDouglas est la trésorière du club. Je sais que le divorce de ses parents a été pénible pour elle, mais elle réussit parfaitement à maîtriser ses sentiments, car elle ressemble à la Lucy que j'ai toujours connue. Lucy et Claudia sont les meilleures amies du monde, aucun doute là-dessus. Elles adorent toutes les deux les vêtements et elles font un peu plus que leur âge avec leurs super tenues. Mais aucune d'elles n'a encore de petit ami. Lucy a les yeux bleus, les cheveux blonds et courts, et elle fait souvent des permanentes. C'est une très bonne élève, particulièrement en maths, et c'est pour ça que c'est notre trésorière. Pourtant, elle a un gros problème (je veux dire à part le divorce). Lucy est diabétique. Elle va bien tant qu'elle s'impose son régime et se fait quotidiennement des piqûres d'insuline. Mais qui voudrait se préoccuper de calories à longueur de journée, éviter les sucreries, et se faire soi-même des injections ? Pas moi. Lucy est philosophe, cependant. Elle dit qu'il vaut mieux qu'elle fasse ce qu'il faut, plutôt que d'être malade.

Lucy est une enfant unique, et elle passe maintenant des vacances et certains week-ends avec son père à New York. Ses parents lui ont dit qu'elle pouvait vivre avec qui elle voulait, quand elle voulait, tant que les allers et retours n'affectaient pas sa scolarité.

La secrétaire de notre club est Mary Anne Cook. Mary Anne et Kristy ont grandi ensemble et sont meilleures amies (bien que Mary Anne ait une autre meilleure amie – Carla Schafer). Mary Anne ressemble à Kristy, car elle est petite elle aussi, elle a également les cheveux bruns et les yeux marron, et elle ne se soucie pas trop de ses vêtements non plus. Mais il y a de grandes différences entre Kristy et Mary Anne. Pour commencer, la famille de Mary Anne est aussi simple que celle de Kristy est compliquée. Mary Anne vit seulement avec son père et son chat Tigrou. Sa mère est morte depuis si longtemps qu'elle s'en souvient à peine. Quand M. Cook s'est retrouvé seul pour élever sa fille, il a pensé qu'il valait mieux être très strict. Il a inventé un million de règles que Mary Anne devait suivre. Il lui imposait même comment s'habiller et il ne la laissait presque pas sortir en dehors de l'école. Maintenant que Mary Anne a grandi, son père a quand même assoupli un peu le règlement – et deux choses se sont alors produites. La première, c'est que Mary Anne a commencé à choisir elle-même ses habits, et qu'ils sont beaucoup plus branchés. La deuxième, c'est qu'elle est la première d'entre nous à avoir eu un petit ami régulier. Son nom est Logan Rinaldi, et il est vraiment beau. Je pense que Mary Anne était faite pour avoir un petit ami. Elle est extrêmement romantique, très sensible (en fait elle pleure facilement), très à l'écoute des autres, patiente et réservée. Que Kristy l'extravertie et elle soient restées amies depuis si longtemps, ça me dépasse. Toujours est-il que Mary Anne est quelqu'un de merveilleux.

Carla Schafer est la suppléante du club (j'expliquerai plus tard ce que cela veut dire). Carla a connu une année difficile. Comme Lucy, ses parents ont divorcé. Mais comme Mme Schafer a grandi ici et que ses parents vivent encore à Stonebrook, elle a ramené Carla et son frère David de Californie au Connecticut. Carla aime le Connecticut, d'accord, et elle est contente de vivre près de ses grands-parents, mais c'est une Californienne dans l'âme, et la Californie lui manque terriblement. C'était pareil pour son frère, qui est finalement reparti vivre là-bas, avec son père, si bien que la famille de Carla est maintenant coupée en deux. Mais Carla s'y est habituée.

Carla a un sacré caractère. Elle ne se montre jamais mal élevée, mais elle fait toujours ce qui lui plaît. Elle défend ses opinions, elle s'habille comme elle l'entend (elle a un style californien cool), et elle mange des produits naturels, tandis que nous nous gavons de sucreries, snacks salés et viande rouge.

Carla a la plus L-O-N-G-U-E chevelure blonde que j'aie jamais vue (presque blanche), et de grands yeux bleus pétillants. Une chose intéressante à dire à son propos : elle vit dans une ancienne ferme avec un passage secret, et il se pourrait bien que ce passage soit hanté par le fantôme d'un homme qui a vécu là il y a très longtemps – il était fou et il s'appelait Jared Mullray. Cela convient parfaitement à Carla, qui adore les histoires de fantômes.

Bon, les deux derniers membres du club sont Jessica et moi. Nous sommes baby-sitters juniors et nous nous ressemblons beaucoup sauf sur deux points. Je viens d'une famille nombreuse et Jessica d'un foyer de taille standard. Et je suis blanche, tandis que Jessica est noire. Mais ces différences ne nous gênent pas du tout. Nous sommes les meilleures amies du monde. Nous avons toutes les deux onze ans, et nous sommes toutes les deux les aînées de la famille. Nous avons toutes les deux l'impression que nos parents nous traitent comme des bébés, nous adorons toutes les deux le baby-sitting (évidemment), et nous aimons toutes les deux lire, spécialement des histoires de chevaux. À part ça, nos centres d'intérêt sont différents. J'aime écrire et dessiner : j'aimerais même devenir auteur et illustratrice de livres pour enfants. Jessica, quant à elle, est très douée pour la danse classique. Elle prend des leçons depuis des années et elle fait partie d'une école de ballet à Stamford, une ville voisine. Elle a déjà plusieurs fois dansé sur scène devant un public nombreux.

Dans la famille de Jessica, il y a ses parents, sa petite sœur timide de huit ans, Rebecca, et son petit frère, P'tit Bout, qui est encore bébé. Son vrai nom, c'est John Philip Ramsey Junior, mais quand il est né, il était si petit que les infirmières de l'hôpital l'ont surnommé P'tit Bout. J'aimerais pouvoir dire que tout s'est bien passé pour les Ramsey quand ils sont venus s'installer à Stonebrook, en début d'année, mais ça n'a pas été le cas. Ils sont l'une des rares familles noires de la ville – et Jessica est la seule élève noire de sixième. J'ai honte de dire que certaines personnes n'ont pas été très gentilles avec eux, mais les choses se sont arrangées depuis.

– Mallory ! a de nouveau appelé ma mère. Je crois que tu peux porter le plat chez Lucy, maintenant.

– J'y vais !

2

Le plat de maman n'était plus brûlant, mais il était encore assez chaud. J'ai dû l'emporter chez les MacDouglas avec des maniques.

Claire m'a tenu la porte.

– Merci.

– Dis, Mallory-petite-bêbête-gluante, je peux venir avec toi ?

J'ai réfléchi un instant.

Claire adore Lucy, et j'aurais besoin de quelqu'un pour sonner chez les MacDouglas. D'un autre côté, si je devais rester un moment là-bas, je préférais ne pas avoir Claire dans les pattes.

Finalement, j'ai répondu avec tact :

– Je pense que Lucy et sa mère sont encore en train de défaire les paquets, Claire. Leur maison est probablement en désordre, avec des cartons partout. Je parie que Lucy préférera te montrer sa maison quand elle sera bien rangée.

– D'accord, mais tu fais des bisous à Lucy pour moi. Dis-lui qu'elle est toujours une petite-bêbête-gluante.

J'ai souri.

– D'accord. À plus tard, ma puce.

– À tout à l'heure, ma petite-bêbête-gluante préférée.

Parfois, Claire peut être absolument adorable. À d'autres moments, elle est vraiment casse-pieds !

J'ai traversé avec précaution notre jardin, puis celui de Lucy, et j'ai contourné sa maison jusqu'à l'entrée. J'ai grimpé les marches, mais, une fois devant la porte, j'étais bien embêtée. Et maintenant, comment faire pour sonner ? Le plat pesait une tonne et j'avais besoin de mes deux mains pour le porter. J'ai essayé de le poser sur ma cuisse suffisamment longtemps pour libérer une main, mais... Ouille ! Il était encore trop chaud. J'allais le poser par terre quand j'ai entendu une voix demander :

– Il y a quelqu'un ?

– Salut, Lucy ! C'est moi, Mallory.

La porte s'est ouverte.

– Il m'avait bien semblé entendre quelqu'un, a-t-elle dit en souriant. Entre.

– Merci.

J'ai franchi le seuil.

– Ma mère l'a fait spécialement pour vous. C'est un gratin de poisson. Attention, c'est brûlant et super lourd !

Lucy m'a vite conduite à la cuisine où j'ai posé le plat sur la cuisinière.

– C'est très gentil ! Nous avons mangé des conserves toute

la semaine, sauf jeudi soir quand les Koshi nous ont invitées à dîner. Maman ? Viens voir !

Mme MacDouglas a surgi d'on ne sait où, couverte de poussière.

– Bonjour, Mallory.

– Bonjour, madame.

– Maman, regarde ce que Mme Pike nous envoie. Un gratin de poisson.

– Oh, cela sent merveilleusement bon ! J'appellerai ta mère pour la remercier dès que j'aurai un moment.

– Tu veux rester un peu ? m'a proposé Lucy. Claudia est là aussi. Elle nous aide. On a déjà défait la plupart des paquets, mais il y a des cartons, du papier journal et des billes de polystyrène partout. Alors maintenant, on essaye de nettoyer. Viens, je vais te faire visiter la maison.

Je lui ai emboîté le pas avec plaisir et excitation. Je connaissais cette maison depuis toujours, mais je n'y étais jamais entrée. Et elle m'avait toujours intriguée. C'était une vieille demeure qui semblait pleine de mystère.

– Ici, c'est la salle à manger. Et là le vestibule. Tu vois ? Ces marches conduisent au premier étage, et il y a un autre escalier sur le devant.

– Cool !

Lucy m'a fait visiter tout le premier étage. Par rapport à chez moi, les portes sont plus basses, les fenêtres plus étroites avec de drôles de vitres épaisses, et le plancher pas très droit.

Claudia et Mme MacDouglas étaient dans le salon. Claudia s'affairait à tasser du papier journal et du polystyrène dans de grands sacs-poubelle.

– Je pense que nous devrions quand même garder les cartons, est intervenue Mme MacDouglas.

– Maman ! s'est écriée Lucy. Je n'en peux plus des cartons ! Jetons-les.

Puis se tournant vers moi, elle a ajouté :

– Je devais aller tous les jours à l'épicerie du quartier leur demander des cartons vides. Je sentais bien que le patron commençait à en avoir assez de me voir. Je me suis donné beaucoup de mal pour les avoir, mais ce n'est pas une raison pour les garder.

– On pourrait les mettre au grenier, a suggéré Mme MacDouglas. On risque d'en avoir besoin un jour.

– Le grenier ? Je ne sais même pas où il est. On y monte par l'une de ces échelles qu'on tire du plafond ?

– Non, par cette petite porte basse près de ta salle de bains, au premier.

– Tu plaisantes, je croyais que c'était un placard à linge. Je ne me suis même pas donné la peine de regarder à l'intérieur !

– C'est parce que tu détestes changer tes draps, a déclaré Mme MacDouglas.

Et nous avons éclaté de rire.

Claudia, Lucy et moi, nous avons emboîté quelques cartons les uns dans les autres, et nous les avons montés au premier. Puis Lucy a ouvert la petite porte.

– Ouh là ! s'est-elle écriée en posant les cartons par terre et en tâtonnant à la recherche d'un interrupteur. Pas question de monter cet escalier dans le noir !

– Tu as peur de quoi ? Des fantômes ? a demandé Claudia.

– Ben quoi ? On ne sait jamais dans ces vieilles maisons !

Lucy a trouvé l'interrupteur puis elle a allumé, et nous avons monté prudemment l'escalier.

– Pfff, qu'est-ce que c'est poussiéreux, ici ! a fait Claudia.

À peine venait-elle de dire cela que j'ai éternué bruyamment.

Nous avons atteint le haut de l'escalier, nous avons posé nos boîtes sur le sol, et nous sommes restées pétrifiées.

– Waouh ! s'est exclamée Lucy. Regardez ça !

Claudia et moi étions sans voix. Le grenier était petit, mais très encombré. Il y avait un vieux fauteuil à bascule, une tête de lit en cuivre, plusieurs tas de magazines, une cage à oiseaux, une caisse pleine de livres, un de ces gros postes de radio de forme arrondie, une énorme malle, et j'en passe.

– Je me demande à qui tout cela appartient, a murmuré Lucy. On dirait que c'est là depuis des siècles. Pourquoi les gens ont-ils laissé tout ça ici ?

– C'est une vieille maison. Toutes les familles qui ont vécu ici ont dû laisser quelque chose, ai-je fait remarquer. Cela s'est accumulé au fil des années.

Lucy a parcouru la pièce des yeux et a poussé un gros soupir.

– Où est-ce que vous voulez mettre tous les cartons ? À moins que l'on se débarrasse de ça.

Elle montrait la malle.

– Tu ne veux pas la jeter quand même ? ai-je protesté.

La malle était magnifique. Poussiéreuse, mais belle, avec son couvercle bombé en cuir et ses poignées en cuivre.

– En plus, imagine ce qu'il peut y avoir à l'intérieur...

J'ai traversé le grenier et enjambé les boîtes pour atteindre la malle. J'ai essayé de l'ouvrir.

– Oh-oh. C'est fermé à clé.

J'ai tenté de la soulever, mais impossible de la décoller d'un millimètre du sol.

– Elle doit être pleine, ai-je ajouté.

Claudia m'a rejointe.

– Je me demande ce qu'il y a dedans...

Ses yeux brillaient étrangement. Elle devait se dire que nous étions sur la piste d'une énigme à résoudre, comme dans les romans d'Agatha Christie dont elle raffole.

– Les filles ? Qu'est-ce que vous fabriquez là-haut ?

C'était Mme MacDouglas qui nous appelait.

– Viens voir ce que nous avons trouvé, a lancé Lucy.

Nous avons alors entendu des pas dans l'escalier, puis un gros éternuement.

– Mon Dieu, que c'est encombré, ici !

Lucy lui a montré la malle en déclarant :

– Si on se débarrasse de cette malle, ce sera déjà mieux. Elle est jolie, mais elle prend trop de place. En elle est fermée à clé, on ne peut même pas voir ce qu'il y a dedans.

– C'est vrai qu'elle est énorme, a convenu Mme MacDouglas. Mieux vaut la jeter. Nous la mettrons dehors pour qu'elle soit ramassée par la benne.

– Non ! nous sommes-nous exclamées, Claudia et moi.

– Agatha Christie et Miss Marple veulent voir ce qu'il y a dans la malle, a expliqué Lucy à sa mère en pouffant de rire.

– Qu'à cela ne tienne, elle est à vous, a déclaré Mme MacDouglas joyeusement.

Claudia et moi, nous nous sommes regardées. Comment allions-nous décider qui garderait la malle ? C'est Claudia qui a résolu le problème.

– Je te la laisse, Mallory. J'ai déjà trop de bazar dans ma chambre. En plus, ce sera plus facile d'emporter la malle chez toi. Tu n'habites pas loin.

J'ai appelé les triplés et ils ont accepté de venir nous aider à descendre la malle du grenier, à la porter jusque chez nous, et à la monter dans la chambre que je partage avec Vanessa.

J'ai dû les payer un dollar chacun, mais ça valait le coup.

Une fois la malle installée dans notre chambre, Vanessa s'est plantée devant, intriguée.

– D'où elle vient ?

Je lui ai raconté l'histoire et je lui ai demandé de m'aider à la pousser au pied de mon lit.

C'était vraiment très lourd. Vanessa s'est redressée, les mains sur les hanches, un large sourire sur les lèvres.

– Bon, maintenant, on l'ouvre.

– On ne peut pas. Elle est fermée à clé.

– Fermée à clé ! a répété ma sœur, contrariée.

Mais ensuite, elle a pris un air inspiré puis elle a poursuivi d'un ton solennel :

– Mm, j'ai une idée... Je vais écrire quelque chose sur cette malle mystérieuse.

Elle a cherché un crayon et du papier. Elle avait certainement déjà un poème en tête.

Moi, je ne pouvais détacher les yeux de la malle. J'étais sûre qu'elle renfermait des secrets passionnants.

3

Le lendemain, lundi, je suis rentrée directement de l'école, impatiente de retrouver ma malle. On n'avait toujours pas réussi à l'ouvrir.

La veille au soir, les triplés m'avaient proposé de crocheter la serrure. J'avais accepté à condition que ça n'abîme pas la malle.

– On n'a qu'à utiliser une épingle à cheveux, a suggéré Adam. Ça marche toujours dans les films.

C'est ce que nous avons fait, mais rien ne s'est passé.

– Essaie une carte de crédit, a proposé Byron. Ça marche super bien.

Ses frères l'ont foudroyé du regard.

– Pas pour ouvrir une malle, lui ont-ils fait remarquer. C'est pour ouvrir les portes des maisons.

– Et avec un cintre ? est intervenue Vanessa.

Sa proposition a été accueillie par trois regards méprisants.

– Un cintre, a répliqué Jordan, c'est pour ouvrir ta voiture quand tu as oublié la clé à l'intérieur.

– Il n'y a pas moyen de mettre la main sur la clé ? a demandé Nicky qui venait de nous rejoindre dans la chambre.

J'ai secoué la tête.

– Non, Lucy et moi, nous avons fouillé tout le grenier.

– Peut-être qu'elle est collée sous la malle, a dit Vanessa.

Nous avons basculé la malle sur le côté, mais il n'y avait rien en dessous.

– Bon, ça suffit, ai-je décidé. Assez pour aujourd'hui. Je vais réfléchir, et on verra demain.

Le lundi après-midi, je n'avais toujours pas trouvé de solution. La malle verrouillée rendait ma sœur complètement folle. Vanessa n'arrêtait pas d'écrire des poèmes en la fixant d'un air inspiré.

Finalement, elle a déclaré :

– Je parie que tu pourrais faire sauter le verrou avec un marteau.

– Pas question. Ça risque de l'abîmer.

J'étais soulagée quand l'heure de la réunion du club est arrivée. Je n'en pouvais plus de voir ma sœur se torturer à essayer de deviner ce que contenait la malle.

Nos réunions de club ont lieu de cinq heures et demie à six heures, les lundi, mercredi et vendredi après-midi. J'aime bien arriver au quartier général du club (la chambre de Claudia) un peu en avance, car Kristy commence la réunion pile à l'heure, que nous soyons toutes là ou pas.

J'avais cinq minutes d'avance, mais je n'étais pas la première arrivée. Claudia, Kristy et Mary Anne étaient déjà là. Claudia fouillait dans son armoire, probablement à la recherche de friandises. Mary Anne était assise sur le lit, en train de lire l'agenda du club, et Kristy occupait la place d'honneur – dans « son » fauteuil de présidente (qui appartient à Claudia), avec sa visière vissée sur la tête, un crayon derrière l'oreille et un calepin à la main. Elle insiste toujours pour que les réunions et le club fonctionnent de la manière la plus professionnelle possible.

Ce doit être une bonne tactique, à en juger par le succès du club. Je vous l'ai déjà dit, le club est une idée de Kristy.

Chacune de nous occupe une fonction particulière afin que le club fonctionne au mieux.

Le travail de Kristy, en tant que présidente, est de chercher des idées nouvelles, de mener les réunions et de résoudre les problèmes.

Claudia, notre vice-présidente, n'a aucune tâche précise, en fait, mais comme elle est la seule à posséder une ligne de téléphone privée, nous nous réunissons dans sa chambre, ce qui nous évite de saturer les lignes de nos parents. Comme nous envahissons sa chambre trois fois par semaine, nous pensons qu'il est juste qu'elle soit la vice-présidente.

Mary Anne est notre secrétaire. C'est elle qui a la tâche la plus lourde d'entre nous. Elle se charge de l'agenda du club (à ne pas confondre avec le journal de bord). L'agenda contient toutes les informations indispensables – les noms, adresses et numéros de téléphone de nos clients, des renseignements particuliers sur les enfants que nous gardons et, le plus important, nos plannings. Mary Anne doit noter les cours de danse de Jessica, les leçons de dessin de Claudia, mes rendez-vous chez l'orthodontiste (ai-je déjà mentionné que je porte d'horribles bagues ?), et d'autres choses de ce genre. Elle sait donc toujours qui est libre quand, et peut ainsi programmer les baby-sittings en toute sécurité. Mary Anne est si bien organisée qu'elle n'a jamais commis une seule erreur !

Lucy est trésorière ; son rôle est de collecter chaque lundi nos cotisations de la semaine et de garder un œil sur l'argent de la caisse. Nous employons cet argent pour plusieurs choses. D'abord pour nous amuser un peu. Comme nous travaillons très dur, nous aimons nous offrir de temps en temps des soirées pyjama ou des pizza-parties. La caisse nous sert également pour rétribuer Samuel, le grand frère de Kristy, qui l'emmène aux réunions et revient la chercher, parce qu'elle habite très loin. Enfin, on l'utilise pour renouveler le contenu de nos coffres à jouets. Les coffres à jouets sont l'une des grandes idées de Kristy. Nous avons chacune une boîte que nous avons décorée de tissu, peinte, et remplie de nos vieux jouets, livres et jeux. Nous emportons parfois nos coffres à jouets avec nous et les enfants les adorent ! Mais les choses s'usent et périodiquement nous devons acheter de nouveaux crayons ou un nouvel album de coloriage.

Carla exerce la fonction de suppléante, ce qui veut dire qu'elle peut remplacer n'importe laquelle d'entre nous pour un baby-sitting ou une réunion. C'est un peu comme un professeur qui fait des remplacements. C'est un travail difficile, parce qu'elle doit connaître les habitudes de chacune d'entre nous. (Quand Lucy était repartie pour New York, Carla était devenue trésorière, mais maintenant qu'elle est revenue,

Carla a repris avec plaisir son ancienne fonction. Les maths, ce n'est pas vraiment sa passion, au contraire de Lucy.)

Jessica et moi, nous sommes membres juniors. Pour être honnête, nous n'avons aucune fonction spéciale. Junior signifie simplement que, comme nous avons onze ans, nous ne sommes autorisées à faire du baby-sitting que dans la journée, et pas le soir, sauf pour nos propres frères et sœurs. Mais ça nous est égal. Nous avons beaucoup de travail après l'école et le week-end.

Encore deux choses, juste pour vous montrer à quel point Kristy est douée pour faire marcher le club.

D'abord, elle nous fait tenir un journal de bord. Chacune de nous doit y rédiger le compte rendu de tous ses baby-sittings. Il est entendu que nous devons le lire une fois par semaine afin de savoir ce qui s'est passé pour chacune d'entre nous. Nous apprenons quels problèmes les autres ont pu rencontrer avec les enfants et comment elles les ont réglés, ou des choses comme ça. Je crois que tout le monde, sauf Kristy et moi, déteste écrire dans le journal de bord. Moi, ça me plaît tout simplement parce que j'aime écrire, et Kristy est tenue d'aimer ça parce que c'est son idée.

Et pour finir, notre club a deux membres associés. Ils ne viennent pas aux réunions, mais ce sont de bons baby-sitters que nous pouvons appeler quand personne n'est disponible. L'un de nos associés est une amie de Kristy nommée Louisa Kilbourne. L'autre n'est autre que… Logan Rinaldi, le petit ami de Mary Anne !

Bon, je pense que vous êtes maintenant au courant de tout ce qu'il faut savoir sur le fonctionnement du club.

Vers cinq heures et demie, nous étions réunies toutes les sept dans la chambre de Claudia, et avons commencé à grignoter des bretzels (un des rares snacks que Lucy a le droit de manger, malgré son diabète, et que Carla ne trouve pas trop anti-diététique). Kristy a déclaré la réunion ouverte et nous attendions le premier appel.

– Tu as réussi à ouvrir la malle ? a voulu savoir Lucy.

– Non, pas moyen de forcer cette satanée serrure !

Les autres nous ont regardées sans comprendre. Lucy, Claudia et moi leur avons donc raconté la découverte du grenier.

– Nous n'avons pas trouvé la clé, et j'ai eu beau essayer tous les trucs comme les épingles à cheveux, ça ne marche pas, ai-je ajouté.

– Tu as essayé la dynamite ? a demandé Kristy.

Nous avons toutes éclaté de rire.

Nous riions encore quand le téléphone s'est mis à sonner. Impossible de nous calmer. Lucy a pris sur elle et a décroché le combiné, mais elle a dû se tourner vers le mur pour ne pas nous voir. C'était Mme Barrett. Les Barrett ont trois enfants et habitent près de chez Carla, ce qui n'est pas très loin de chez Lucy et moi.

Mary Anne a vérifié le planning et le baby-sitting a été attribué à Carla.

Puis Kristy a déclaré :

– Bon, assez ri. Soyons professionnelles.

Nous avons repris notre sérieux. Mais chaque fois que je repensais à l'ouverture à la dynamite, j'avais à nouveau envie de rire.

4

Carla a l'habitude de garder les petits Barrett, qu'elle appelle les Trois Monstres. Il y a Buddy, huit ans, qui est au cours élémentaire, Liz, cinq ans, qui va à la maternelle, et Maud, qui vient juste d'avoir deux ans. Je dois avouer qu'ils méritent amplement leur surnom, même si ces derniers temps, ils se sont un peu calmés.

Le pire, c'était à l'époque où M. et Mme Barrett venaient juste de divorcer. Mme Barrett avait dû s'occuper des trois enfants et de la maison tout en cherchant du travail. Mais depuis, elle a trouvé un bon poste à temps partiel et a réussi à bien organiser le quotidien des enfants. Tout allait bien, sauf peut-être pour Buddy, qui avait des difficultés en lecture. J'espérais que c'était juste un petit retard.

Carla a sonné chez les Barrett cinq minutes en avance. Au Club des Baby-Sitters, nous aimons bien arriver un peu en avance, et si ce n'est pas possible, nous mettons un point d'honneur à être pile à l'heure. C'est bien d'avoir un peu de marge pour que les parents aient le temps de nous donner tranquillement leurs consignes ou de dire au revoir aux enfants. Le baby-sitting commence ainsi d'une manière plus relax.

Mais ce jour-là, Carla aurait pu tout aussi bien arriver en retard, cela n'aurait rien changé. Liz lui a ouvert la porte, et lui a annoncé de but en blanc :

– Ça barde à la cuisine ! Buddy a fait des bêtises.

« Oh non ! » s'est dit Carla en entrant.

– Je te jure, je fais de mon mieux, je ne chahute pas en classe, plaidait Buddy.

– Mais, mon chéri… a commencé Mme Barrett.

Buddy l'a coupée :

– En tout cas, j'ai réussi à lire le mot de M. Moser. Et il dit que tu devrais m'aider à la maison.

– Je sais. Mais je ne vois pas à quel moment nous pourrions… Oh, bonjour, Carla.

Mme Barrett s'est interrompue lorsque Carla est entrée dans la cuisine.

– Euh… bonjour, a répondu Carla, embarrassée. Vous voulez que j'emmène Liz ailleurs ?

– Non, non. Tout va bien. Tu peux rester. Nous avons juste un petit problème. L'instituteur de Buddy souhaite que je lui consacre du temps pour perfectionner sa lecture. Tu sais, en le faisant lire à haute voix et travailler avec des fiches illustrées. Mais j'ai trois enfants, et le temps n'est malheureusement pas extensible. Je ne vois pas quand je pourrais faire ça avec lui.

– Ça ne servirait à rien de toute façon, a bougonné Buddy. Je sais lire.

– Je le sais, a répondu Mme Barrett d'un ton las. M. Moser dit simplement que tu ne lis pas aussi bien que les autres enfants de ta classe.

– Et alors ? a riposté Buddy, vexé.

Il était assis à la table de la cuisine et donnait des coups de talon rageurs dans les pieds de sa chaise.

– Moi je sais lire, a annoncé Liz, toute fière. Je sais lire plein de mots. On lit des livres, à l'école.

Buddy a décoché un regard noir à sa sœur. Mme Barrett semblait ne rien avoir remarqué. Elle s'est contentée de reprendre :

– Je crois que M. Moser ne se rend pas bien compte de ce qu'il demande. Je travaille à la maison tous les matins, pour ne pas avoir à payer une baby-sitter pour Maud. Puis je vais au bureau presque tous les après-midi et quelquefois le soir. Quand je ne travaille pas, je fais la cuisine, le ménage et les courses. Il me reste à peine le temps de jouer un peu avec les enfants. Comment pourrais-je en plus faire le professeur ?

Carla se sentait plutôt mal à l'aise, mais elle ne savait pas trop quoi dire. De toute façon Mme Barrett devait aller à son travail. Elle s'est levée et a conclu :

– On en reparlera plus tard, Buddy.

Puis elle s'est tournée vers Carla :

– Maud dort, elle devrait bientôt se réveiller. Buddy et Liz viennent de goûter. Maud pourra boire son lait quand elle aura fini sa sieste. Son bol est ici.

Elle a embrassé rapidement Buddy et Liz avant de partir.

– Alors, les enfants, qu'est-ce que vous voulez faire aujourd'hui ? a demandé Carla. Il pleut, nous ferions mieux de rester à l'intérieur.

Mais avant que Liz et Buddy aient pu répondre, Maud s'est réveillée.

– Maman, maman, maman ! criait-elle.

– Je vais aller chercher Maud. Je suis sûre qu'elle a besoin d'être changée ; je reviens dans quelques minutes. Pourquoi ne joueriez-vous pas avec Fred dans la salle de jeux ?

Fred, c'est le basset des Barrett.

Buddy et Liz se sont dirigés docilement vers l'escalier qui conduit à la salle de jeux, mais Buddy n'avait pas l'air dans son assiette. Carla a hésité un instant, pensive, puis elle s'est mise à grimper les marches quatre à quatre.

– Bonjour, Maud ! a-t-elle lancé joyeusement en entrant dans la chambre.

Maud était debout dans son lit. Elle était étonnée de voir Carla à la place de sa mère, et sa lèvre inférieure s'est mise à trembler un moment.

Carla a fait comme si de rien n'était. Elle s'est mise à chantonner *Il était un petit navire* en relevant le store, et en préparant la table à langer. Quand elle s'est tournée vers Maud, la petite fille affichait un grand sourire, ravie de revoir une de ses baby-sitters préférées.

Carla a pris Maud dans ses bras, elle l'a allongée sur la table à langer, et lui a chuchoté :

– Tu veux que je te chatouille, chatouille ?

– Non ! Non ! a protesté Maud en riant.

Elles ont joué un moment à *La P'tite Bête qui monte, qui monte, qui monte* pendant que Carla lui changeait sa couche. Puis elle l'a descendue à la cuisine et lui a versé du lait dans sa tasse à deux anses.

– Carla ? a appelé Buddy de la salle de jeux.

– Oui ?

– Liz m'embête.

– C'est pas vrai !

– Si, c'est vrai !

– Non, c'est pas vrai !

– Si !

– Du calme, les enfants. J'arrive dans une minute.

Elle ne voulait pas aller dans la salle de jeux avant que Maud ait fini son lait, car nous savons toutes que ce n'est pas une bonne idée de faire boire ou manger Maud dans une pièce où il y a de la moquette ou un tapis.

Une fois son goûter terminé, Maud a descendu l'escalier (cela prend du temps), cramponnée à la main de Carla.

Buddy et Liz étaient assis chacun à un bout du canapé, l'air renfrogné. Ils se tournaient le dos, bras croisés.

– Bon, je ne sais pas ce qui se passe, mais ça suffit. Liz, veux-tu être ma grande assistante, aujourd'hui ? a proposé Carla.

– Bien sûr !

– Formidable. Pourquoi ne ferais-tu pas des jeux de construction avec Maud. Je vais lire un peu avec Buddy.

– C'est vrai ? a fait le petit garçon avec enthousiasme. Tu veux bien ?

– Bien sûr.

– Mais sans ces fiches idiotes, alors

– D'accord.

– Super.

Liz et Maud se sont installées ensemble dans un coin de la salle de jeux. Elles ont vidé un grand carton de cubes de bois par terre et elles ont commencé à construire « la plus grande tour du monde ». Carla s'est assise à l'autre bout de la pièce avec Buddy. Elle a posé sur ses genoux un livre qu'elle avait pris sur l'étagère.

– Tiens, a-t-elle dit à Buddy. Essaie de lire ça.

Buddy a fait la grimace, mais il a ouvert le livre à la première page.

– Je... suis... sage, a-t-il déchiffré lentement.

– Non, l'a repris Carla. Pas « sage », « Sam », tu vois ? C'est le nom de ce drôle de garçon.

Buddy a hoché la tête et il a répété :

– Je... suis... sa... Sam.

– Bien !

Il a tourné la page.

– J'ai... hu-huit... ans.

– Parfait !

Mais à la page suivante, Buddy a refusé d'ouvrir la bouche.

– Continue, Buddy, l'a encouragé Carla.

– Non. C'est trop dur.

– Bon, je vais prendre le relais.

Carla a lu jusqu'à la page dix-neuf. Puis elle a rendu le livre à Buddy.

– Maintenant, tu essaies encore.

– Je... vais... vous... m-mon...

– Montrer...

– Montrer... ma...

– Maison ! a crié Liz qui avait grimpé sur le canapé et qui se penchait par-dessus l'épaule de Buddy. Je connais ce mot. On l'a appris à l'école. Et celui-là, c'est « « souris » !

Buddy a refermé le livre brutalement et l'a fourré sous les coussins.

– De toute façon, je n'aime pas ce livre. C'est pour les bébés !

– Non, c'est pas pour les bébés, s'est vexée Liz.

– Si, c'est nul !

– Allons, allons, est intervenue Carla. On a assez lu pour aujourd'hui. Liz, tu retournes aider Maud. Buddy, la pluie s'est arrêtée. Pourquoi n'emmènerais-tu pas Fred dans l'arrière-cour pour qu'il prenne un peu d'exercice ?

Carla avait compris que Buddy avait besoin de se dépenser. Elle avait compris aussi qu'il avait besoin d'aide – de beaucoup d'aide – pour lire. Et elle avait une idée pour l'aider.

Au retour de Mme Barrett, elle a attendu de pouvoir lui parler sans que les enfants l'entendent.

– J'ai lu un peu avec Buddy aujourd'hui, et il semble en effet avoir quelques difficultés en lecture. Est-ce que vous aimeriez que quelqu'un du club s'occupe de lui ? Une baby-sitter pourrait passer quelques heures par semaine à le faire travailler ? Peut-être a-t-il seulement besoin d'une attention particulière.

– Oh, Carla, ce serait formidable. Tu me sauves la vie une fois de plus.

Carla a souri.

– Je dois attendre la prochaine réunion du club pour voir qui peut intégrer cela dans son emploi du temps. Je vous rappelle demain, d'accord ?

– D'accord.

Mme Barrett semblait soulagée, et Carla se sentait très fière d'elle.

5

La semaine est passée à toute vitesse, entre cours et baby-sittings. Et vendredi après-midi, nous n'avions toujours pas trouvé de moyen d'ouvrir la malle. Il faisait gris et humide. Je n'avais rien à faire jusqu'à la réunion du club à cinq heures et demie. Vanessa et moi, nous étions assises sur mon lit, les yeux fixés sur la malle. Nous étions sur mon lit parce que celui de Vanessa était recouvert de poèmes inachevés.

Soudain, Vanessa a sauté sur ses pieds et s'est écriée :

– Le suspense a assez duré. Il faut absolument qu'on l'ouvre.

– Mais on ne peut pas. On a tout essayé. Et je ne veux pas l'abîmer.

– Alors tu comptes la laisser fermée pour toujours, sans qu'on sache jamais ce qu'il y a dedans ?

Cela peut paraître idiot. Mais tout ce que j'ai pu dire, c'est :

– Je ne veux pas l'abîmer.

Vanessa avait l'air songeur.

– Si tu n'ouvres pas cette malle, ma peur s'emballe, a-t-elle déclamé.

– Oh non, tu ne vas pas recommencer à parler en vers !

– Mon amour des rimes grandit quand le mystère le nourrit.

Oh non, pitié, pas ça ! J'ai aussitôt bondi sur mes pieds et je suis allée crier dans le couloir :

– Byron ! Jordan ! Adam ! Venez vite ! Et apportez un marteau et une pince.

J'étais prête à tout, quitte à abîmer ma précieuse malle, pour ne pas avoir à subir les vers horribles de ma sœur.

Quelques instants plus tard, les triplés sont entrés avec les outils.

– Qu'est-ce qui se passe ? s'est enquis Adam. Tu veux qu'on opère Vanessa ?

J'ai haussé les épaules et désigné la malle.

– Non, vous allez ouvrir ce coffre de malheur.

Les garçons se sont attaqués à la serrure sans se faire prier. J'ai fermé les yeux. Je ne pouvais pas voir ça. J'entendais des coups, des grincements, des grognements. Puis Byron a annoncé :

– Je vais chercher la pince-monseigneur.

J'ai croisé les doigts et serré les dents. À la fin, il y a eu un gros craquement, et Vanessa s'est mise à crier :

– C'est ouvert ! C'est ouvert !

J'ai risqué un regard furtif. La malle était en meilleur état que je ne m'y attendais. À part la serrure qui pendait du couvercle, ça allait.

Vanessa plongeait déjà les mains à l'intérieur.

– Regardez ! Regardez ! Des vêtements ! Oh ! C'est magnifique. Je parie qu'ils sont anciens.

– Fais attention !

J'ai inspecté le contenu de la malle. Il y avait des tas de vieux jupons en dentelle blanche, des robes et des chemises. Et Vanessa avait raison, ils étaient probablement anciens.

– Ils ont l'air terriblement fragiles, ai-je ajouté.

Vanessa a acquiescé d'un hochement de tête. Elle manipulait à présent les vêtements avec plus de précautions.

– Merci, les gar... ai-je commencé à dire.

Mais mes frères étaient déjà dans le couloir. Je les ai entendus marmonner « tout ce travail pour un tas de vieilles fringues » et « c'est nul ! ».

Vanessa et moi avons sorti les vêtements de la malle un à un. Nous n'avions pas encore fini que Vanessa était déjà en train de les essayer. La plupart étaient à peu près à sa taille. Mais je continuais à vider la malle ; j'avais le pressentiment qu'elle contenait autre chose que des habits.

Je commençais à me décourager quand, soudain, tout au fond, j'ai découvert quelque chose...

– Ooh ! Regarde ça !

Mais Vanessa était trop occupée à s'admirer dans la glace.

Je me suis assise sur le bord de mon lit pour pouvoir mieux examiner ma trouvaille. C'était un petit livre relié en cuir, sans titre sur la couverture. Je l'ai ouvert.

Sur la première page, j'ai lu : « Mon journal, par Sophie. Voici une année de ma vie – 1894. »

– Mille huit cent quatre-vingt-quatorze, ai-je répété, pleine de respect. C'était il y a des années et des années !

– Hein ? a fait Vanessa.

Mais j'avais le sentiment que tout cela ne l'intéressait pas vraiment.

J'ai tourné la page. Elle était datée du 1er janvier 1894. Ce n'était pas facile à déchiffrer, parce que c'était écrit à la main. Sophie formait ses lettres bizarrement, l'encre avait pâli et, en plus, il y avait beaucoup de fautes d'orthographe. J'ai lu avec avidité, quand subitement j'ai marqué une hésitation. C'était tout de même un journal intime. Quel droit avais-je de le lire ?

Mais Sophie disait à la première page qu'elle avait douze ans. Cela devait faire longtemps qu'elle était morte. Ce n'était pas de l'indiscrétion. C'était plutôt comme lire un livre d'histoire.

Quelle chance j'avais, me suis-je dit alors ! De pouvoir lire, tout simplement. Quand on lit, on peut voyager dans le temps, dans l'espace, découvrir des pays lointains, voire imaginaires, ou même d'autres galaxies, tranquillement assis dans son fauteuil. Et tout cela sans bouger un muscle, sauf pour tourner les pages. Je pensais à Buddy Barrett. J'allais avoir pour tâche de faire de lui un lecteur. J'allais être son professeur particulier. Mme Barrett et moi étions convenues d'essayer quelques séances (les mardis et jeudis de quatre à six) pour voir comment cela se passerait.

Je voulais que ça marche. Je voulais que Buddy aime lire autant que moi.

– Comment tu me trouves ? m'a demandé Vanessa.

Elle était tout en blanc – avec des tas de dentelles. Elle portait une robe blanche par-dessus deux jupons blancs. Ses mains étaient gantées de dentelle blanche. Mais ses chaussures étaient noires, avec un million de boutons.

– Où as-tu trouvé ces bottines ?

– Au fond, au milieu de tout ça.

J'ai écarquillé les yeux. Sur le lit de Vanessa, en plus des vêtements, s'alignaient plusieurs chapeaux, un autre livre et deux petites boîtes. J'avais eu tellement hâte de lire le journal de Sophie que j'en avais oublié le reste de la malle !

– C'est quoi, ce livre ? lui ai-je demandé en allant immédiatement m'en emparer.

– Chais pas.

Vanessa se contemplait dans le miroir. On aurait dit une jeune fille tout droit venue du XIXe siècle. Et tandis qu'elle plissait les yeux d'un air rêveur, je pouvais presque voir les poèmes se former dans sa tête.

Je me suis assise sur le lit et j'ai vite ouvert le livre. J'espérais découvrir une nouvelle année de la vie de Sophie. Il n'y avait rien d'écrit, juste des fleurs séchées. Elles étaient si friables et décolorées qu'il était difficile de les identifier, mais je pense que c'étaient des pensées et des violettes.

J'ai reposé le livre et j'ai ouvert une des boîtes avec précaution. Elle contenait une broche en or sertie de perles (en fait, ce n'étaient probablement pas de vraies perles).

– Ooh, Vanessa ! Mets voir ça. Tu ne la trouves pas jolie ?

Les yeux de Vanessa se sont mis à pétiller.

– Elle se met au niveau du col du chemisier, sur l'avant du cou, ai-je précisé.

J'ai épinglé la broche sur Vanessa, qui était ivre de joie. Elle a essayé les chapeaux pendant que j'ouvrais la seconde boîte. Il y avait une autre broche, très jolie aussi.

Je l'ai tendue à Vanessa.

– À qui ces objets ont-ils pu appartenir ? a-t-elle demandé rêveusement.

– À Sophie, ai-je répondu, tout aussi rêveuse.

– À qui ?

– À Sophie, une fille qui vivait dans les années 1800. J'ai trouvé son journal dans la malle. Elle est née en 1882. Probablement dans la maison de Lucy.

– Ça alors !

C'est tout ce qu'a pu dire Vanessa.

– Tu t'imagines vivre en ce temps-là ? ai-je poursuivi.

– Et porter des tenues comme ça tous les jours ? a ajouté Vanessa.

– Peut-être qu'elle ne s'habillait pas ainsi tous les jours.

– Pourquoi pas, il y a une tonne de vêtements…

– Ses parents devaient être très riches.

– La maison de Lucy est jolie, mais ce n'est pas un manoir. Je veux dire qu'elle ne ressemble pas à la maison d'une famille très riche…

– Non, tu as raison, ai-je acquiescé.

Vanessa est retournée se contempler devant le miroir, et j'ai repris la lecture du journal de Sophie.

Mais à peine ai-je lu quelques lignes que je me suis arrêtée. J'ai refermé le carnet. J'avais décidé de le garder pour une bonne soirée de lecture au lit.

À la place, inspirée par Sophie, j'ai ouvert mon propre journal et je me suis mise à écrire :

Aujourd'hui, un événement extraordinaire s'est produit. J'ai laissé les triplés forcer la serrure de la malle. Vanessa et moi y avons trouvé toutes sortes de choses merveilleuses. Principalement des vêtements anciens, mais aussi un journal intime, écrit par une fille qui avait juste un an de plus que moi et qui vivait au XIXe siècle dans la maison de Lucy.

Je me demande comment c'était d'avoir douze ans à cette époque. Moi, je suis impatiente de les avoir en ce moment (et comme j'aimerais même plutôt avoir treize ans), mais était-ce la même chose en 1894 ?

Maman dit que lorsque j'aurai treize ans, je pourrai m'habiller comme je voudrai. Avec papa, ils réfléchissent déjà à l'âge où je serai autorisée à sortir. Qu'est-ce que les parents de Sophie lui permettaient de faire ? Il faudra que je lise son journal pour le découvrir, mais je vais garder cette lecture pour une bonne soirée.

Peut-être que ce sera par une nuit noire et orageuse. Peut-être...

J'ai arrêté d'écrire. Je venais juste d'apercevoir l'heure à ma montre. Dix-sept heures quinze ! Il fallait que je file chez Claudia tout de suite ! J'ai caché mon journal (Vanessa ne l'avait même pas remarqué), j'ai dégringolé les escaliers, et j'ai sauté sur mon vélo. J'avais hâte de tout raconter aux filles !

6

J'essayais d'être optimiste dans mon journal, mais je me sentais un peu découragée. Je savais que ce ne serait pas vraiment ma faute si je ne faisais pas de Buddy un lecteur, mais j'aime les défis. Et surtout, je déteste les échecs. Et puis, j'aime bien Buddy, et ça me motive encore plus.

Ma première séance avec Buddy tombait un après-midi où Mme Barrett travaillait, mais elle prenait très au sérieux ce problème de lecture, et elle s'était arrangée pour que Jessica garde Liz et Maud, afin que Buddy m'ait pour lui tout seul.

Jessica et moi en avons longuement parlé avant.

– Je dois arriver chez les Barrett à quinze heures trente, juste après l'école, a déclaré Jessica. Et toi, à seize heures

– C'est bien que tu y sois avant moi, comme ça, les enfants comprendront bien que c'est toi, la baby-sitter et moi, le professeur.

– Tu devrais peut-être travailler dans la chambre de Buddy, à son bureau, avec la porte fermée.

– Tu as raison. On y sera au calme. Buddy a du mal à se concentrer. C'est mieux si on est isolés.

Nous étions au point. J'étais persuadée que la séance se déroulerait comme sur des roulettes. Parfois, je joue à des jeux de lecture et d'écriture avec Claire. Elle est toujours avide d'apprendre.

J'étais donc très enthousiaste en sonnant à seize heures chez les Barrett. J'ai entendu Jessica lancer :

– Buddy, c'est Mallory qui vient te voir. Tu peux ouvrir la porte, s'il te plaît ?

Je me tenais tout sourire sur le seuil des Barrett, prête à introduire Buddy dans le monde merveilleux de la lecture.

Mais c'est un garçon à la mine si renfrognée qui a ouvert la porte que mon sourire s'est effacé immédiatement.

– Salut, Buddy. Tu es prêt à te mettre au travail ?

– Non, a-t-il répondu d'un ton maussade. Je rentre juste de l'école. Je ne veux pas encore travailler.

Mais il m'a quand même laissée entrer.

En passant devant la cuisine, j'ai dit bonjour à Jessica et aux filles et j'ai conduit Buddy au premier dans sa chambre.

Nous avons fermé la porte.

– D'abord, nous allons nous asseoir à ton bureau, exactement comme à l'école.

– Tu n'es pas dans ma classe à l'école, a objecté Buddy.

– C'est vrai. On va faire « comme si » tu étais à l'école.

Sauf que là, je vais prendre une chaise et m'asseoir près de toi. Tu peux faire « comme si » j'étais ton instituteur. Comment s'appelle-t-il ?

– M. Moser. Je le déteste.

– Oh. Bon, j'imagine que je ne lui ressemble pas vraiment. Alors je serai juste Mallory.

Buddy a haussé les épaules, d'un air de dire : « De toute façon, je m'en fiche. »

– Bien, ai-je continué. Ta maman m'a dit que ton instituteur t'avait donné un fichier pour travailler ta lecture.

Buddy a gémi.

– Je hais les fiches. Presque autant que je déteste M. Moser.

– Bon, on va essayer quand même. Où sont les fiches ?

Buddy s'est frappé le front du plat de la main.

– Zut ! Je les ai oubliées en bas.

Il a filé hors de la chambre et a mis beaucoup de temps à remonter. Mais finalement, il est revenu avec les fiches.

– Les voici, a-t-il annoncé d'un air lugubre.

J'ai ouvert la boîte.

– Oh, attends ! s'est-il de nouveau écrié. J'ai oublié autre chose. Je… J'ai soif. Je vais prendre un verre d'eau.

Je l'ai laissé aller boire dans la cuisine. Il devait avoir sacrément soif, car cela lui a pris un bon moment.

J'ai profité de son absence pour débarrasser son bureau des jouets qui l'encombraient.

En ouvrant le fichier, j'ai eu une idée. Je me suis rappelé le film *Mary Poppins* : la gouvernante un peu magicienne de Jane et Michael s'arrangeait pour faire des corvées des jeux amusants.

– Buddy, en révisant avec ces fiches, nous allons faire une

pile des mots que tu connais, et une autre des mots difficiles, ai-je déclaré une fois qu'il fut revenu et installé à son bureau. Pour chaque mot que tu connais – ou que tu auras appris aujourd'hui –, je te donnerai une minute de récréation à la fin de l'après-midi, d'accord ?

Buddy semblait modérément intéressé.

– D'accord...

Les fiches étaient mélangées dans la boîte. Il y avait des mots faciles et courts, et des mots plus difficiles et plus longs.

J'ai tiré une première fiche.

– Facile ! s'est exclamé Buddy. C'est « à ».

– Bien. Une minute de récré.

J'ai reposé la fiche sur la table et j'en ai pris une deuxième. Buddy l'a regardée attentivement.

– « Poule », a-t-il risqué sans certitude.

– Presque. C'est « poulet ».

J'ai placé la fiche à côté de la première.

– J'ai perdu ma minute ?

– Non, tu n'en as pas gagné d'autres. C'est tout.

– Oh.

Buddy avait quand même l'air déçu.

– Essaie celle-ci, ai-je poursuivi, en lui montrant la suivante.

– « Balle », a lu Buddy. C'est simple.

– Bien. Maintenant, tu as deux minutes de récré.

Nous avons révisé près de la moitié des cartes. Buddy commençait à s'affaisser sur sa chaise. Il était visiblement fatigué.

– Mallory, a-t-il pleurniché au bout d'un moment. Je déteste ces fiches. C'est stupide ! Tu sais, si je vois un mot dans un livre avec d'autres mots autour, j'arrive des fois à le deviner, même si je ne le connais pas.

Buddy semblait au bord des larmes.

– Je pense que nous avons assez travaillé avec les fiches pour aujourd'hui.

– Regarde les piles. Il y en a une énorme avec des mots que je n'ai pas reconnus tout de suite. L'autre est toute petite. Combien de minutes j'ai gagnées ?

J'ai compté les cartes du tas le plus petit.

– Sept.

– Sept ! C'est nul.

– Mais pas du tout, c'est très bien pour un début. Je suis sûre que tu vas faire des progrès très vite.

J'ai rangé les fiches dans leur boîte.

– Tu as des devoirs ?

Buddy a hoché la tête et m'a fait la liste de ce qu'il devait faire.

– Eh bien, on va lire ce que ton instituteur a demandé, et puis on fera les pages de devoirs dans ton cahier d'exercices. Ça te va ?

Buddy a poussé un long soupir. Puis il s'est de nouveau frappé le front.

– Mince ! J'ai oublié mon livre de lecture. Je l'ai laissé en bas. Il faut que j'aille le chercher.

– Pendant que tu y es, rapporte aussi ton cahier d'exercices.

J'avais bien compris que Buddy se serait fait un plaisir de « l'oublier » afin d'avoir un prétexte pour redescendre.

Buddy est parti, en prenant son temps, bien évidemment. Il a fini par revenir avec son livre et son cahier sous le bras. Il avait de nouveau sa mine renfrognée, mais j'ai fait comme si de rien n'était.

– À quelles pages sont tes exercices ?

– Soixante-sept et soixante-huit.

– Bien. Ouvre ton cahier à la page soixante-sept.

Buddy a obéi.

– Maintenant, lis l'énoncé à haute voix.

– Mallory, a protesté Buddy, arrête de me commander comme ça ! Je ne suis pas Cendrillon.

– Buddy, je ne suis pas ta méchante belle-mère, mais ta répétitrice, et ça m'aiderait si tu suivais les instructions.

– Oh, bon, d'accord.

Buddy a fixé son cahier d'un œil morne, puis son regard s'est échappé vers la fenêtre. Je l'ai laissé faire.

Comme il ne semblait pas décidé à revenir aux pages du cahier, j'ai déclaré :

– Tu viens de perdre deux minutes de récré.

– Quoi ?

Buddy m'a jeté un regard que, d'habitude, il réservait, j'en suis sûre, à M. Moser.

– S'il te plaît, lis l'énoncé.

– D'accord, a-t-il soupiré d'un ton excédé.

Buddy a pris une profonde inspiration avant de se mettre à lire :

– « Voici... des... des... »

Il attendait certainement que je lui dise le mot.

– Essaie de deviner, ai-je suggéré.

– « Parts » ?

– Presque.

– Oh, « paires ». « Des paires de... m-m-mots. Certains... mots rein-reinm... »

Il fallait lire « riment ».

– Je vais te donner un indice, ai-je proposé à Buddy. « Pou » et « clou » sont des mots qui...

– Riment ! s'est écrié Buddy, ravi.

Il est revenu à l'énoncé.

– « Certains mots riment et d'autres mots… ne riment… » euh… « ne riment pas. Entoure les mots riment. »

– Les quoi ?

– « Les… mots qui riment. »

– Bien.

Buddy a de nouveau poussé un long soupir et il a soulevé son crayon comme s'il pesait une tonne.

Il a posé le regard sur la première paire de mots, puis sur moi, puis à nouveau sur le livre. Ma présence le dérangeait, peut-être.

– Je vais te laisser réfléchir deux minutes.

Je me suis assise sur son lit pendant qu'il se penchait sans enthousiasme sur la page. Quand je suis revenue au bureau, Buddy avait terminé… mais presque tout était faux.

Je l'ai fait reprendre au début pour relire les mots à haute voix.

Quand finalement Buddy en a eu terminé avec cet exercice, il a demandé :

– Quelle heure est-il ?

– Cinq heures et quart.

– Cinq heures et quart ? Il est seulement cinq heures quinze ?

– Désolée.

– Je veux jouer aux jeux vidéo.

– À six heures moins cinq, tu pourras faire ce que tu veux.

– C'est pas drôle, a marmonné Buddy. J'en ai assez, moi !

Mais il est retourné à son travail.

« Qu'est-ce qui ne va pas ? » me suis-je demandé.

J'avais pensé que cela me plairait. J'avais pensé que Buddy trouverait ça amusant.

Rien ne se passait comme j'avais prévu.

Enfin, j'ai regardé ma montre et j'ai annoncé :

– Six heures moins cinq, Buddy. Tu peux arrêter, maintenant.

– Super !

Buddy a aussitôt refermé son livre de lecture bruyamment. Puis il s'est dépêché de le fourrer, avec le fichier, sous son lit – pour ne plus être obligé de les voir.

En rentrant à la maison, j'ai réfléchi. Il fallait à tout prix que je trouve une meilleure méthode !

7

Ce soir, Vanessa avait fini tôt ses devoirs et elle est allée dans la salle de jeux avec Margot et Claire.

Je me suis assise sur mon lit avec un crayon et un bloc-notes et j'ai essayé de réfléchir à des méthodes qui rendraient la lecture plus attrayante pour Buddy.

« Pourquoi est-ce que j'aime lire ? me suis-je demandé. Parce que c'est distrayant... Parce que j'adore les histoires... »

Les fiches de Buddy et les pages d'exercices n'avaient rien d'amusant et n'avaient même aucun sens. Les histoires de son livre de lecture n'étaient pas très intéressantes non plus. Que pouvais-je faire pour changer ça ? Je n'en avais aucune idée, aussi ai-je reposé crayon et bloc-notes. À la place, j'ai pris le journal de Sophie. Je n'avais pas fini mes devoirs ni trouvé aucune idée pour aider Buddy, mais j'ai décidé que c'était le moment idéal pour lire le récit de la vie de Sophie en 1894. J'ai tout recommencé depuis le début. C'était l'hiver, et Sophie était invitée à de nombreuses fêtes. Sa famille avait des relations dans toute la ville. Peut-être que Sophie était riche, après tout, malgré la petite taille de sa maison. Ou peut-être qu'en 1894, c'était une grande maison. Dans les fêtes, Sophie et ses amis jouaient à des jeux de société, mais Sophie n'expliquait pas en quoi ils consistaient. Il faudrait que je me renseigne sur les jeux anciens.

Au début de février, Sophie a commencé à parler d'un garçon nommé Paul Hancock. Ses notes devenaient très sentimentales :

Oh, j'aime tellement Paul. Comment se fait-il qu'il ne le remarque pas ?

Je me languis de lui.

Moi, je ne me languirai jamais d'amour pour un garçon.

Le 11 février, Sophie écrivait :

Lui enverrai-je une carte à la Saint-Valentin ? Il risque d'en rire. Ou pire encore, rire de moi... Mais je l'aime tant.

Finalement, Sophie avait décidé de lui envoyer une carte, et il s'avéra que Paul était secrètement amoureux de Sophie, donc tout allait pour le mieux.

J'ai appelé Jessica pour lui raconter ce qui était en train de se passer dans la vie de Sophie. Puis j'ai repris ma lecture. Pendant quelques semaines, tout ce qu'écrivait Sophie concernait l'école et Paul. Puis à la page datée du 3 mars, elle a annoncé que sa mère allait avoir un bébé :

Enfin, je vais avoir une sœur ou un frère ! Je suis impatiente. Mais le docteur dit qu'il peut y avoir des complications. Maman doit rester couchée jusqu'à la naissance du bébé. Vous vous rendez compte ! Elle doit rester dans son lit jusqu'en octobre. Grand-père Hickman est furieux. Il s'est mis en colère après mon père : « Jared, vous êtes un scélérat et un fou. Vous risquez la vie de ma fille pour avoir un fils. S'il lui arrive quoi que ce soit, ce sera votre faute ! »

Je suppose qu'il dit cela parce que maman est fragile et qu'il n'a pas d'autre enfant.

J'ai aussitôt reposé le journal pour rappeler Jessica et lui apprendre ce nouveau rebondissement.

Puis j'ai sauté les pages du printemps et de l'été, parce que je voulais savoir ce qui s'était passé en octobre.

C'était très triste.

La mère de Sophie avait donné naissance à un tout petit garçon, Edgar, mais elle était morte deux jours plus tard. Je n'arrivais pas à le croire. Je devais rappeler Jessica. J'avais mes devoirs à terminer, mais peut-être que je pourrais les faire le lendemain matin en me levant plus tôt.

Je me suis rendu compte que je ne pouvais pas téléphoner à Jessica tout de suite, car l'histoire de Sophie devenait de plus en plus intéressante... et mystérieuse. En fait, j'ai rappelé Jessica cinq fois encore – jusqu'à ce que Mme Ramsey s'impatiente. Heureusement, j'avais eu le temps de raconter toute l'histoire à Jessica. Voici ce qui était arrivé :

Trois jours après l'enterrement de la mère de Sophie, un portrait d'elle avait disparu de la maison de son père. M. Hickman vivait dans une grande propriété à l'autre bout de la ville. Il était incroyablement riche, et la famille de Sophie devait hériter d'une grosse somme à sa mort. Il se trouve qu'il leur donnait un peu d'argent de son vivant. Quoi qu'il en soit, M. Hickman avait accusé le père de Sophie, Jared, d'avoir volé le portrait – et toute la ville le croyait et évitait Sophie, son père et son petit frère. Apparemment, Jared avait un passé plutôt trouble. Tout d'abord, il était issu d'une famille pauvre, et M. Hickman le qualifiait d'aventurier. Il disait que Jared n'avait épousé sa fille que pour son argent. Mais il y avait pire. Avant de se marier, il avait été arrêté pour vol – deux fois. Et il avait la réputation d'être violent. Pour tout dire, ce ne devait pas être quelqu'un de très recommandable. Mais Sophie écrivait qu'il avait toujours été gentil avec elle et qu'elle l'adorait.

Bref, quand le tableau a disparu, M. Hickman a rayé Sophie, Edgar et Jared de son testament. Et bien entendu, il a cessé de leur donner de l'argent. Il ne les avait pas chassés de leur maison, qui lui appartenait également, mais ils n'avaient pas grand-chose pour vivre. Et comme M. Hickman était un membre bien connu et respecté de la communauté, au contraire de Jared, personne n'a voulu donner du travail à ce dernier. Il devait se contenter de vendre du bois de chauffe et faire de menus travaux du même genre.

Vous pouvez imaginer comme Sophie était furieuse. Le portrait de sa mère, écrivait-elle, n'était pas chez eux, et, de toute façon, elle savait que son père ne l'avait pas volé. Elle voulait laver son nom de tout soupçon. Ce n'était pas juste qu'il soit accusé seulement à cause de sa mauvaise réputation.

La dernière note du journal de Sophie, datée du 31 décembre, disait ceci :

Je fais le vœu de réhabiliter le nom de mon père. Si je ne le peux pas, alors je suis certaine que, lorsque nous mourrons, nos esprits resteront dans la maison, insatisfaits, incapables de repos. Mon seul espoir est que le petit Edgar grandisse sans que sa réputation soit entachée.

Comme dirait Claudia : « Oh, là, là, là là ! » Et il fallait que j'attende jusqu'à demain pour parler à Jessica de cette dernière page du journal ? Impossible. Je ne pouvais pas attendre. Je ne pouvais absolument pas attendre... C'était une véritable torture de ne pas pouvoir annoncer aussitôt une nouvelle pareille à sa meilleure amie !

Et puis, « Attends une seconde ! » me suis-je dit. C'était à Lucy que je devais tout dire. C'était sa maison que Sophie et Jared hantaient peut-être.

Lucy et sa mère avaient-elles acheté une maison hantée ?

J'ai consulté ma montre. Presque dix heures. Je ne pouvais donc pas appeler Lucy. D'abord parce qu'il était trop tard pour téléphoner à quiconque. Ensuite, parce que chez nous, c'était l'heure de se coucher. J'ai d'ailleurs entendu Vanessa et les triplés monter l'escalier. Dans la maison, l'heure d'aller au lit, pour tous ceux qui ont plus de neuf ans, a récemment été fixée à dix heures.

J'ai attendu mon tour pour utiliser la salle de bains, je me suis lavé la figure et me suis brossé les dents. Quand je suis revenue dans notre chambre, Vanessa était déjà au lit. J'ai enfilé rapidement ma chemise de nuit et je me suis glissée sous ma couette.

– Qu'est-ce que tu as fabriqué ici toute la soirée ? a voulu savoir Vanessa. Tu avais beaucoup de devoirs ?

J'ai secoué la tête.

– Non, pas du tout, ai-je répondu d'un air énigmatique.

J'ai souri devant la mine intriguée de ma sœur. Puis j'ai décidé de lui raconter l'histoire de Sophie et de Jared. Parfois, je lui confie des secrets, parfois non. Quand je ne le fais pas, c'est généralement parce qu'elle se trouve dans une phase de création poétique et qu'elle ne m'accorderait, de toute façon, aucune attention. Ou sinon, c'est parce que je préfère garder le secret pour moi seule.

Mais ce soir-là, je n'aurais pas pu garder le secret pour moi. Vanessa avait l'air un peu fatiguée, mais elle était prête à m'écouter.

– Tu ne devineras jamais ce que je faisais !

– Quoi ?

– J'ai lu le journal de Sophie. Et tu ne devineras jamais ce que j'y ai découvert !

– Quoi ?

– Essaie de deviner, Vanessa, quand même ! Tu ne sais rien dire d'autre que « Quoi ? » ou quoi ?

– Mais tu me dis que, de toutes les manières, je ne devinerai jamais. Alors ce n'est pas la peine d'essayer.

J'ai soupiré. Franchement, elle prenait tout au pied de la lettre ! Bon, enfin, je lui ai parlé de Jared et de Sophie, et du tableau disparu. Nous étions toutes deux couchées, lumières éteintes (après tout, nous étions censées dormir), et je dois avouer que je me sentais toute bizarre.

Vanessa devait ressentir la même chose.

– Tu crois que les fantômes de Sophie et de Jared errent dans la maison de Lucy en ce moment ? a-t-elle chuchoté.

– Je ne sais pas.

Je me suis assise dans mon lit pour regarder par la fenêtre qui donnait sur l'arrière-cour, mais je n'ai rien vu du tout.

– Quand on y pense, ai-je repris en me glissant de nouveau sous ma couette, un nombre incroyable de gens ont vécu dans cette maison. Nous vivons dans la nôtre depuis douze ans – depuis avant ma naissance. Mais je peux me rappeler au moins six familles ou couples qui ont habité la maison de Lucy avant que sa mère ne l'achète. Il doit bien y avoir une raison...

– C'est vrai. Je n'y avais pas pensé...

– En plus, Lucy m'a dit que sa mère n'avait pas beaucoup d'argent pour acheter une maison. C'est pour ça qu'elles ont choisi celle-ci. Elle était grande et pas très chère. Pourquoi une maison si belle et ancienne serait-elle si bon marché ?

– Bizarre...

– Je me demande ce qui est réellement arrivé à ce portrait. Mais, tu sais, si Jared l'avait effectivement volé, je pourrais presque le comprendre. Il voulait peut-être conserver un souvenir de sa femme. Mais Sophie est sûre qu'il ne l'a pas volé.

Par ailleurs, quel intérêt de voler un tel objet, pour ensuite le cacher ?

– Peut-être seulement pour l'avoir près de soi, a murmuré Vanessa.

– Possible… Je me demande si Sophie a réussi à blanchir le nom de son père. Je veux dire au cas où il aurait été vraiment innocent. Si elle y est parvenue, nous n'avons pas à nous inquiéter au sujet de fantômes chez Lucy. Mais sinon, alors, je n'aimerais pas vivre dans une maison hantée ! Et peut-être que les gens qui vivaient là avant Lucy étaient du même avis. Mais ils n'ont pas osé l'avouer. Je parie qu'ils donnaient d'autres excuses… par exemple, qu'une vieille maison demande trop d'entretien. Ou quelque chose comme ça. Tu ne crois pas ?… Vanessa ? Vanessa ?

Silence. Vanessa dormait profondément.

Je me suis retournée et j'ai essayé moi aussi de trouver le sommeil, mais je tremblais d'excitation. Une maison hantée. Un mystère vieux de plus d'un siècle à éclaircir. C'était complètement fou !

8

J'étais tellement impatiente de raconter cette mystérieuse histoire aux filles que j'ai passé le mot à l'école le lendemain. Nous en avons longuement parlé au cours de la réunion du club l'après-midi même. Tout le monde était fasciné, bien sûr, et en particulier Lucy. Mais je ne pensais pas que cette histoire de revenants avait beaucoup intéressé Kristy, jusqu'à ce que je lise ses notes dans le journal de bord.

Le samedi suivant, il a plu. Karen et Andrew, la demi-sœur et le demi-frère de Kristy, étaient chez leur père pour le week-end. Kristy adore quand ils sont là. La maison est plus vivante. Et puis, elle adore retrouver Karen et Andrew.

Peu après le déjeuner, la mère de Kristy et Jim sont partis pour une réunion de parents d'élèves à l'école privée où va Karen, et que fréquenteront un jour Emily Michelle et Andrew. Mamie est allée faire un bowling.

La grand-mère de Kristy est vraiment étonnante. En fait, elle ne ressemble pas du tout à une grand-mère. Elle a plein d'amis, de passe-temps et d'activités (le bowling est l'une de ses activités favorites), et elle conduit une vieille voiture bruyante qu'elle a peinte en rose et qu'elle appelle le Tacot rose.

Après le départ des adultes, puis des grands frères de Kristy, qui étaient invités chez des amis, la séance de baby-sitting a commencé pour Kristy.

David Michael, le plus vieux (il a sept ans, au cas où vous l'auriez oublié), pleurnichait :

– Je m'ennuie.

David Michael peut être le champion des pleurnichards.

Karen, qui a six ans et qui n'est pas mal non plus dans le genre, a déclaré :

– Je veux aller dehors.

Andrew, quatre ans, disait seulement :

– Ouais, d'abooord.

Et Emily demandait, pleine d'espoir :

– Gâteau ? Gâteau ?

Kristy s'est accroupie devant Emily Michelle et lui a caressé la joue. Avec ses cheveux d'un noir profond et ses grands yeux expressifs, elle était irrésistible. Mais elle n'a pas beaucoup de vocabulaire pour une enfant de deux ans. Il faut dire qu'elle n'avait entendu parler que vietnamien avant de prendre l'avion pour les États-Unis, il y avait de cela quelques mois à peine. Maintenant elle n'entendait parler qu'anglais. Par ailleurs, on ignore quels soins lui ont été prodigués à l'orphelinat où elle était au Vietnam, mais on peut supposer que le personnel n'avait pas beaucoup de temps à consacrer aux enfants.

Le pédiatre dit qu'elle a un retard de langage. Toute la famille passe beaucoup de temps à lui lire des histoires et à lui parler pour l'entraîner. Et quand elle fait l'effort de demander quelque chose en anglais, elle l'obtient en général.

Quand elle lui a demandé un gâteau, Kristy a répondu :

– Bien sûr.

Puis en se tournant vers les autres, elle a ajouté :

– Vous voulez grignoter quelque chose ?

– Mais on vient juste de déjeuner, a pleurniché David Michael.

« Ouh là ! s'est dit Kristy. Les petits doivent réellement s'ennuyer, pour refuser un petit encas ! »

En allant chercher un biscuit pour Emily Michelle, elle a réfléchi au moyen d'occuper les enfants. Ils avaient déjà fait des coloriages, regardé un épisode de *Bob l'Éponge*, joué à la bataille navale et construit un château fort en Lego.

Alors Kristy a eu une idée géniale. Cela lui arrive souvent, comme ça, d'un coup.

– Et si on allait explorer le grenier ?

– Le grenier ? a couiné Andrew.

– Tu veux qu'on monte au troisième étage ? a pleurniché David Michael.

– Là où Boo-Boo ne veut pas aller à cause du fantôme de Ben Lelland ? a ajouté Karen.

– Encore gâteau ? a demandé Emily Michelle.

Kristy lui a donné un autre biscuit.

Karen a pris un air important, les mains sur les hanches, pour déclarer :

– Le deuxième étage et le grenier juste au-dessus sont hantés. Tu le sais bien.

Karen croit aux fantômes et aux sorcières (je commençais à la comprendre). Elle croit que le vieux Ben Lelland, l'arrière-grand-père de Jim, avait des ennuis avec un fantôme sans tête qui hantait la maison et que, pour cette raison, il menait une vie de reclus. Après sa mort, il était soi-disant devenu lui-même un esprit et, en compagnie du fantôme sans tête, il s'était mis à hanter le deuxième étage de la maison (que personne n'utilise), ainsi que le grenier. Comme Boo-Boo, le vieux chat de Jim, refuse de dépasser le premier étage, Karen a expliqué aux autres enfants que c'était la preuve irréfutable que le deuxième et le troisième étaient hantés. D'après elle, les animaux peuvent sentir ces choses.

Inutile de préciser que les enfants (à l'exception d'Emily Michelle) étaient effrayés à l'idée de monter au grenier, mais Kristy voyait aussi qu'ils étaient intrigués.

– Qui sait ce que nous allons y découvrir... a-t-elle repris d'un ton mystérieux.

Puis, se remémorant la malle et le grenier de Lucy, elle a ajouté :

– De vieux habits pour se déguiser, peut-être quelques vieux livres. Et même de vieux jouets.

– De vieux squelettes, a complété Karen.

– De vieux fantômes, a renchéri Andrew.

– Ça m'étonnerait, a répliqué Kristy. Venez. On va au moins monter voir ce qu'il y a. Si on trouve quelque chose de bizarre ou si on entend un bruit anormal, on redescendra immédiatement.

– Je n'ai pas peur des fantômes, a soudain annoncé David

Michael. Surtout de ceux qui n'ont pas de tête. Parce que, sans tête, ils ne peuvent même pas nous voir.

– Ben Lelland a une tête, a précisé Karen.

Mais Kristy se dirigeait déjà vers l'escalier. Karen et les autres l'ont suivie bon gré mal gré.

Kristy a pris Emily dans ses bras pour gravir les trois étages. La petite montait encore marche par marche, cela aurait duré des heures si elle l'avait laissée faire toute seule. Karen, Andrew et David Michael restaient frileusement derrière leur grande sœur. Le troisième étage était plongé dans la pénombre. Kristy a cherché l'interrupteur à tâtons. Le grenier couvre toute la surface du dernier étage de la maison. Mais Kristy n'avait jamais dépassé le palier, en haut de l'escalier, où elle avait jeté des sacs de magazines et cherché des décorations de Noël.

Kristy a allumé la lumière et elle s'est dirigée vers la première porte qu'elle voyait. Les enfants la suivaient comme de petits canards derrière leur mère. Ils ont slalomé entre des caisses de guirlandes de Noël et des piles de magazines, et se sont retrouvés dans une pièce remplie de meubles recouverts de housses blanches.

– Oh non ! s'est écriée Karen d'une voix aiguë. Je crois que ce sont les meubles de la chambre du vieux Ben Lelland ! Regardez, il y a son lit… son fauteuil à bascule… et son…

– Comment tu peux savoir si c'était au vieux Ben ? l'a coupée David Michael.

Kristy avait posé Emily par terre et cette dernière tenait la main d'Andrew. Elle se dandinait sans bien comprendre ce qui se passait.

Ils sont ensuite passés à la pièce suivante.

– Ouah ! s'est exclamée Karen. Tu avais raison, Kristy. Il y a plein de vieux jouets ici !

La pièce, couverte de poussière, était sombre. Il y avait une fenêtre, mais elle était toute sale et laissait à peine passer la lumière. Karen s'est précipitée vers un berceau où étaient couchées deux poupées en porcelaine. Andrew a trouvé une boîte de soldats de plomb. Et, en repérant un cheval à bascule, Emily a tiré Kristy par la manche en demandant :

– À dada ?

Bien entendu, Kristy l'a aussitôt hissée sur le cheval pour qu'elle puisse s'y balancer.

Les enfants jouaient tranquillement depuis presque cinq minutes, quand Kristy s'est rendu compte que David Michael avait disparu.

– David Michael ?

Andrew et Karen ont levé les yeux vers elle.

– Vous avez vu David Michael ?

Ils ont secoué la tête.

– Oh, c'est pas vrai, a soupiré Kristy. Il aurait pu me prévenir qu'il redescendait !

– Morbidda Destiny, a chuchoté Karen.

– Quoi ?

– La sorcière d'à côté. On voit sa maison par la fenêtre. Je parie que c'est une amie du vieux Ben Lelland et qu'avec le fantôme sans tête ils ont kidnappé David Michael.

– BOUH !

Tout le monde a sursauté quand David Michael a surgi comme un diable d'une vieille malle.

Et Emily Michelle s'est mise à pleurer.

– David Michael, l'a grondé Kristy, tu nous as fait une peur bleue.

– Excuse-moi. Je ne voulais pas faire pleurer Emily Michelle. Mais ça ne vous dit pas de faire une partie de cache-cache ?

Tout le monde était d'accord. Le grenier regorgeait de cachettes. Kristy a séché les larmes d'Emily, elles ont fait équipe toutes les deux et la partie a commencé.

L'après-midi est ainsi passé très rapidement. Kristy cherchait la millionième cachette assez grande pour elle et Emily Michelle quand Karen, qui se tenait près d'une fenêtre, s'est mise à crier :

– Je vois le Tacot rose ! Je vois le Tacot rose ! Il entre dans l'allée.

– Je déclare la partie de cache-cache terminée, a dit Kristy. Descendons voir Mamie. On va lui raconter ce qu'on a fait aujourd'hui.

– D'accord, a fait Karen. On va lui dire qu'on est restés dans le grenier pendant des heures et qu'on n'a pas vu le moindre fantôme.

– Et ça t'étonne ? a demandé Kristy.

En fait, elle m'a avoué plus tard qu'elle avait presque été déçue de n'avoir rien trouvé de bizarre ou d'inexplicable au grenier.

– Non, parce que les fantômes ne sortent que la nuit, a répliqué Karen. Ce grenier est peut-être normal le jour, mais je ne voudrais pas venir ici la nuit.

– Moi non plus, ont déclaré en même temps Andrew et David Michael.

– Moi non plus, a admis Kristy.

Elle a pris Emily dans ses bras, et ils sont tous descendus voir Mamie.

9

Kristy était assise dans son fauteuil de présidente, visière en place, crayon à l'oreille. Elle portait sa tenue habituelle, jean et col roulé.

– Silence ! Votre attention, s'il vous plaît ! disait-elle en tapotant sur le bureau de Claudia avec un stylo.

Jessica et moi, nous étions assises sur le plancher et feuilletions distraitement le journal de bord. Jessica portait un long sweat-shirt blanc sur son justaucorps de danse et un pantalon rose dont je savais (bien que cela ne se voie pas) qu'il était serré à la taille par un cordon. Je portais un vieux jean usé, mais que j'aimais beaucoup, et un immense T-shirt blanc à manches longues portant l'inscription J'♥ LES ENFANTS.

Sur le lit de Claudia se trouvaient Mary Anne, Lucy et Claudia. Mary Anne portait un pull super court par-dessus une chemise à rayures. Vous pourriez penser que c'était affreux, eh bien, pas du tout. Ça allait très bien ensemble. Le pull-over était blanc, et la chemise blanche avec des rayures fines et très espacées. D'ailleurs Claudia, qui a beaucoup de goût, a trouvé que ça lui allait super bien. Claudia, elle, était vêtue d'un jean, d'un simple chemisier blanc, d'un pull rose, de chaussettes blanches et de ballerines. Ce jour-là, elle avait fait simple. Lucy, en revanche, arborait une tenue plus recherchée : un haut bleu et blanc à manches courtes sur un pantalon à revers. Aux pieds, elle avait enfilé des tennis de marque, lacés seulement à moitié de sorte qu'elle pouvait rouler la languette de la chaussure vers l'extérieur (extrêmement cool), et enfin elle arborait une tonne de bijoux. Je crois que Claudia lui en avait fabriqué une partie.

Carla était assise à califourchon sur la chaise de Claudia, les bras enveloppés autour du dossier. Sa tenue était tout à fait normale – pantalon et pull ample –, mais elle portait un petit chapeau de paille ! Je n'y aurais jamais pensé, mais cela faisait super cool.

Nous étions toutes en train de bavarder quand Kristy nous a rappelées à l'ordre. Nous nous sommes toutes redressées pour lui prêter attention.

Elle a donné la parole à Lucy.

– Trésorière ?

– C'est le jour des cotisations, a fait Lucy (comme si nous avions pu l'oublier). Par ici la monnaie, les filles.

Grognant et gémissant, nous avons sorti nos porte-monnaie à la recherche de ce que nous devions pour la semaine. Lucy a rassemblé la somme, l'a inscrite en trésorerie, a actualisé le total et nous a annoncé le montant du contenu de notre enveloppe.

– Trente-deux dollars et quarante et un cents. Nous sommes en bonne santé financière. L'une d'entre vous a-t-elle besoin de quelque chose pour son coffre à jouets ?

– Oui, des crayons de couleur, a dit Kristy.

– De la pâte à modeler, a réclamé Claudia.

– Des autocollants, ai-je demandé.

Lucy a donné un peu d'argent à chacune d'entre nous, en nous rappelant deux fois de rapporter la monnaie. On sentait bien qu'elle avait du mal à dépenser l'argent du club.

Puis le téléphone s'est mis à sonner. Après trois appels, le calme est revenu. Aucune de nous ne parlait.

– Il doit être six heures moins vingt, a essayé de deviner Jessica. C'est drôle, c'est toujours vers cette heure-là qu'on se tait.

J'ai tendu le cou pour consulter le réveil de Claudia.

– Non, ai-je rectifié, il est six heures moins le quart.

– Ah bon, a fait Jessica en haussant les épaules.

Comme il n'y avait toujours pas d'appels, j'ai demandé :

– Hum, Lucy ? As-tu remarqué quelque chose d'inhabituel dans ta maison ?

– Inhabituel ? a répété Lucy. Je dirais qu'elle est enfin propre et qu'on a fini de tout ranger.

– Non, je voulais dire : as-tu remarqué quelque chose d'étrange la nuit, quand il fait noir et que ta mère et toi, vous êtes couchées ?

– Tu veux parler de fantômades et de squeletteries ? a ironisé Claudia.

– Euh... oui. Je suis sérieuse, les filles. Je me demande si

Sophie a pu prouver l'innocence de son père. S'il n'y a pas d'esprits errants chez Lucy, c'est qu'elle a réussi.

– Cela peut aussi vouloir dire que les fantômes n'existent pas, est intervenue Kristy.

– Alors, Lucy, ai-je insisté. Tu as vu ou senti quelque chose de bizarre ?

– Eh bien, j'ai entendu des bruits bizarres.

– De quel genre ? l'ai-je pressée, tout excitée.

– Oh, des craquements et des courants d'air. Maman m'a rappelé à juste titre que les bruits de la campagne n'ont rien à voir avec les bruits de la ville. Elle dit que ce sont les écureuils et le vent. Des choses comme ça. Une nuit, j'ai bien vu quelque chose de blanc dans ma chambre. Au pied de mon lit…

Mary Anne a écarquillé les yeux.

– Mais ce devait être le reflet de la lune.

– Tu en es vraiment sûre ? me suis-je écriée. Cela bougeait ou pas ?

Lucy a secoué la tête.

– Non.

– Mais, quand même, tu as déjà dû voir un clair de lune, avant ? me suis-je étonnée.

– Seulement ici, à Stonebrook. Et à Camp Mohawk. À New York, c'est impossible de distinguer le clair de lune des lumières de la rue et des autres immeubles.

– Humm, ai-je fait, incrédule.

C'est alors que le téléphone a sonné et nous avons organisé un baby-sitting pour Mary Anne avec les petites Perkins.

Une fois la garde notée dans l'agenda, Kristy a déclaré :

– Vous savez, je crois que nous nous y prenons à l'envers. Au lieu d'essayer de savoir si la maison de Lucy est hantée, et d'en conclure que les esprits de Sophie et de Jared errent dans le grenier – ce qui est plutôt invraisemblable, tout bien considéré –, pourquoi n'essayons-nous pas de résoudre le mystère d'origine ?

– Comment ça ? ai-je demandé. Tout s'est passé il y a plus de cent ans.

– Commençons par examiner les choses point par point. Par exemple, nous savons que Sophie appelait son grand-père « grand-père Hickman », qu'il était riche et qu'il vivait dans une grande demeure à l'autre bout de la ville par rapport à la maison de Lucy. Grand-père Hickman pourrait être James Hickman, vous ne pensez pas ?

– Le Vieux Blafard ? a glapi Mary Anne.

– Oh, là, là, là, là ! s'est exclamée Claudia.

Une légende court à Stonebrook au sujet d'un vieil homme surnommé le Vieux Blafard. Il était l'homme le plus avare et le plus mesquin, mais aussi le plus riche de la ville. Il a passé toute sa vie en reclus et il est mort il y a plusieurs dizaines d'années en laissant sa fortune à un lointain neveu. Dans son testament, il avait spécifié qu'il ne voulait pas d'un grand enterrement, ni même d'une pierre tombale. Mais ce neveu se sentait un peu coupable d'avoir hérité d'une telle fortune de la part de quelqu'un qu'il ne connaissait même pas, alors il a fait ériger un tombeau monumental pour son oncle dans le cimetière de Stonebrook. Maintenant, les gens disent que la tombe est hantée par le fantôme du Vieux Blafard, irrité par l'initiative de son neveu.

Mary Anne est particulièrement sensible à cette histoire parce que certaines filles de l'école lui ont joué un sale tour (en réalité, à nous toutes). Elles nous ont fait aller sur la tombe du Vieux Blafard à minuit lors de la dernière fête d'Halloween. Elles comptaient nous effrayer, mais finalement, c'est nous qui les avons épouvantées !

Carla a pris un air concentré :

– Mm... mais alors, je me demande... Si grand-père Hickman et le Vieux Blafard sont une seule et même personne, alors, Jared, le père de Sophie, pourrait être le Jared supposé hanter le passage secret de ma maison, non ?

– Mais non, voyons, a objecté Mary Anne. Comment serait-ce possible ? La légende dit que Jared était le fils d'un fermier contraint de quitter la ville après avoir été ruiné. Le fermier était parti s'installer dans une autre région alors que Jared avait refusé de partir. Plus personne ne l'a revu après le départ de son père. S'il était revenu épouser la fille de l'homme le plus riche de la ville, vous ne croyez pas que les gens s'en seraient rendu compte ?

– Ce ne sont que des histoires, a fait remarquer Kristy. Et comme ce sont des histoires de revenants, on ne peut pas complètement les croire. Faisons des recherches.

– Je vais à nouveau consulter ce vieux livre d'histoire, a décidé Carla. Vous savez, *Histoire de Stonebrooke*. Je vais relire le passage sur Jared Mullray. Je ne me souviens même pas de l'endroit où l'histoire est censée se passer. Hé, Mallory, quel est le nom de famille de Sophie ? Mullray ?

J'ai réfléchi un moment.

– Je ne crois pas que Sophie ait mentionné son nom de famille. Au début de son journal, elle a juste écrit « par Sophie ». Je suis presque sûre que le seul nom qu'elle a cité est Hickman, mais elle a dû prendre celui de son père. Je vais relire son journal.

– Bon, une chose est sûre, est intervenue Claudia. Pour exclure deux enfants innocents de son testament à cause de leur père, il fallait être sacrément méchant. Sophie et Edgar n'ont rien fait à leur grand-père.

– Eh ! s'est exclamée Jessica. C'est peut-être Sophie qui a volé le tableau. C'est comme ça qu'on résout habituellement les énigmes, non ? En suspectant la personne la moins suspecte.

– Alors nous pourrions tout aussi bien soupçonner Edgar, ai-je souligné. Sophie n'aurait pas menti. Les journaux intimes ne sont pas faits pour ça. Si elle était coupable de quoi que ce soit, elle l'aurait certainement confié à son journal. De plus, elle voulait innocenter son père.

– Je pense que nous pouvons éliminer Sophie de la liste des suspects, a déclaré Kristy. Mais en tout cas, il faut explorer la piste du Vieux Blafard, qui pourrait très bien avoir été le grand-père de Sophie. C'est ainsi qu'on résout les mystères vieux de plus de cent ans : en assemblant des bribes d'informations.

– On n'a pas grand-chose, ai-je dit, mais je parie qu'on peut y arriver. Je parie qu'on y arrivera.

Mary Anne a esquissé une grimace.

– Moi, ça me donne la chair de poule. Même si ce n'est pas une histoire de fantômes, c'est vraiment sinistre. Le portrait disparu... le mauvais grand-père... la mère morte en couches...

– Au contraire, moi, j'adore les mystères, a répliqué Claudia, en frissonnant de plaisir.

– C'est facile à dire pour toi, a protesté Lucy. Ce n'est pas toi qui as peut-être des fantômes en colère qui rôdent la nuit dans ta maison !

Elle avait dit cela à moitié en plaisantant. Lucy ne croit pas beaucoup au surnaturel, à l'astrologie et aux choses de ce genre. Cela dit, elle ne semblait pas complètement rassurée.

Il était presque dix-huit heures et le téléphone ne sonnait plus. Quand le réveil de Claudia a affiché dix-huit heures pile, Kristy a enlevé sa visière et elle a déclaré d'une voix sonore :

– La réunion est terminée !

Tout le monde a quitté la chambre de Claudia, la mine pensive.

10

C'était mon troisième jour de soutien scolaire avec Buddy. Comme vous le savez, le premier avait plutôt tourné au désastre. Le deuxième n'avait pas été meilleur. Mais cette fois, je suis allée chez les Barrett avec du matériel et une foule d'idées. Je n'étais plus aussi accaparée par le journal de Sophie et j'avais pu consacrer un peu plus de temps à mes devoirs et aux problèmes de lecture de Buddy.

Buddy m'a ouvert la porte d'un air particulièrement accablé. J'ai fait mine de ne pas m'en apercevoir.

– Salut ! ai-je lancé avec entrain, comme d'habitude.

– Salut.

Buddy m'a fait entrer. Sa mère était à la maison cet après-midi-là et elle est sortie du salon pour m'accueillir. Quand Buddy et moi sommes arrivés dans sa chambre, j'ai vu son livre de lecture et son cahier d'exercices bien rangés sur son bureau.

– Tu sais quoi ? Nous n'en avons pas besoin aujourd'hui.

– Ah bon ? s'est étonné Buddy. Maman les a posés là pour que je n'oublie pas de faire mes devoirs.

– Eh bien, cet après-midi, nous n'allons pas faire tes devoirs. Tu les feras ce soir. Nous lirons l'énoncé ensemble avant que je parte, pour être sûrs que tu as bien compris les consignes. Maintenant, écoute ça : nous n'allons même pas nous asseoir à ton bureau.

– On va s'asseoir où, alors ?

– Sur ton lit. J'ai apporté quelque chose pour toi.

– Dans ce sac ?

– Oui. Viens t'asseoir ici.

Je l'ai installé confortablement avec un oreiller dans le dos, puis je me suis assise à côté de lui et je lui ai tendu le sac.

– C'est pour moi ?

– Oui. Cela appartient à Nicky et aux triplés, mais ils veulent bien te les prêter. Tu les leur rendras dans quelques jours.

– D'accord.

Buddy était intrigué.

Il a ouvert le sac et s'est exclamé :

– Des bandes dessinées ? Des albums de Lucky Luke ! C'est pour quoi faire ?

– Mais pour que tu les lises. Je pense que ce sera plus amusant que tes livres d'école.

– Vraiment ? Je peux les lire ?

– Bien sûr.

Mais au moment même où je disais cela, une pensée affreuse m'a traversé l'esprit. Peut-être que Mme Barrett n'autorisait pas ses enfants à lire des bandes dessinées. Nous avons le droit d'en lire à la maison à condition de lire aussi des livres. Maman et papa les tolèrent dans la mesure où ils lisent eux-mêmes des magazines. Mais tous les parents ne voient pas les choses de cette manière.

Sans oublier que l'instituteur de Buddy n'autorisait peut-être pas ses élèves à lire des bandes dessinées.

Il se pouvait même que Mme Barrett ait proposé un marché à son fils : « Pas de bandes dessinées tant que tu n'auras pas fait de progrès, Buddy. »

– Tu as le droit de lire des bandes dessinées ? lui ai-je demandé.

– Ben, euh... je ne sais pas. Mon instituteur a dit que c'était nul. Mais il n'a jamais dit qu'on ne pouvait pas en lire.

– Et que dit ta mère ?

– À propos des bandes dessinées ? Rien.

– Alors on va les lire, ai-je conclu.

Je m'étais aperçue que Buddy ne prenait aucun plaisir à lire. Si je pouvais lui montrer que la lecture, c'était amusant, il se mettrait peut-être (plus tard) à lire autre chose que des bandes dessinées.

J'ai étalé les BD sur le lit.

– Choisis-en une.

Buddy a examiné chaque couverture avec attention avant de se décider.

– J'aime bien les bandes dessinées, a-t-il annoncé avec enthousiasme (c'était la première fois depuis le début de nos rencontres qu'il semblait intéressé par un exercice de lecture). J'aime bien les dessins !

– Essaie de lire les bulles.

Buddy a inspiré profondément et a commencé à lire. Au début, il lisait de manière hésitante. Puis il est devenu plus confiant. Quand il a buté sur les mots « cornet de glace », je lui ai conseillé :

– Regarde l'image. Ça ne te donne pas une idée ?

– Oh ! Glace ! Euh... je veux dire... cornet de glace ?

– Voilà !

– Super !

Buddy, ravi d'avoir deviné juste, a poursuivi. Quand il rencontrait un mot inconnu, il regardait plus attentivement l'image et trouvait le mot. C'était bien plus facile et rapide qu'avec une liste de mots qui n'avaient aucun rapport les uns avec les autres ! Buddy lisait mieux quand il aimait ce qu'il lisait.

Après deux bandes dessinées, j'ai annoncé :

– Bien, on va arrêter, maintenant.

– Oh non ! Juste quand on commençait à s'amuser.

– Ce que nous allons faire maintenant est encore plus amusant. Je te le promets. As-tu du papier brouillon dans ton bureau ?

Buddy a hoché la tête.

– Formidable. Va le chercher. Et aussi un crayon et une gomme, s'il te plaît.

Buddy m'a apporté ce que je lui demandais.

J'ai pris une feuille de papier et, à l'aide d'un crayon, je l'ai divisée en carrés. Puis j'ai tendu la feuille à Buddy. J'ai placé un livre en dessous afin qu'il puisse s'appuyer pour écrire.

– C'est pour quoi faire ?

– Après avoir lu des bandes dessinées, tu vas faire la tienne. Ça peut être comme une histoire de Lucky Luke, ou d'un personnage de ton invention.

– Je vais faire une bande dessinée ?

– Exactement. Et je vais en faire une moi aussi.

– Mais je ne sais pas comment on fait, Mallory. Je ne suis pas très bon en dessin.

– Essaie quand même.

Buddy s'est assis pour réfléchir, tandis que je divisais ma propre feuille en une série de cases. J'avais à peine terminé qu'il s'était déjà mis au travail.

J'avais décidé de raconter les aventures d'une souris, d'un écureuil et d'une corneille vivant dans la forêt. Je glissais de temps à autre des coups d'œil discrets vers la feuille de Buddy pour voir ce qu'il faisait, mais en me gardant de l'interrompre.

Buddy était très concentré. Il gommait beaucoup et consultait de temps à autre l'un des albums de Lucky Luke, probablement pour voir comment faire les bulles.

– Hé, Mallory ! Je m'amuse drôlement bien.

Je lui ai souri.

– Je suis contente que ça te plaise. Moi aussi, je m'amuse.

– Tu es sûre qu'on fait bien un cours de soutien en ce moment ?

– Qu'est-ce que tu veux dire ?

– Je m'amuse, alors que je déteste m'entraîner à la lecture.

– Oui, mais c'est amusant de lire. Et aussi d'écrire. Crois-moi.

Buddy a haussé les épaules, puis il est retourné à son histoire et à ses dessins.

Après quelques instants d'efforts laborieux, il a annoncé :

– J'ai fini !

– Super. Est-ce que je peux voir ? Tu peux lire la mienne si tu veux.

– D'accord, a accepté Buddy d'un ton hésitant. Il faut lire à haute voix, ou pour soi-même ?

J'ai réfléchi un moment.

– On va d'abord lire en silence le texte de l'autre. Puis on lira chacun son propre texte à haute voix, parce qu'on sait comment il faut le lire, avec l'intonation et tout.

Buddy avait un sourire jusqu'aux oreilles.

– D'accord.

J'ai lu la bande dessinée de Buddy. Il avait écorché de nombreux mots, mais l'ensemble était quand même très réussi. C'était l'histoire de trois enfants (un grand frère et ses deux petites sœurs) dont les noms me rappelaient quelque chose – Buba, Sally et Marie. Les enfants étaient par erreur montés dans un vaisseau spatial et ils se demandaient comment rentrer chez eux. La bande dessinée était pleine d'onomatopées : « Boum ! », « Ziiiip ! »

– C'est génial, l'ai-je félicité.

– Vraiment ?

– Vraiment. À toi de me la lire maintenant. Je parie que ce sera encore mieux.

Buddy m'a lu son histoire de manière expressive, avec beaucoup d'effets sonores. À la fin, il m'a demandé :

– Est-ce que je peux montrer ça à maman ?

– Tout de suite ?

– J'en ai seulement pour une minute.

– Je suis sûre que tu veux lui montrer une BD parfaite, non ?

– Oui, a répondu Buddy, un peu embarrassé.

– Alors je dois être honnête avec toi. Tu as mal orthographié certains mots. Tu ne préfères pas d'abord les corriger ?

– Euh… oui.

– Je te donnerai une minute de récré pour chaque mot mal écrit que tu trouveras et que tu corrigeras toi-même.

– Wouah !

Buddy s'est mis au travail et il a trouvé et corrigé neuf fautes sur dix-sept.

– Neuf minutes ! s'est-il exclamé d'un ton victorieux.

– Et une de plus pour avoir travaillé si dur.

– Super !

Buddy me regardait, les yeux pétillants de joie. Cela me rappelait le CM1. J'avais M. Barnes comme instituteur et je l'adorais. Je pensais même en être amoureuse. Et si Buddy ressentait ça pour moi ? Je n'en étais pas sûre. Si c'était le cas, ce n'était pas grave. Je n'ai jamais travaillé aussi dur pour un instituteur que pour M. Barnes. Je n'ai eu que des A cette année-là, chose qui ne m'était jamais arrivée auparavant.

En tout cas, Buddy est allé montrer sa bande dessinée à sa mère, mais il est revenu rapidement dans sa chambre.

– Et maintenant, qu'est-ce qu'on fait ?

– Maintenant, nous allons choisir chacun une BD, en lire la moitié, puis lui inventer une fin.

– Chouette !

Buddy était au septième ciel.

Et j'avais l'impression d'être un héros – et même un génie. Surtout quand Buddy a décidé d'utiliser ses dix minutes de récréation pour se mettre à son devoir de lecture (je crois qu'il préférait le faire tant que j'étais là pour l'aider). Je sentais que nous avions fait de grands progrès ce jour-là. Je suis rentrée à la maison en pleine forme et contente de moi.

11

– Une séance de spiritisme ? Tu plaisantes ? s'est exclamée Claudia.

– Une séance de spiritisme ? a répété Kristy les yeux ronds.

C'était un vendredi après-midi. La réunion du club allait se terminer. Durant les quelques minutes qui restaient, j'avais fait part aux filles de mon idée pour éclaircir le mystère de la famille de Sophie.

J'avais lu et relu son journal sans trouver une seule fois son nom de famille. Quant à Carla, elle n'avait pas réussi à remettre la main sur le livre de l'histoire de Stonebrook. Il fallait bien trouver un moyen de savoir ce qui s'était passé.

Mon idée de spiritisme n'a pas rencontré l'enthousiasme que j'espérais, mais j'avais prévu cette éventualité. J'étais sûre que mes amies trouveraient ça ridicule pour ne pas avouer qu'elles avaient peur.

– Oui, une séance de spiritisme, ai-je répété fermement.

– En quoi ça consiste exactement ? a voulu savoir Jessica.

Avant que j'aie pu répondre, Kristy a déclaré :

– C'est quand une personne qui porte un turban sur la tête entre en transe et que la voix de George Washington sort de sa bouche. Alors elle s'écroule sur la table, terrassée par l'effort.

– Kristy ! ai-je fait, vexée.

– Non ? a soufflé Jessica, perplexe.

– Une séance de spiritisme, ai-je repris, c'est quand un groupe de personnes se réunissent dans l'espoir de contacter un esprit. Elles s'asseyent autour d'une table en se tenant par les mains, et une personne – le médium – appelle l'esprit. Si ce dernier est là, il se met à parler par la bouche du médium. Alors, les autres peuvent lui poser les questions qu'ils veulent.

J'ai jeté à Kristy un regard qui ne lui laissait aucun doute sur ce que je pensais de son explication.

– Ah... Et tu veux que nous essayions de contacter Sophie pour découvrir ce qui s'est passé avec le portrait ? a demandé Jessica.

– Exact. Mais Jared ferait tout aussi bien l'affaire, j'imagine. Bon, on va organiser la séance chez Lucy.

Lucy a poussé un gémissement.

– Et si nous n'arrivons pas à contacter Sophie ou Jared ? a poursuivi Jessica.

J'ai haussé les épaules.

– On en sera au même point que maintenant.

– De toute façon, les fantômes n'existent pas, a répété Kristy pour la énième fois.

– Vous savez quoi ? a fait Carla qui était tranquillement assise sur le lit. Une séance de spiritisme peut se révéler une expérience très intéressante.

Carla adore autant les histoires de revenants que Claudia raffole des énigmes d'Agatha Christie.

Mary Anne a frissonné.

– Terrifiant, mais intéressant, a-t-elle ajouté.

– Et ça peut être amusant, a précisé Lucy en jetant un coup d'œil entendu à Kristy.

J'avais l'impression qu'elles avaient toutes deux beaucoup de peine à se retenir de rire.

Mary Anne a ouvert l'agenda du club à la page des rendez-vous.

– Nous sommes toutes libres demain après-midi, a-t-elle annoncé. Aucune de nous n'a classe, ou de baby-sitting ou d'autre occupation.

– Mary A-aaanne, a gémi Kristy, qui sait aussi bien pleurnicher que David Michael.

– Allez, Kristy, un petit effort. Ce sera amusant, a insisté Lucy. De toute façon, il n'y a pas de mal à essayer. J'achèterai des trucs à grignoter, nous serons toutes ensemble et, qui sait, nous pourrons peut-être communiquer avec Sophie ou Jared.

– Lu-cy, l'a reprise Kristy.

– Cela me semble une très bonne idée, a affirmé Claudia.

– À moi aussi, avons-nous dit d'une seule voix, Carla, Mary Anne, Jessica et moi.

Tous les regards se sont tournés vers Kristy.

– Bon, ça va. Je viendrai. Mais seulement si je suis le médium.

Kristy, le médium ? C'était mon mystère et c'était mon idée. Je considérais que c'était à moi d'être le médium. Mais le problème, quand vous avez onze ans et que vos amies en ont treize, c'est que vous devez souvent leur donner raison. Particulièrement quand quelqu'un comme Kristy s'en mêle.

J'ai été forcée d'accepter.

– D'accord. Tu seras le médium.

Nous sommes convenues de nous retrouver chez Lucy à quatre heures, le lendemain après-midi.

À quatre heures moins le quart, ce samedi, tout le monde était arrivé chez Lucy, excepté Kristy. Je devinais que mes amies étaient un peu plus excitées qu'elles ne le laissaient paraître.

– Dans quelle pièce organise-t-on les séances de spiritisme généralement ? a demandé Carla.

– Je pense que nous devrions tenir la nôtre dans le grenier, a répondu Lucy. C'est là que nous avons trouvé la malle. Et ça semble être l'endroit idéal pour rencontrer des fantômes.

– Un peu trop à mon goût, a soupiré Mary Anne. Je n'ai pas envie de monter dans ton grenier pour me retrouver nez à nez avec un revenant. J'ai la chair de poule rien que d'y penser.

– Je ne crois pas que ce soit nécessaire de toute façon, l'ai-je rassurée. J'ai vu beaucoup de séances de spiritisme à la télévision, et ça se passe souvent dans un salon. Tout le monde est assis autour d'une table en se tenant par les mains. À moins que tu aies une grande table dans ton grenier, Lucy.

– Non, il n'y aurait pas la place d'en mettre une. Il y a une table dans la cuisine et dans la salle à manger, mais celle de la salle à manger est plus grande, on n'aura pas besoin de se serrer comme des sardines.

Nous commencions à nous diriger vers la salle à manger quand la sonnette a retenti.

– Ce doit être Kristy, s'est écriée Lucy.

Nous nous sommes précipitées toutes les six vers la porte d'entrée.

En l'ouvrant, nous avons eu le souffle coupé.

Sur le seuil se tenait une gitane.

En fait, c'était Kristy, mais déguisée en gitane. Elle s'était mis des faux cils et ses lèvres étaient rouge écarlate. Sur ses joues, elle avait barbouillé deux grands ronds rouges. Elle portait une ample chemise rouge, une jupe longue à grosses fleurs criardes, et des tonnes de bijoux qui cliquetaient à chacun de ses gestes. Elle s'était enroulé un turban autour de la tête.

– Incroyable, s'est écriée Claudia d'une voix aiguë. Où as-tu dégotté cet accoutrement ?

– Le maquillage est à Mamie. Le reste vient de notre grenier. Enfin, c'est Karen qui l'a trouvé. Elle cherchait une tenue chic, et me voilà, les filles !

Lucy a pouffé de rire.

– Eh bien, puisqu'on est toutes là, on peut commencer, a-t-elle déclaré.

Nous nous sommes réunies tout autour de la table.

– Où sont les biscuits apéro ? a demandé Kristy.

– Kristy ! me suis-je exclamée. On grignotera après. Une séance de spiritisme, c'est sérieux. Nous ne pouvons pas contacter Sophie en mangeant des chips.

– D'accord, d'accord. Mais à partir de maintenant, je vous demanderai de m'appeler Mme Kristina.

– Bien, madame Kristina, a dit Claudia en s'inclinant.

– Nous devons nous tenir les mains, fermer les yeux et nous concentrer vraiment très fort, ai-je expliqué.

– Sur quoi ? a demandé Claudia.

– Sur Sophie ! À quoi d'autre veux-tu penser ? Nous devons penser : « Sophie, Sophie, rejoins-nous dans notre monde. » Et, Kristy, je veux dire madame Kristina, vous devez le dire à haute voix et faire tout ce qu'il faut pour contacter les esprits.

– Comment ça ?

– Eh ! C'est vous, le médium. Vous êtes censée le savoir.

– C'est toi, l'experte en spiritisme.

– Je ne suis pas une experte en spiritisme. J'ai seulement vu quelques séances à la télé.

– Oh ! Oh ! les filles, est intervenue Mary Anne – qui préfère éviter les conflits dans la mesure du possible. Tu n'as qu'à improviser, Kristy.

– D'accord, a acquiescé Kristy en faisant cliqueter ses bracelets. Et je te rappelle que je suis Mme Kristina.

Nous nous sommes assises toutes les sept à la table de la salle à manger. Mais je me suis relevée aussitôt.

– Qu'est-ce qu'il y a ? a demandé Jessica.

– L'ambiance, ai-je répondu. Nous avons oublié l'ambiance. On ne peut pas invoquer les esprits avec un tel soleil !

J'ai tiré les rideaux, puis fermé les portes. Nous étions maintenant dans la pénombre.

– Lucy ? Tu aurais des bougies ?

– Bien sûr.

Lucy a déniché trois petites bougies rondes avec leurs supports. Elle les a posées au centre de la table et les a allumées à l'aide d'une longue allumette. La lumière des flammes dansait sur les murs.

– Ooh, ça fait froid dans le dos ! a soufflé Jessica.

– Il y a assez d'ambiance, maintenant ? a demandé Mme Kristina.

– Je pense que oui, ai-je répondu.

Lucy et moi sommes retournées à nos sièges.

– Maintenant, tout le monde se donne la main, ai-je ordonné. Pensez à Sophie ou à Jared. Appelez-les dans notre monde – silencieusement. Sauf vous, madame Kristina. Vous devez parler à haute voix.

– Ça va, j'ai compris.

J'étais assise entre Jessica et Mary Anne. La main de Jessica tremblait. Celle de Mary Anne était moite.

« Sophie, ai-je dit intérieurement, si tu peux lire dans mes pensées, viens nous retrouver dans notre monde, le monde des vivants. Nous avons besoin de te parler. »

– Sophie, a déclamé Kristy d'une voix d'outre-tombe, viens à moi. Parle par ma voix. Tu... tu ne dois pas t'inquiéter. Nous voulons seulement te poser quelques ques...

Soudain, la voix de Kristy a changé. Elle est devenue plus aiguë et hésitante.

– Je... suis... làààà, gémissait-elle. Je suis Sophiiiie et je suis làààààà.

J'ai sursauté. Puis j'ai retenu mon souffle. Je ne voulais pas effaroucher Sophie.

– Paaaarlez-mooooooi, suppliait-elle.

Je n'étais pas très rassurée, mais j'ai pris mon courage à deux mains, et je me suis lancée :

– Sophie, je suis Mallory Pike.

– Je sais...

– Vraiment ?

– Oui. Je sais touuuut.

– As-tu... as-tu retrouvé le tableau et lavé le nom de ton père ?

– Ouiiii.

– Où était le tableau ? a demandé Carla.

– Il n'avait jamais disparu. Il était suspendu là où il l'avait toujours étéééééé. Grand-père Hickmaaaan, Dieu ait son ââââme, avait perdu ses lunettes et il croyait qu'il avait disparuuuu.

– Vraiment ? ai-je répété.

Kristy a éclaté de rire.

– Bien sûr que non... ah ! ah ! Tu as marché ! Je ne peux pas faire parler Sophie par ma bouche. Tu es folle ou quoi ? Maintenant, à nous les chips. Je meurs de faim !

Ainsi s'est terminée notre séance de spiritisme. J'avoue que je n'avais jamais vraiment cru que nous pourrions contacter Sophie, mais je voulais essayer quand même, au cas où.

Et en plus, j'avais faim, moi aussi !

12

Lucy nous a dit que lorsqu'elle avait quitté New York, elle n'avait pas seulement laissé derrière elle son père, son appartement et une de ses meilleures amies, mais aussi son baby-sitting favori – la garde de Henry et Grace Walker.

Lorsqu'elle est revenue parmi nous, elle était particulièrement contente que Charlotte soit encore à Stonebrook. Et elle est redevenue l'une des baby-sitters les plus assidues de Charlotte. Tout le monde – Lucy, Charlotte, M. et Mme Johanssen – était ravi.

Ce samedi, Lucy est allée chez Charlotte avec son coffre à jouets. Charlotte a toujours raffolé de nos coffres à jouets, alors Lucy emporte toujours le sien quand elle va chez les Johanssen.

Charlotte a ouvert la porte, heureuse comme toujours de voir Lucy.

– Bonjour, Lucy ! Entre !

Au début, Charlotte était une petite fille timide et réservée, mais Lucy l'a aidée à sortir de sa coquille. Ça n'a pas été facile, mais elle a réussi. Puis, peu après l'arrivée des Ramsey à Stonebrook, Charlotte est devenue l'amie de Rebecca, la petite sœur de Jessica.

Maintenant, Charlotte, qui est une enfant unique, est pleine d'entrain et elle ne pleure plus quand sa mère, qui est médecin, va travailler à l'hôpital.

Lucy et le Dr Johanssen s'entendent vraiment bien. Quand Lucy est arrivée, la mère de Charlotte est venue l'accueillir.

– Bonjour, Lucy. Comment vas-tu en ce moment ?

– Merveilleusement bien. Je respecte mon régime, je me fais les injections d'insuline moi-même, et je n'ai pas été malade depuis une éternité.

– C'est fantastique. Tu sais où se trouvent les numéros en cas d'urgence. Mon mari rentrera avant dix-huit heures. Amusez-vous bien. Au fait, si Rebecca veut venir elle aussi, c'est d'accord.

– Entendu.

Mais il se trouve que Charlotte n'a pas eu le temps de penser à Rebecca ou même au coffre à jouets, car dès que le Dr Johanssen est partie, Lucy lui a dit :

– Tu ne devineras jamais. Mes amies et moi essayons de résoudre un mystère.

– Vraiment ? Un vrai mystère, comme dans les livres ?

Charlotte est une lectrice exceptionnelle. Elle lit tout, des histoires de Dick King-Smith aux romans de Roald

Dahl et jusqu'à des livres pour les plus grands, comme ceux de Stevenson.

– Oui, un mystère tout ce qu'il y a de plus passionnant. Quand j'ai emménagé, Claudia et Mallory m'ont aidée à mettre des affaires dans le grenier et nous avons trouvé une vieille malle. Et dans cette malle, Mallory a découvert un journal intime qui avait été écrit en 1894 par une fille de douze ans qui s'appelait Sophie. Et qui a donc vécu dans ma maison. Ou du moins, c'est ce que nous supposons. Quoi qu'il en soit, sa mère est morte, et aussitôt après son portrait a disparu.

Lucy a raconté toute l'histoire à Charlotte.

– Ouah ! s'est écriée Charlotte à la fin. Et vous croyez vraiment que le grand-père de Sophie était le Vieux Blafard ?

– Oui, c'est ce qu'on s'est dit.

Lucy et Charlotte étaient assises par terre dans le salon, le coffre à jouets toujours fermé posé entre elles. C'est un de leurs endroits favoris. Les Johanssen n'y voient pas d'inconvénient, tant qu'elles ne font pas de désordre.

– Tu sais quoi ? a repris Charlotte après avoir réfléchi un moment.

– Quoi ?

– Je crois qu'il n'y a pas de mystère insoluble.

– Ah, bon ? Et pourquoi ?

– Parce qu'il y a toujours quelqu'un qui sait quelque chose. Une personne a pris le tableau et l'a caché, et peut-être que quelqu'un a vu ce qui s'est passé. Et même s'il n'y a pas eu de témoin, le voleur sait ce qu'il a fait. Et il y a des chances pour qu'il commette un jour une erreur et que son secret soit dévoilé.

– Mais, Charlotte, ça s'est passé il y a plus d'un siècle !

– Oui, mais on ne sait jamais. Le coupable a peut-être fait une erreur ou quelqu'un l'a vu. Je parie que vous pouvez résoudre cette énigme. C'est difficile de commettre le crime parfait.

Lucy s'est mise à rire.

– Tu regardes encore toutes les séries policières qui passent à la télé ?

– Oui, a admis Charlotte, en se mettant à rire elle aussi.

– Eh bien, moi, je ne sais toujours pas comment résoudre ce mystère, il faut dire que ça remonte loin.

– Attends, je vais te montrer quelque chose.

– D'accord.

Charlotte a grimpé les marches de l'escalier quatre à quatre, avant de revenir avec un livre écorné.

– C'était à ma mère, a-t-elle expliqué à Lucy. Il était à elle quand elle était petite et maintenant, elle me l'a donné. C'est un livre trop facile pour moi, mais je l'aime bien quand même. C'est *Katie et le bruit étrange*. Je peux te le lire ?

– Bien sûr, a répondu Lucy en tapotant le sol près d'elle. Assieds-toi ici.

Charlotte a fait non de la tête.

– Il faut que je te le lise en me mettant à l'autre bout de la pièce. Je ne veux pas que tu voies les images tout de suite.

– Oh ! D'accord, a dit Lucy, perplexe.

Charlotte s'est installée dans un fauteuil et a posé le livre à plat sur ses genoux, pour que Lucy ne puisse même pas voir la couverture. Puis elle s'est mise à lire. C'était l'histoire d'une petite fille prénommée Katie. Un soir, un hurlement l'a réveillée au beau milieu de la nuit. Les jours suivants, elle a mené l'enquête pour savoir d'où provenait le bruit, mais elle n'a rien trouvé. Ses parents s'inquiétaient pour elle, car ils pensaient qu'elle avait trop d'imagination. Mais bientôt, d'autres personnes ont commencé à entendre ce cri – même la mère de Katie. Alors toute la ville s'est mise à chercher, et finalement, ils ont découvert une chienne avec quatre petits dans les bois. La chienne s'était pris la patte dans un piège et pleurait de douleur. L'histoire finissait bien, puisque la chienne et ses petits étaient secourus.

– C'est une jolie histoire, Charlotte, a déclaré Lucy, mais je ne vois pas...

– Attends. Maintenant, laisse-moi te montrer les images.

Elle a sauté du fauteuil et a rejoint Lucy par terre.

– Eh ! a commenté Lucy en feuilletant le livre, c'est une histoire de Noël ! Regarde, les parents de Katie installent le sapin sur cette image et, là, on voit l'école de Katie décorée de guirlandes colorées.

– Exact. Mais sans les illustrations, tu n'aurais jamais deviné que c'était un conte de Noël.

– Charlotte, je ne vois toujours pas le rapport entre ce livre, Sophie, le Vieux Blafard et notre mystère. Qu'est-ce que tu essaies de me dire ?

– Simplement que les choses ne sont pas toujours comme elles paraissent, a répliqué Charlotte. Parfois, il faut regarder plus loin que le bout de son nez.

Lucy est demeurée perplexe tout l'après-midi. Et Charlotte, de son côté, s'est mise à réfléchir à notre énigme. Lucy pensait encore à tout ça en lisant à Charlotte deux chapitres du *Bon Gros Géant*, de Roald Dahl. Elle se creusait encore la tête quand Charlotte l'a battue au Master Mind, et quand elle a battu Charlotte aux dominos. Et elle a continué à y penser pendant que Charlotte se mettait à ses devoirs. M. Johanssen l'a payée et elle est rentrée chez elle à vélo, toujours en pensant à l'histoire de Sophie.

Elle m'a appelée immédiatement en arrivant.

– Mallory ? C'est moi, Lucy. Je reviens à l'instant de chez Charlotte et elle m'a dit quelque chose de très intéressant.

– Quoi ?

J'étais dans le couloir du premier, où il n'y a absolument aucune intimité.

– Elle a dit que les choses ne sont pas toujours ce qu'elles paraissent.

Puis elle m'a raconté l'histoire de *Katie et le bruit étrange.*

– Je me demande quel est le rapport avec notre énigme, a-t-elle conclu, mais cela m'intrigue.

– Je n'en sais rien, ai-je répondu, mais je vais y réfléchir. C'est vrai qu'il y a toujours quelqu'un qui sait quelque chose. Et qu'il y a toujours un coupable. Peut-être que Kristy a raison, après tout. Peut-être que la clé du mystère est là, sous notre nez…

– Peut-être. Je l'espère en tout cas.

– Je suis sûre qu'on va trouver, ai-je répliqué, soudain pleine d'optimisme.

13

– Alors, Buddy, qu'en penses-tu ?

J'étais à nouveau chez les Barrett pour une séance de soutien scolaire, et j'avais emporté du nouveau matériel. Buddy devait certainement s'attendre à des bandes dessinées, mais, à la place, j'avais apporté une collection des mystères d'Encyclopedia Brown. Ce qui est drôle avec Encyclopedia Brown, c'est que le lecteur peut réellement résoudre les mystères lui-même. Si on est suffisamment attentif aux petits détails, on peut résoudre l'énigme, plutôt que de se contenter de lire comment le jeune détective Encyclopedia Brown parvient à la conclusion.

J'ai lu une histoire à haute voix à Buddy – et il a trouvé la solution immédiatement !

– C'est fantastique, Buddy ! Je parie que je n'aurais pas trouvé.

– Je parie que si.

– Non, non, je t'assure.

– Si. Laisse-moi te lire une énigme, a-t-il proposé. Tu vas voir, c'est facile.

Buddy m'a pris le livre des mains et il m'a lu une histoire entière en faisant à peine quelques erreurs. Sa lecture s'était nettement améliorée. Quand il est arrivé à la fin, j'avais trouvé la solution, mais j'ai fait comme si je ne l'avais pas.

– Je ne sais pas trop…

– Réfléchis, a insisté Buddy, probablement comme M. Moser devait parfois s'adresser à lui. Que dit le voyou à Encyclopedia juste avant la fin ?

– Oh, je sais ! J'ai trouvé !

Et j'ai donné la solution à Buddy.

– C'est ça ! Maintenant on va en essayer une autre. Cette fois, c'est toi qui me lis une histoire.

Buddy et moi étions assis en tailleur sur son lit, l'un en face de l'autre.

Je lui ai repris le livre, mais au lieu de chercher une autre histoire, j'ai dit :

– Tu sais, mes amies et moi, nous sommes en plein dans un vrai mystère.

– Pour de vrai ?

– Ouais.

Je lui ai parlé de la malle et du journal. Plus j'avançais, plus les yeux de Buddy s'écarquillaient.

Quand j'ai eu fini l'histoire – y compris la partie concernant la séance de spiritisme –, Buddy était tellement surexcité qu'il gigotait comme un diable sur le lit.

– Est-ce que je peux voir le journal ? Je peux, Mallory ?

S'il te plaît ? Je veux lire cette histoire de mystère. Peut-être que je pourrai le résoudre aussi. Peut-être que je peux être un détective comme Encyclopedia Brown !

D'abord, j'ai pensé que Buddy cherchait une excuse pour échapper à la séance de soutien scolaire. Puis je me suis dit que s'il voulait réellement lire le journal, ce pourrait être une expérience de lecture comme une autre. Probablement même meilleure, à voir comme il était motivé.

– D'accord, ai-je répondu. On pourrait aller chez moi pour que tu lises le journal. Mais je dois te prévenir : ce n'est pas très facile à déchiffrer. Même moi, j'ai du mal. Les mots ne sont pas vraiment difficiles, mais c'est écrit à la main…

– Pas de problème, a-t-il assuré fièrement

– Alors, allons-y.

Nous avons descendu l'escalier en trombe. Pendant que Buddy mettait son manteau, j'ai expliqué à Mary Anne ce que nous faisions. Cet après-midi-là, c'était elle qui gardait Liz et Maud.

– Bonne chance ! nous a-t-elle lancé tandis que nous sortions de la maison.

Buddy était si excité qu'il a couru tout le long du chemin jusque chez moi.

Je l'ai conduit au premier et quand j'ai ouvert la porte de notre chambre, à Vanessa et moi, il s'est précipité à l'intérieur.

Vanessa a été surprise, c'est le moins qu'on puisse dire, de voir apparaître Buddy tout essoufflé devant elle. Elle était dans une phase d'écriture poétique, entourée de papiers froissés. J'espérais que nous n'avions pas interrompu le fil de son inspiration.

– Que se passe-t-il ? s'est-elle inquiétée. Nicky n'est pas là, Buddy !

– Je ne viens pas pour Nicky, a répondu Buddy, pas le moins du monde intimidé.

– Il vient pour le journal de Sophie, ai-je expliqué.

Vanessa est sortie de la chambre en ronchonnant avec une brassée de papiers.

– C'est la fameuse malle ? m'a demandé Buddy en la désignant du menton.

– Exactement.

J'étais très fière de ma malle. Je l'avais nettoyée, lustrée et j'avais même essayé de réparer la serrure cassée. Elle était plus belle que jamais.

J'ai sorti le journal de ma table de nuit et, Buddy et moi, nous nous sommes assis l'un près de l'autre sur mon lit.

Buddy a ouvert le carnet avec précaution. Puis il a commencé à lire.

– C'est difficile à lire, a-t-il soupiré au bout d'un moment.

– Je sais. L'encre a pâli, et Sophie avait une écriture bizarre.

– En plus, elle faisait des fautes, a remarqué Buddy.

Et nous avons éclaté de rire tous les deux.

– Bravo, Buddy ! Qu'est-ce que tu as repéré, comme fautes ?

– Ce mot-là. « Heureuse ». Elle a mis deux « r », alors qu'il n'en faut qu'un.

– Tu as absolument raison.

J'avais envie de l'embrasser. Si seulement M. Moser avait pu le voir à ce moment. Il aurait probablement envoyé un mot de félicitations à Mme Barrett.

Buddy s'est efforcé de continuer sa lecture pendant encore une dizaine de minutes, lisant parfois à haute voix, parfois pour lui-même. Quand il a atteint le milieu du mois de janvier, il m'a regardée d'un air déçu.

– C'est vraiment ennuyeux. Où est le mystère ?

– Il faut continuer jusqu'à la naissance du petit frère de Sophie, l'ai-je encouragé.

J'ai feuilleté le journal.

– C'est là. Commence à lire ici.

Buddy s'est mis à lire en silence. Cela n'en finissait pas. Aussi, pour passer le temps, j'ai commencé une nouvelle histoire de cheval que j'avais empruntée à la bibliothèque.

Il était quatre heures passées quand Buddy a refermé le journal d'un coup sec.

– Je n'ai pas trouvé de piste, a-t-il avoué, déçu.

– Ne t'en fais pas. Personne d'autre n'y a trouvé le moindre indice. On n'est pas Encyclopedia Brown.

– Peut-être que les indices ne sont pas dans le journal, a poursuivi Buddy comme s'il ne m'avait pas entendue. Peut-être que c'est quelque part ailleurs, dans la malle par exemple. Est-ce que je peux regarder dedans, Mallory ?

– Bien sûr. Simplement, fais vraiment très attention. Certains des vêtements sont si anciens qu'ils tombent en morceaux.

– D'accord.

Buddy a ouvert la malle et s'est mis à fouiller. Il a cherché de plus en plus profond, jusqu'à ce que…

– Aïe !

– Qu'est-ce qu'il y a, Buddy ?

– Je suis coincé.

– Coincé ? Comment ça ?

– Ma main est coincée.

Je me suis approchée et j'ai plongé moi aussi la main dans la malle. J'ai longé le bras de Buddy, de plus en plus bas jusqu'à…

– Tu es coincé !

– C'est ce que je te disais.

– On dirait qu'il y a une sorte de poche, au fond.

J'ai écarté quelques vêtements et j'ai tiré sur le bras de Buddy. Il a pu dégager sa main de la poche secrète où elle était coincée… et il l'a ressortie en tenant une liasse de papiers.

– Regarde ce qu'il y avait dedans, Mallory !

Nous avons étalé les papiers sur mon lit. Comme le journal, ils étaient vieux et jaunis. Nous les avons manipulés avec précaution de peur de les voir tomber en poussière.

Buddy regardait la page numérotée « 1 ». Il s'est penché de manière à pouvoir la lire sans la toucher.

– « James Hickman… » a-t-il déchiffré… « Ma confession ».

Buddy et moi, nous nous sommes regardés, bouche bée. Puis Buddy s'est mis à lire à haute voix, mais j'étais trop impatiente pour écouter son débit lent et appliqué. Je ne tenais plus alors mon rôle de professeur. J'ai parcouru la page des yeux en silence pour savoir ce qu'elle disait.

Il s'est avéré que grand-père Hickman était bien James Hickman – Kristy avait donc raison. C'était donc notre Vieux Blafard. Et vous ne devinerez jamais ce qu'il avait fait.

Le Vieux Blafard avait écrit que la mort de sa fille l'avait rendu fou de chagrin. Il ne supportait même plus la vue de son portrait. Il ne voulait cependant pas s'en débarrasser, alors il a fait venir un « peintre itinérant » pour peindre par-dessus le portrait de la mère de Sophie (j'ai découvert plus tard qu'un peintre itinérant était un artiste dilettante, qui gagnait sa vie en allant de ville en ville). Puis le Vieux Blafard a changé le cadre du tableau et l'a accroché dans une autre pièce de la maison. De cette manière, sa fille était avec lui – sans l'être vraiment.

Ses amis (je suppose qu'il ne vivait pas encore en reclus) se sont mis à lui demander où était le portrait. Il était embarrassé, et a menti. Il a dit qu'il avait disparu, qu'il avait probablement été volé. Immédiatement, les gens de la ville ont suspecté Jared. Ils connaissaient les sentiments du Vieux Blafard à son égard – à savoir que Jared était un bon à rien qui avait épousé la mère de Sophie pour son argent, et qu'il l'avait obligée à avoir un autre enfant alors qu'elle était de santé trop faible pour ça. Et le véritable crime de James Hickman, c'est d'avoir laissé les gens croire à cette histoire. Il n'a jamais avoué avoir fait recouvrir le tableau – jusqu'à ce qu'il soit proche de la mort et qu'il ne supporte plus de garder son secret. Alors il a écrit sa confession, sachant qu'un jour quelqu'un la trouverait et apprendrait la vérité.

– Hourrah ! s'est écrié Buddy quand il a fini la lecture de la confession – avec mon aide pour les passages difficiles.

– Ouais, hip, hip, hip, hourra ! Bravo, Buddy ! Je suis contente que tu te sois coincé la main. Peut-être qu'un jour tu deviendras un détective.

– Peut-être... Tu sais, les détectives posent des tas de questions, et justement, je me demande comment cette malle et la confession du Vieux Blafard se sont retrouvées dans le grenier de la maison de Sophie – avec le journal et les vêtements de Sophie à l'intérieur ?

J'ai froncé les sourcils.

– Bonne question. Peut-être le neveu du Vieux Blafard, quand il a hérité de la propriété, a-t-il déménagé des choses dont il ne voulait pas dans la maison de Sophie. Elle appartenait également au Vieux Blafard. La malle était probablement à moitié vide, et le neveu a jeté simplement quelques affaires dedans.

– Eh ! s'est écrié Buddy. Si le neveu a transféré la malle dans la maison de Sophie, il a pu y mettre d'autres choses comme, disons, un vieux tableau, non ?

14

– Buddy, tu es un génie ! me suis-je exclamée.

Il a rougi.

– Peut-être, peut-être pas. Je ne fais que des suppositions.

– Viens, on va appeler Lucy. J'espère qu'elle est chez elle. Il est presque cinq heures et demie. Nous avons encore une demi-heure avant que je te ramène chez toi, ça nous laisse juste assez de temps pour jeter un coup d'œil dans le grenier de Lucy.

– Oh, chouette !

J'ai composé le numéro de Lucy et j'ai attendu le cœur battant qu'elle décroche.

– Lucy ! Lucy !

– Mallory ? C'est toi ? Tout va bien ?

– Oui, tout va bien. Tu ne devineras jamais ce que Buddy a découvert aujourd'hui !

Je lui ai raconté comment Buddy s'était coincé la main et avait trouvé la confession de James Hickman. Lucy semblait quelque peu déconcertée – jusqu'à ce que je lui fasse part de notre théorie sur les affaires du Vieux Blafard qui avaient pu échouer dans son grenier.

– Le tableau ! s'est-elle écriée d'une voix aiguë. Venez tout de suite ! On va fouiller le grenier. Cela ne prendra pas trop de temps, il n'est pas très grand et on a déjà enlevé beaucoup de choses.

– Vous n'avez jeté aucun tableau ? lui ai-je demandé avec angoisse.

– Aucun. Je vous attends. Dépêchez-vous !

Buddy et moi, nous avons probablement battu un record de vitesse. J'avais à peine pris le temps de prévenir maman que Buddy et moi filions chez les MacDouglas. Lucy nous attendait sur le pas de sa porte et nous avons foncé au grenier comme des flèches.

Mais une fois en haut, nous nous sommes arrêtés net en nous demandant par où commencer.

– Répartissons-nous les tâches, ai-je finalement suggéré. Buddy, tu te charges de cet appentis sous la fenêtre. Il est pas mal encombré. Lucy, tu prends ce côté, et moi je m'occupe de l'autre.

Nous sommes passés de découverte en découverte. Lucy a trouvé un casque militaire. D'après Buddy, il date de la Première Guerre mondiale. Je me suis demandé comment il savait ça. J'ai découvert une boîte à musique poussiéreuse qui jouait la *Valse des fleurs*, et Buddy a mis la main sur un vieux nécessaire de magie, que Lucy lui a volontiers cédé. Et puis Buddy a fait sa seconde grande découverte du jour.

– Venez voir ! Il y a tout un tas de tableaux posés contre le mur !

Nous avons commencé à les examiner, mais il faisait trop sombre. Lucy est allée chercher une lampe torche. À son retour, elle a éclairé chaque tableau l'un après l'autre.

– Comment savoir s'il y a un portrait en dessous ? s'est demandé Buddy à haute voix.

– On ne sait même pas ce que l'artiste itinérant a peint par-dessus, a ajouté Lucy.

Nous étions sur le point d'abandonner quand je me suis rappelé que je n'avais pas fini de fouiller mon coin.

J'y suis retournée avec la lampe, laissant Buddy et Lucy examiner le matériel de magie.

– Hé, il y a un autre tableau ici ! ai-je annoncé, après en avoir trouvé un appuyé contre une vieille commode.

– Qu'est-ce qu'il représente ? m'a questionnée Buddy.

– Des bateaux.

– Laisse tomber, a soupiré Lucy.

– Ouais, a acquiescé Buddy. J'ai faim. Je vais rentrer pour le dî...

– Oh, c'est incroyable ! l'ai-je coupé

– Quoi ? a demandé Lucy.

– Je crois que j'ai trouvé le portrait de la mère de Sophie !

– Mais oui, bien sûr, s'est moqué Buddy. Des bateaux ! Tu parles...

– Des bateaux voguant sur un doigt avec un anneau ?

Buddy et Lucy se sont aussitôt rués pour voir.

– Où ça ? a fait Lucy.

J'ai dirigé le faisceau de la lampe vers le coin en bas à droite du tableau.

– Vous voyez, là ? La peinture s'est écaillée. Il y a un autre tableau sous les bateaux. On parie que c'est le portrait ?

– Je parie toutes mes économies, a dit Lucy.

– Moi aussi, a ajouté Buddy. Tu avais raison, Mallory.

– Alors qu'est-ce qu'on fait, maintenant ? ai-je demandé.

– On va le montrer à ma mère, a proposé Lucy. Elle est plongée dans les offres d'emploi du journal. Je suis sûre qu'elle sera contente de faire une pause.

Nous avons descendu le tableau en prenant mille précautions. Mme MacDouglas a fait une drôle de tête en nous voyant débouler dans la cuisine avec cet encombrant tableau (affreux, soit dit en passant). Nous l'avons posé contre le réfrigérateur et j'ai entrepris de lui raconter toute l'histoire de Sophie et de son grand-père. Je dois vous avouer que je commençais à en avoir assez de la répéter à chaque fois.

Mme MacDouglas m'a écoutée, visiblement fascinée.

– Comment savoir si c'est le portrait en question ? l'a questionnée Lucy.

– On pourrait utiliser de la térébenthine ! a suggéré Buddy.

– Non, a dit Mme MacDouglas. Cela va attaquer toute la peinture. Et on risque aussi bien de perdre l'original. Il vaudrait mieux confier le tableau à un restaurateur professionnel. Il y en a probablement un à Stamford.

– Vous feriez vraiment ça ? me suis-je exclamée.

– Naturellement. Moi aussi, j'ai envie de connaître le fin mot de cette histoire. Et puis, je n'ai aucune envie d'avoir des fantômes ici.

– Oh, maman ! a fait Lucy d'un air de reproche.

Mais je voyais bien qu'elle était contente que sa mère propose de s'en occuper.

À ce moment, j'ai consulté ma montre et je me suis aperçue qu'il était six heures cinq.

– Oh, là, là, Buddy ! Nous sommes en retard. Tu devais être chez toi depuis déjà cinq minutes.

À peine avais-je dit cela que le téléphone a sonné. C'était ma mère. Mme Barrett lui avait dit que Mary Anne avait dit que Buddy et moi étions allés chez nous. Et elles se demandaient toutes où nous étions passés.

J'ai aussitôt raccompagné Buddy chez lui. Quand nous sommes arrivés, Mary Anne était partie, et Mme Barrett avait l'air inquiet. Alors, pour la troisième fois de la journée, j'ai dû raconter l'histoire de Sophie. Et j'espérais bien que ce serait la dernière. Mais je savais que non, parce qu'il restait ma famille à mettre au courant en rentrant.

– Et puis, a enchaîné Buddy quand j'ai eu fini, je suis un détective, et bientôt je serai un magicien…

Il a brandi la boîte.

– Je l'ai trouvée dans le grenier, et Lucy m'a dit que je pouvais la garder. Je parie que je peux lire toutes ces instructions tout seul !

Puis il a couru à sa chambre avec son trésor.

– Mallory, tu as merveilleusement bien travaillé avec Buddy, m'a félicitée Mme Barrett avec un large sourire. Je ne sais pas ce que vous avez fabriqué tous les deux, mais Buddy semble aller beaucoup mieux. Je n'ai plus besoin de me battre avec lui pour qu'il aille à l'école, son travail s'est amélioré et, mieux, il n'a plus de haut-le-cœur chaque fois qu'il entend les mots « lecture » ou « livre ».

Je lui ai rendu son sourire.

– J'ai essayé différentes méthodes, ai-je expliqué. Mais ce

qui a le mieux fonctionné, ce sont les activités qui ne lui rappellent pas l'école. Quand j'ai compris que Buddy n'aimait pas ses livres de classe et les fiches illustrées, j'ai essayé autre chose. Nous avons lu des bandes dessinées, et nous avons composé la nôtre. Nous avons lu des énigmes et nous avons essayé de les résoudre. Je me suis dit que peu importait ce que lisait Buddy, tant qu'il lisait et qu'il y trouvait du plaisir. Alors, quand il m'a demandé de lire le journal de Sophie, je me suis dit « pourquoi pas ? ». Vous auriez dû l'entendre. Ce journal n'est pourtant pas facile à lire – et la confession non plus –, mais Buddy a travaillé avec acharnement tant il voulait résoudre le mystère.

– Tu as su le motiver, a dit Mme Barrett.

Buddy est revenu en dévalant les marches.

– Regardez ! J'ai appris un tour !

– C'est vrai ? Montre-nous, l'a encouragé Mme Barrett.

– Allons chercher Liz et Maud, ai-je proposé. On va dire que tu nous fais un spectacle.

– Génial ! s'est exclamé Buddy.

Mme Barrett, Liz, Maud et moi, nous nous sommes installées sur le divan du séjour.

Buddy se tenait devant nous.

– J'ai là un mouchoir en soie tout ce qu'il y a de plus ordinaire.

Il a agité le mouchoir sous nos nez, sans doute pour prouver qu'il n'était pas truqué.

– Maintenant, a-t-il repris, si quelqu'un veut bien prononcer les paroles magiques…

– Moi, moi ! a fait Liz en levant le doigt.

– D'accord. Dis : « Abracadabra. »

– Abracadabra.

Buddy a serré le mouchoir dans sa main gauche qu'il avait refermée. Quand il a ouvert le poing, le mouchoir n'y était plus. À sa place, il y avait un œuf.

– Cool ! a lancé Liz. Comment tu as fait ça ?

– Un magicien ne révèle jamais ses secrets, a répondu Buddy d'un ton mystérieux.

– Mais peut-être pourrais-tu nous dire comment tu as appris ce tour ? a demandé sa mère.

– C'est simple, j'ai lu les instructions.

Mme Barrett et moi avons échangé un sourire entendu.

Puis j'ai dû filer en vitesse, avant que mes parents n'appellent la police.

15

– Hé, les filles, devinez quoi !

Lucy venait de faire irruption au quartier général du club dix minutes avant le début de la réunion du vendredi.

Claudia, qui fourrageait sous son matelas à la recherche d'une boîte de bonbons, a sursauté en poussant un cri de surprise.

J'étais la seule autre fille du club présente.

– Ma mère a reçu le tableau restauré aujourd'hui, et il…

– Attends ! l'ai-je interrompue. Attends que tout le monde soit là pour nous le dire. Kristy nous tuera si elle apprend qu'on en a parlé sans elle.

– D'accord, mais je ne sais pas si je vais tenir. Et si j'explose d'impatience, ce sera ta faute !

– OK. J'en prends l'entière responsabilité.

Claudia, qui avait enfin trouvé les bonbons, s'est installée sur le lit.

– Il n'y a rien de mieux, a-t-elle déclaré, qu'un paquet de bonbons tout neuf, encore fermé. Surtout s'ils sont au chocolat. C'est comme avoir un énorme cadeau d'anniversaire sur les genoux et savourer le moment où on va l'ouvrir.

Lucy la regardait avec des yeux ronds comme des boules de billard. Claudia exagérait, mais je me demandais parfois si Lucy n'était pas un peu jalouse de ne pas pouvoir manger de sucreries.

Claudia était en train d'ouvrir le paquet (lentement, avec précaution, comme si elle déballait effectivement un cadeau), quand Jessica et Kristy sont arrivées.

Kristy s'est immédiatement affalée dans son fauteuil de présidente. Elle a vissé sa visière sur sa tête et coincé un crayon derrière son oreille. Jessica s'est installée par terre, à côté de moi, en étirant ses longues jambes de danseuse. Nous étions en train de parler d'un devoir que le prof nous avait donné ce jour-là en sciences sociales, quand Carla et Mary Anne sont arrivées, un sourire béat aux lèvres.

Le club était au complet, le réveil indiquait exactement dix-sept heures trente, mais personne, pas même Kristy, ne pouvait ignorer ces mines particulièrement réjouies.

– Qu'est-ce qui se passe ? a demandé Claudia tout excitée.

– Ce sont nos parents, a commencé Carla. Ils nous ont appelées toutes les deux cet après-midi, pour nous annoncer qu'ils sortaient ensemble ce soir...

– Ce n'est pas la première fois que cela arrive, l'a interrompue Kristy.

– Non, a acquiescé Mary Anne, mais ce soir, ils fêtent une occasion spéciale.

– Quelle occasion ? me suis-je étonnée.

– Celui de leur trente-cinquième rendez-vous, a expliqué Carla. Je veux dire en tant qu'adultes. Cela ne compte pas les fois où ils sortaient ensemble au lycée.

– S'ils se mettent à compter les rendez-vous et à fêter des étapes marquantes dans leur relation, a fait Mary Anne, c'est que ça commence vraiment à devenir sérieux.

– Tu m'étonnes ! a commenté Jessica.

– Moi aussi, j'ai des nouvelles, a annoncé Lucy, qui piaffait d'impatience.

– Est-ce que cela concerne le club ? a objecté Kristy, qui déteste commencer les réunions en retard.

– Non, a dû avouer Lucy.

– Alors, cela attendra.

– S'il te plaît ! l'a suppliée Lucy. Je vais exploser si je n'annonce pas cette nouvelle.

Lucy semblait vraiment prête à exploser, et le téléphone ne sonnait pas. Ce n'était même pas le jour des cotisations. Nous avons toutes imploré Kristy du regard.

– Bon, a soufflé Kristy. Qu'est-ce qui est si important, Lucy ?

– Ma mère est allée chez le restaurateur récupérer le tableau. Figurez-vous qu'il y a bien un portrait de femme sous le paysage avec les bateaux. Elle est tout à fait comme le décrit Sophie dans son journal. Donc c'est bien la fille du Vieux Blafard... C'est un très beau tableau. Vous savez, Charlotte avait raison. Les apparences sont parfois trompeuses. Avant, je ne comprenais pas ce qu'elle essayait de dire, mais maintenant je vois.

– Tu crois que Charlotte savait que le portrait avait été recouvert ? l'ai-je questionnée, incrédule.

– Oh, non. Pas du tout. Je pense qu'elle voulait seulement dire que parfois il faut regarder au-delà des apparences. Faire preuve d'imagination.

– Charlotte et Buddy devraient faire équipe, ai-je conclu. Ils seraient les nouveaux Miss Marple et Hercule Poirot.

C'est alors que le téléphone s'est mis à sonner.

– Ah, enfin ! s'est exclamée Kristy. J'adore le premier appel de la réunion. Allô ? a-t-elle fait en décrochant. Club des Baby-Sitters. Les enfants sont notre affaire.

Ce que j'aime, c'est qu'on ne sait jamais à l'avance ce que va dire Kristy en décrochant.

– Oh, bonjour, madame Perkins… Samedi matin ? Je vais voir qui est disponible et je vous rappelle.

Avant même que Mary Anne puisse vérifier la page de samedi sur l'agenda, le téléphone a sonné de nouveau. Cette fois, c'était Mme Arnold, qui avait besoin d'une garde pour ses jumelles. Puis M. Marshall a appelé pour savoir qui serait disponible pour s'occuper de Nina et Eleanor.

Inutile de dire que durant les dix minutes suivantes, nous n'avons pas eu une minute à nous. Quand le calme est revenu, Lucy a demandé :

– Personne n'est curieux de savoir ce que, maman et moi, nous comptons faire avec le portrait ?

– Si, moi, ai-je répondu.

Les autres ont hoché la tête.

– Eh bien, nous avons beaucoup réfléchi, et nous avons décidé de le suspendre dans le séjour au-dessus de la cheminée. C'est un peu comme si la mère de Sophie revenait auprès des siens, en esprit, bien sûr… Enfin, je ne crois pas aux esprits ou quoi, mais sait-on jamais.

Nous n'avons pas pu nous empêcher de sourire.

– Qu'il y ait ou non des esprits, je pense que c'est une jolie idée, ai-je dit.

– Moi aussiiiii, a déclamé Kristy d'une voix d'outre-tombe.

Nous avons éclaté de rire.

– Merciiii, a-t-elle ajouté. Vous sauvez mon ââââme.

Nous étions littéralement tordues de rire (Lucy en était même tombée du lit) quand le téléphone a sonné de nouveau. Jessica s'est calmée la première et a réussi à répondre – ainsi qu'à l'appel suivant.

Une fois les gardes organisées, Claudia a fait passer le sachet de friandises. Peu d'entre nous se sont servies. Sauf Claudia, bien sûr, et moi, parce que je mourais de faim. Kristy a pris un bonbon, mais Lucy et Carla ont fait passer le sachet sans y toucher, tandis que Jessica et Mary Anne se sont partagé un caramel (Jessica surveille sa ligne, et Mary Anne mange comme un moineau).

– Je me demande comment la malle du Vieux Blafard s'est retrouvée dans le grenier de Sophie avec les affaires de Sophie à l'intérieur, a déclaré Kristy d'un air songeur. Sans parler de la façon dont le portrait s'est retrouvé là.

– Buddy et moi avons une théorie là-dessus, ai-je annoncé.

– Tiens donc, a fait Kristy.

Elle n'était pas sarcastique. Elle semblait vraiment intéressée.

– Le Vieux Blafard avait donné la maison de Sophie à sa fille, mais il en était toujours le propriétaire. Alors nous avons imaginé que le neveu éloigné avait probablement hérité des deux maisons. Il a dû préférer s'installer dans la plus grande et se débarrasser de tout ce dont il n'avait pas besoin dans la deuxième, celle où habite aujourd'hui Lucy. Je parie qu'il a simplement mélangé les affaires, entassant des choses provenant des deux maisons dans des cartons et des malles à moitié vides. Et puis, après un certain temps, il a vendu la maison de Sophie, en oubliant tout dans le grenier.

– Cela se tient, a convenu Mary Anne.

– Mais nous n'en serons jamais sûres, ai-je continué. Je veux dire que c'est simplement une hypothèse. Le plus important, c'est que nous avons retrouvé le portrait et que le nom de Jared a été réhabilité, même si c'est un peu tard.

– Ouais, a fait Jessica. C'est dommage qu'il ne l'ait pas été de son vivant. Il y a des choses tellement injustes !

J'allais reprendre la parole quand le téléphone a de nouveau sonné.

– Eh ben ! s'est exclamée Kristy. Quelle réunion !

Cette fois, c'est Carla qui a répondu. Mais elle a fait une drôle de tête.

– Buddy ? C'est toi ?... Bien sûr, elle est là. Ne quitte pas.

Puis elle m'a tendu le combiné et a ajouté, en couvrant le micro de la main :

– C'est Buddy Barrett. Il veut te parler.

– Il y a un problème ?

Carla a secoué la tête.

– Non... Je ne crois pas. Il a plutôt l'air surexcité.

– Salut, détective !

À l'autre bout du fil, Buddy a pouffé de rire.

– Hé, devine quoi, Mallory !

– Quoi ?

Je me suis demandée alors s'il allait me répondre « Quoi quoi ? », la plaisanterie favorite de Claire.

À la place, il m'a annoncé sur un ton extrêmement fier et important :

– Aujourd'hui, je suis passé des Corneilles aux Rouges-gorges.

– Pardon ?

– Je suis passé des Corneilles aux Rouges-gorges. Dans ma classe, les Corneilles, c'est le groupe des plus faibles en lec ture, et les Rouges-gorges, c'est le groupe des moyens.

– Oh, Buddv ! C'est fabuleux. Vraiment. Et tu le mérites. Tu as travaillé très dur

J'ai couvert le micro pour annoncer la nouvelle aux autres filles du club.

– Je parie, a continué Buddy, que je pourrai faire partie des Faucons avant la fin de l'année scolaire. C'est le groupe des plus forts.

– Je parie moi aussi que tu le peux.

– Et tu sais quoi ?

– Non, quoi ?

– Je viens de lire un livre tout seul. J'ai tout lu. Maman ne m'a presque pas aidé.

– Fantastique ! Qu'est-ce que tu as lu ?

– Une aventure de Callaghan. Et j'ai même trouvé la solution de l'énigme avant la fin de l'histoire.

Est-il possible de recevoir trop de bonnes nouvelles en même temps ? Peut-être. Je ne savais plus où donner de la tête après ce coup de fil. Nous avions retrouvé le portrait et Buddy aimait lire !

– Lucy ? ai-je demandé. Est-ce qu'on a un peu d'argent d'avance dans la caisse ?

– Ouais, pourquoi ?

– Eh bien, je me demandais... Est-ce qu'on pourrait prendre sur la trésorerie pour acheter des récompenses ?

– Des récompenses ?

Lucy s'est tournée vers Kristy, puis Kristy vers moi.

– Je voudrais récompenser Buddy pour son excellent travail.

– Je pense que la trésorerie peut prendre cela en charge, a répondu Kristy.

– Génial ! Il y a un livre que je veux lui acheter, c'est *Harry Potter à l'école des sorciers*.

Lucy a ouvert l'enveloppe de la trésorerie à contrecœur et m'a remis un peu d'argent en plissant le nez.

– Rapporte la monnaie, m'a-t-elle rappelé.

Et nous avons toutes éclaté de rire encore une fois !

À propos de l'auteur

ANN M. MARTIN

Ann Matthews Martin est née le 12 août 1955. Elle a grandi à Princeton, aux États-Unis, avec ses parents et sa jeune sœur, Jane.

Elle a été enseignante, puis éditrice de livres pour enfants, avant de se consacrer à la littérature. Pour écrire, elle s'inspire d'expériences personnelles, mais aussi de sa connaissance du monde de l'enfance et de l'adolescence.

Tous ses personnages, même les membres du Club des Baby-Sitters, sont des personnages imaginaires (ainsi que la ville de Stonebrook). Mais beaucoup d'entre eux ressemblent à des gens qu'Ann M. Martin connaît.

Ann M. Martin vit actuellement à New York et ses passe-temps favoris sont la lecture et la couture – elle aime particulièrement réaliser des habits pour les enfants.

Sa série *Le Club des Baby-Sitters* s'est vendue à plusieurs millions d'exemplaires et a été traduite dans plusieurs dizaines de pays.

Retrouvez

LE CLUB DES BABY-SITTERS

dans quatorze volumes hors série :

Nos plus belles histoires de cœur

Mary Anne et les garçons
En vacances au bord de la mer, Mary Anne rencontre un garçon formidable. Le problème, c'est qu'elle a déjà un petit ami. Et elle ne sait lequel choisir…

Kristy, je t'aime !
Kristy, la présidente du club, reçoit de mystérieuses lettres anonymes. Qui peut bien être son admirateur secret ?

Carla perd la tête
Pour plaire à son petit copain, Carla a décidé de changer… et de devenir une nouvelle Carla. Mais ses copines du club ne sont pas vraiment d'accord !

Nos passions et nos rêves

Le rêve de Jessica
Jessi a décroché le premier rôle de son spectacle de danse, mais elle commence à recevoir d'étranges menaces. Malgré la jalousie, elle est prête à aller jusqu'au bout de son rêve…

Claudia et le petit génie
Claudia garde une enfant prodige qui chante, danse, joue du violon… mais elle aimerait elle aussi avoir du temps pour se consacrer à sa passion : la peinture.

Un cheval pour Mallory
Mallory va prendre son premier cours d'équitation, quelle aventure ! Elle a beaucoup de choses à apprendre et à découvrir, même si ce n'est pas toujours facile.

Nos dossiers TOP-SECRET

Carla est en danger

C'est la panique au club. Les événements bizarres se multiplient : coups de fil et lettres anonymes... Les filles sont très inquiètes. Il faut agir vite et démasquer le coupable !

Lucy détective

Lucy et la petite fille qu'elle garde, Charlotte, sont témoins de phénomènes étranges dans une maison abandonnée. Quel secret abritent ses tourelles biscornues ? Serait-ce une maison hantée ?

Mallory mène l'enquête

Mallory entend un miaulement à vous glacer les sangs... dans une maison où, normalement, il n'y a pas de chat ! Les filles partent à la recherche du chat fantôme...

Nos joies et nos peines

Félicitations, Mary Anne

Le père de Mary Anne va épouser la mère de Carla ! Il faut préparer le mariage, déménager... Que de bouleversements en perspective... mais aussi tant de joies !

Pauvre Mallory

Le père de Mallory se retrouve brusquement au chômage. Heureusement, Mallory a plein d'idées pour faire vivre sa grande famille.

Lucy aux urgences

Lucy ne se sent pas bien du tout : elle n'arrive plus à contrôler son diabète et doit aller à l'hôpital. Mais ses parents et ses amies sont là pour la soutenir.

Quelle famille !

Une nouvelle sœur pour Carla

Mary Anne est devenue la demi-sœur de Carla ! Mais depuis que tout le monde habite sous le même toit, les deux amies se disputent souvent. Pas si facile de former une nouvelle famille !

D'où viens-tu, Claudia ?

Claudia se sent vraiment différente du reste de la famille. Et si elle était une enfant adoptée ? Pour en savoir plus sur ses origines, Claudia décide de mener l'enquête.

Mallory fait la grève

Entre les cours, les baby-sittings et ses sept frères et sœurs, Mallory n'a pas une minute à elle. Il ne reste plus qu'une solution : faire la grève !

Amies pour toujours

Pas de panique, Mary Anne !

Ça ne va vraiment plus au club. Depuis que Mary Anne, Kristy, Claudia et Lucy se sont disputées, elles ne se parlent plus. Mary Anne va essayer d'arranger les choses.

La revanche de Carla

C'est le concours des mini-Miss Stonebrook ! Carla espère faire gagner ses protégées, mais les filles du club ont eu la même idée... La compétition s'annonce acharnée !

La meilleure amie de Lucy

Laine, la meilleure amie de Lucy, vient passer une semaine à Stonebrook ! Mais quand elle arrive, rien ne se passe comme prévu...

Nos plus grands défis

Le langage secret de Jessica
Jessica fait la rencontre de Matthew, un jeune garçon sourd-muet. Elle décide d'apprendre la langue des signes pour communiquer avec lui.

Le défi de Kristy
Susan est une petite fille autiste qui vit enfermée dans son monde. Kristy voudrait qu'elle ait la même vie que les autres enfants, mais ce n'est pas facile...

Carla à la rescousse
Les enfants de Stonebrook sont sous le choc : le village de leurs correspondants a brûlé ! Carla organise une grande opération de solidarité.

Nos plus belles vacances

Lucy est amoureuse
Mary Anne et Lucy gardent les petits Pike au bord de la mer. Lorsque Lucy rencontre un garçon dont elle tombe amoureuse, Mary Anne n'est pas très contente, c'est elle qui doit faire tout le travail !

Le club à New York
Les filles du club vont enfin se retrouver ! Lucy a invité ses amies à passer le week-end à New York. Mais rien ne se passe comme prévu...

Les vacances de Carla
Carla est ravie de retourner en Californie pour les vacances. Entre la plage, les amies, les retrouvailles avec son père et son frère, elle ne sait plus où donner de la tête ! Et si elle restait ?

Chats, chiens et compagnie

Les nouveaux voisins de Kristy
Kristy a emménagé dans un quartier très chic. Ses voisins sont des snobs, fiers de leurs animaux de race. Elle préfère son vieux chien Foxy, même s'il n'est plus très en forme...

Les malheurs de Jessica
Jessica doit s'occuper d'animaux pendant une semaine. Que de travail : il faut promener les chiens, changer les litières et même... nourrir un serpent !

Mary Anne cherche son chat
Quand son petit chat disparaît, Mary Anne est très inquiète : et s'il était arrivé quelque chose à Tigrou ?

Les meilleures copines du monde

La nouvelle amie de Claudia
Une nouvelle élève vient d'arriver : elle s'appelle Cynthia et elle adore l'art. Claudia devient rapidement amie avec elle, mais Cynthia lui conseille de laisser tomber le club...

Mallory entre en scène
Lorsque les filles du club proposent à Mallory de devenir membre, elle est ravie ! Sauf qu'elle doit d'abord passer un test et cela ne se passe pas très bien.

Le retour de Lucy
Les parents de Lucy divorcent ! Et elle doit choisir entre rester avec son père à New York ou revenir à Stonebrook avec sa mère. Pas facile de faire un choix !

Une année formidable

Claudia et le visiteur fantôme
Il y a un voleur à Stonebrook ! Et le club reçoit des appels anonymes. Claudia commence à paniquer…

Un grand jour pour Kristy
Kristy va être demoiselle d'honneur, quelle joie ! Sauf que le mariage a lieu très bientôt et qu'il faut garder les quatorze enfants des invités.

Logan aime Mary Anne
Le jour de la rentrée, Mary Anne rencontre un garçon très craquant : Logan, un nouvel élève. Mais comment lui parler quand on est timide ?

La fondation du club

La fondation du club
Depuis quelque temps, Claudia ne s'intéresse plus qu'aux garçons et à la mode. Kristy et Mary Anne s'interrogent : est-ce la fin de leur amitié ?

L'idée géniale de Kristy
En voyant sa mère passer un temps fou à chercher une garde pour son petit frère, Kristy a une idée géniale : fonder un club de baby-sitting avec ses amies !

Nos plus grandes histoires d'amour

Kristy et les champions
Kristy a décidé d'entraîner de jeunes enfants au base-ball. Ils sont en rivalité avec une autre équipe dont l'entraîneur est un garçon vraiment charmant.

Le grand amour de Carla
Carla est tombée amoureuse d'un garçon plus âgé qu'elle. Il est sympa, lui fait des cadeaux, mais quand il essaie de transformer leur amie, les filles du club s'inquiètent.

Reviens, Logan!
Plusieurs mois auparavant, Mary Anne s'est séparée de son petit ami Logan. Sauf qu'il lui manque et qu'une autre fille s'intéresse à lui… Comment le reconquérir ?

Inséparables

Au revoir, Lucy!
Lucy doit repartir à New York ! Elle se réjouit de retrouver sa copine Laine, mais est triste de quitter ses amies du club et les enfants.

Pour l'honneur de Claudia
Claudia n'a jamais été une bonne élève, mais alors qu'elle avait bien révisé son contrôle de maths, on l'accuse d'avoir triché !

Kristy et la fête des enfants
Une parade costumée ! Kristy a plein d'idées géniales pour les déguisements. Sauf que les autres membres du club ont aussi leur avis...

Le papier de cet ouvrage est composé de fibres naturelles, renouvelables, recyclables et fabriquées à partir de bois provenant de forêts gérées durablement.

Maquette : Karine Benoit

Loi n° 49-956
du 16 juillet 1949
sur les publications
destinées à la jeunesse

ISBN 978-2-07-066053-7
Numéro d'édition : 266354
Numéro d impression : 122493
Imprimé en France
par CPI Firmin-Didot
Dépôt légal : mai 2014